十一月の扉

高楼《たかどの》方子《ほうこ》

1

その家は、不意にあらわれた。すっと伸《の》びた深緑色の、モミの木のような数本の木立のあいだからのぞく、赤茶色の屋根の白い家。たぶん二階家だ。え、あんな家、どこに建ってた？　……と、双眼鏡《そうがんきょう》をはなすと、家は、おびただしい建物の波間に、たちまち消えた。建ってなんかいなかったみたいに。だが、もう一度レンズを目にあてると、その家は、またすぐによみがえった。爽子《そうこ》は、円く切り取られた風景の中心にその家をすえて、じっと見入った。でも束《つか》の間《ま》だった。

「返せよー」

という弟の声とともに、双眼鏡《そうがんきょう》が爽子の手からうばわれてしまったからだ。無理もなかった。ついさっき街からもどった弟が、喜々としてみせびらかした、新品の双眼鏡《そうがんきょう》なのだから。爽子は、わけもなしに遠くをのぞく得意げな弟の横で、あの家がたしかにあったあたりをぼんやりとながめながら、考えていた。

（ずいぶん遠いんだろうか……あそこまで自転車で行けるだろうか……。明日、行ってみよう）

日曜だった。爽子は、手編みのベレー帽《ぼう》におそろいのミトン、それにダッフルコートをはおって自転車をこいだ。朱《あか》い実がたわわになるナナカマドの道は、秋のにおいがした。どのくらい来たかしらと、急いでちらっとふりむいた目に、クリーム色の七階建てのアパートが、小さく映《うつ》った。

そのアパートの六階の窓《まど》二つ分、それが爽子たち四人家族の住む家だ。四年生になる時に越《こ》して来たのだから、住み始めて今年で五年目。あの窓《まど》からの景色を、どれだけながめたことだろう。眼下に広がる家々の連なりは、西に向かってとぎれることなく続き、丘陵《きゅうりょう》に沿《そ》ってせりあがって、ようやく途絶《とだ》えた。外を見ながら、弟とよくささやきあった。──ねえ見て見て、あの青い屋根の隣《となり》の家の窓《まど》、ほら、裸《はだか》で歩いてる！　……あ、あの茶色いアパートの三階で、また赤いタオル干《ほ》してる。スパイがいるんじゃない？　タオル、何かの合図なのよ──。

今まで、家に双眼鏡《そうがんきょう》がなかったのは、近隣《きんりん》の家にとって、さいわいだったかもしれない。でも、昨日、レンズの中にあらわれる、そのずっと前から、あの家がそこにあったのだと思うと、爽子は、何だか気持ちがあせった。さっき家を出る前に、弟の目をぬすんで、もう一度、双眼鏡《そうがんきょう》で位置をたしかめた時も、あの家は、昨日の時と同じように、そっと、そして、うっとりと、そこにあった。行ってみたい！　あの家を見に！　その思いは、今日にはいっそう高まって、爽子は、はやる気持ちを抑《おさ》えられないままに、自転車に飛びのったのだった。

でも、ペダルをこぎながら、爽子はわざとに思う。

（まあね、行ってみたら、どうってことのないただの家よ、きっと！　遠くから見た時は、あんなにすてきだったのにってことになるんだわ……。もし、かりにすてきだったとしても、意地悪そうな金ピカのおばさんが出て来るかもしれないし……子供《こども》を叱《しか》りとばす声が聞こえるかもしれないし……）

期待が裏切《うらぎ》られることを恐《おそ》れるあまりにふくらませる楽しくない想像は、次から次と湧《わ》き続《つづ》け、しまいに爽子は、溜《た》め息《いき》とともに、ほんとうに自転車を止めてしまった。どれもが、いかにもありそうなことに思えてきたのだ。でも、振《ふ》り返《かえ》ると、もうずいぶん遠くまで来たこと、それどころか、ゆるい坂道をかなり登ったことがわかって驚《おどろ》いた。丘陵《きゅうりょう》まで来ているのだ……ということは、きっともうすぐ……。爽子は、目印として覚えてきた病院の大きな看板《かんばん》のことなどを思い出し、再び緊張《きんちょう》して走り出した。


白い柵《さく》をめぐらした庭のところどころに、背《せ》の高い木がたち、その向こうに、赤茶色の屋根の白い木造の二階家があった。西洋の人形の家を思わせる、四角い大きな家だった。この季節のことだから、窓《まど》はみな閉《し》まっていたが、どの窓《まど》からも、房掛《ふさか》けでまとめられた細かい花柄《はながら》のカーテンがのぞいていた。しんとしていて、人気《ひとけ》はなかった。

自転車にまたがったまま、息をこらして家に見入っていた爽子は、はっと思いついて、玄関《げんかん》をさがした。家は角地にあったから、柵《さく》に沿《そ》って曲がったところに、すぐ入り口は見つかった。柵《さく》と同じ、素《そ》っ気《け》ない白い木の門には、生《お》い茂《しげ》るナナカマドの葉に半ばかくれて、小さな看板《かんばん》がかかっていた。

『十一月荘』

（じゅういちがつそう……？）

字余りのような、変な名前だと思った。それなのに爽子は、その名が、たちまち、すてきに思えた。白いその家は、十一月の冷気の中で静かな息をしているように見えたし、十一月になったばかりの日に、ここをめざしてやって来た自分とも、何かつながりがあるように思えた。それからようやく、ああここは、下宿屋さんなのかもしれないと考えた……。だが、それだけを確認《かくにん》してしまうと、いったい自分が何をしたいのかわからなくなって、ぼんやりした。いったい何を期待していたのだろう……。

するとその時、玄関《げんかん》がガチャッと音をたて、爽子が立ち去るまもなく、明るい緑のエプロンをしめた、年配の女の人があらわれた。働きものらしく、眼鏡《めがね》をかけた丸い顔は日焼けして光っていたし、ウエストなんかどこにもないみたいに、健康そうに太っていた。

「あら、どなたかにご用かしら？」

その人が、ちょっと微笑《ほほえ》みながら、張りのある声でそうたずねただけで、てきぱきとして感じのいい人なのがわかった。咄嗟《とっさ》のことだったから、取りつくろうこともできずに、爽子は、かえって思うままに答えた。

「いえ……あの……ここ……すてきなお家《うち》だなって思って見ていたんです……あの……それに、十一月荘っていう名前も……」

爽子をまっすぐに見ながらその言葉を聞いていた婦人は、にっこり笑って、

「あらうれしい。やっと、名前にぴったりの季節になったことだしね」

と言った。そして、「さあ、もう摘《つ》んでしまわなくちゃねえ、寒くなったから」と言い足して、玄《げん》

関《かん》のわきにしゃがみ、緑の草を摘《つ》み始《はじ》めた。青じそかミントの葉らしかった。

爽子は、「さようなら」と声をかけて、自転車のペダルをふんだ。何かもうちょっとおしゃべりをしたかったのだけれど、話すことなんてなかったし、たまたま通りかかっただけ、というふうに振《ふ》る舞《ま》いたかった。婦人は、少しもうるささそうな顔をせずに、「さよなら」と答えてくれた。


なりゆきでこぎだした方向は、帰り道ではなかった。でも、引き返して、またその家の前を通るのはためらわれて、爽子は、家々のあいだの見知らぬ道を、ゆるゆると走った。走りながら、爽子の心はときめいていた。

道に迷うなどということが、まさかあるとは思っていなかったのに、爽子は、丘《おか》を東にくだっていけばいいだけの道を探《さが》しあぐねていた。道をたずねようにも、人気《ひとけ》もなければ、商店もなかった。ただ、凝《こ》った造りの家が、一軒《けん》一軒《けん》、塀《へい》をめぐらして、ひっそりと建《た》ち並《なら》んでいるのだ。

やがて、道が前方で二股《ふたまた》に分かれているのが見えた。近くまで行くと、Ｙの字型の、道と道にはさまれた三角形の土地に建っている建物が、ふつうの家ではなさそうなのがわかった。爽子は、ブレーキをかけて、ぶら下がった看板《かんばん》を見た。ずんぐりした鉛筆形《えんぴつがた》をかたどった板が、鎖《くさり》で吊《つ》り下《さ》げられ、『文房具《ぶんぼうぐ》ラピス』と書かれていた。ガラスの扉《とびら》ごしに、陰《かげ》った店内をのぞくと、棚《たな》の上にさまざまの紙類があるのをみとめることができたが、客は一人も見えなかった。でも、『ＯＰＥＮ《オープン》』という札のおかげで、入ってみる気になった。

その辺の文房具屋《ぶんぼうぐや》とは、まるで趣《おもむき》がちがった。暗く、整然としていて、独特のにおいもした。きれいな色のインク罎《びん》や筆記具が並《なら》ぶほか、ノートや便箋《びんせん》の類《たぐい》も、棚《たな》におさまっていたが、子供《こども》じみたものは見当たらず、これでは、学校の生徒が、学用品を買いに立ち寄っても用は足せないだろうと思われた。

店主らしい、やせて落ち着いた感じの老人が、レジの向こうにすわっていた。爽子を見て「いらっしゃい」と声をかけたきり、静かな動作で、書類を繰《く》りつづけている。

（こんな所に、こんなお店出して、お客さん、来るのかしら……）

爽子は、学校のそばの、はやりの曲がつねに流れる、騒々《そうぞう》しくて活気のある文房具屋《ぶんぼうぐや》を思った。帰りに、ちょっとそこを冷やかすのは、女の子たちに共通の楽しみともいえるのだった。ボールペンの新製品、さまざまな模様《もよう》のついたノート、可愛《かわい》らしいシール……爽子もそんなものについてなら、友達といっしょになって、はしゃぎながら検討《けんとう》した。

爽子は、手を後ろに結んだまま、棚《たな》の前をゆっくりと移動した。ただ何となく商品を手にとって、またもどす、というような行いが、はばかられる気がしたのだ。

そんな時、手が自然にほぐれて、ひとりでに、一冊《さつ》のノートをつかんだ。大きな判の厚手のノートで、再生紙らしい茶色の表紙には、あの絶滅《ぜつめつ》した鳥、ドードーの細密画《さいみつが》が、額絵のように型押《かたお》しされている。そして、ページが開くのを押《お》さえるためのものなのだろう、布の背《せ》と同じ色に染《そ》められた紺色《こんいろ》のゴム紐《ひも》が、縦《たて》にわたされていた。あけるときには、それをそっとはずす……。ゴム紐《ひも》は、裏表紙《うらびょうし》に留まったままだ。ただ一冊《さつ》のノートだというのに、端正《たんせい》で重厚《じゅうこう》な、芸術品のようだと思った。

(……これ……ほしい)

けれど、裏表紙《うらびょうし》の内側についている正札を見て、ぎょっとした。かなり厚手の単行本を一冊《さつ》買うのと同じ、つまり、一月分《ひとつきぶん》の小遣《こづか》いに等しいのだ。でも、月初めの今日、爽子は、でかける前に、今月分の小遣《こづか》いをもらったばかりだったから、自分のものにすることは、可能だったのだ。でもそこで素直に、運がよかったと思えるほど、向こう見ずにはなれない。

(ノート一冊《さつ》に全財産はたいて、いいものかしら……。第一、何書くのよ、こんな立派《りっぱ》なノートに……)

けれど爽子は、何だかんだとつぶやきながらも、結局自分は、それを買うのだろうと、心の奥底《おくそこ》でとっくに知っていたとおりに、それを買ったのだった。

美しい柄《がら》の包装紙《ほうそうし》で、丁寧《ていねい》にくるんでくれる店主に、帰りの道をたずね、爽子は、再び自転車をこいだ。

2

翌日《よくじつ》、制服を私服《しふく》に着替《きが》えて居間にはいった爽子《そうこ》は、夕食の準備がもうできているというのに、母親と弟が、ソファーに腰《こし》かけて、真面目《まじめ》な顔でじっとしているのを見て、どきりとした。何か弟が問題を起こしたか、でなければ、誰《だれ》か、そう、おじいちゃんかおばあちゃんが、病気にでもなったのかもしれないと、咄嗟《とっさ》に考えた。でも、

「じゃ、ご飯にしよっか」

と、元気にかけ声をして母が立ち上がったところを見れば、そう悪いことが起こったのではなさそうだった。それに続けて弟が、緊張《きんちょう》をおさえた一本調子の声で言った。

「おねえちゃん。ぼくたち、転校するんだよ」

「転勤《てんきん》になったの!?」

爽子は、目を見開いて叫《さけ》んだ。その声の大きさに、弟は満足げに顔をぴくぴくさせた。

転勤《てんきん》するかもしれないという話は、何度も聞かされた。このマンションに越《こ》して来た時も、また

引《ひ》っ越《こ》すことになるのだから、梱包《こんぽう》のすべてを解く必要はないだとか、物を増やさない方がいいといった会話がなされたものだった。そのために、爽子はやや浮《う》き立《た》ちもし、知らない生徒たちの視《し》線《せん》を一身に集める新しい自分を想像して、ひそかに楽しみもしたのだが、結局は、入学した小学校を卒業することで、「転勤《てんきん》」も「転校」も、現実感のないただの言葉にすぎなくなっていたのだった。それがついに、そして不意に、現実のことになった。爽子は、驚《おどろ》きの渦《うず》にのみこまれ、転勤先《てんきんさき》をたずねることさえ、思いつかなかった。

けれど、言葉少なに始まった夕食も、じきにいつものにぎやかな調子に変わり、行き先が東京であることや、父親だけは、すぐにでも出向かなければならないといったことが、この事態に慣れ、ようやくはしゃぎ始めた弟のやかましい声のあいまに、爽子に伝えられた。今度の家でもペットは禁止だろうかとか、交通博物館は近いのだろうかといった問いが、弟の口から次々と繰《く》り出《だ》される中で、爽子もまたとりとめのないことを口にしながら、昨日の散策《さんさく》のことなどを、ぼんやり思っているのだった。

紅茶《こうちゃ》をもって子供部屋《こどもべや》にもどり、中央の仕切りカーテンを引いてから、机《つくえ》に向かう、それが爽子の夕食後の習慣だ。勉強にとりかかる前に、紅茶《こうちゃ》を飲みながら、何をするでもなく、ほっと息をつくと、やっと本来の自分にもどったような気になるのだ。

爽子は今日、弟が部屋に入ってくる前に、さっさとカーテンをしめた。そして、引き出しの中から、昨日買ったノートを取り出して、そっと開いた。昨夜、紅茶《こうちゃ》を手に、このノートを開きながら爽子が考えていたのは、この秋のあいだに、日記などではない、何かすてきなことを書いて、ノートを埋《う》め尽《つ》くそうということだった。たとえば、あの十一月荘《じゅういちがつそう》を舞台にしたミステリーはどうだろう。すると、『十一月荘の怪事件《かいじけん》』という題名までもがたちまち思《おも》い浮《う》かび、ああ、これではまるで、クリスティの猿真似《さるまね》だわと失笑《しっしょう》したりしたのだ。

でも、事態は一変してしまった。この街を遠く離《はな》れ、見知らぬ街へ行かなければならないということの衝撃《しょうげき》に、爽子の心はすっぽりとおおわれた。記されるのを待っていた昨日までのノートは、この先の不透明《ふとうめい》の日々と重なって、白くただぼんやりと目に映《うつ》る——。新しい考えが浮《う》かんだのは、白紙のページを、ゆっくりとめくり続けて、しばらくしたころだった。

（そうよ。あたし、ぜったいにそうしたい）

爽子は、新しい思いつきのために目を見開いた。

転校しない——。

それは、とんでもない申し出に思われそうだった。だが、二学期の、こんな半端《はんぱ》な時期にではなく、三学期の初めから行きたいのだと言えば理屈《りくつ》が通る気がした。冬休みまでこちらに残ろう。住む所は、もちろん十一月荘だ。

次の日は祝日だったが、父親は仕事を片付《かたづ》けるために出勤《しゅっきん》したし、一大ニュースをかかえた弟は、いさんで友達の家に駆《か》けて行《い》っていなかった。爽子はこの機を逃《のが》さなかった。

「お母さん、相談があるの」

そういって話し出した爽子の言葉を最後まで聞かないうちに、母親は口をはさんだが、意外なことに、たいして驚《おどろ》いている様子ではなかった。

「三学期からっていうのは、私《わたし》も考えてみたの。ここは社宅《しゃたく》じゃないんだから出ていく必要はないんだし。でも、それまでお父さんに単身赴任《たんしんふにん》してもらうってのも、けっこう大変なのよ。だって、たった二か月のために、冷蔵庫《れいぞうこ》やテーブルを買うわけにいかないし、だからってなしですますわけにもいかないでしょう？　それに引《ひ》っ越《こ》しだって一回ですむじゃない。あんただけ、ちょっと残るというのも考えてみたけど、おばあちゃんの家じゃ遠すぎるし、結局、みんなでいっしょに行くのがいいねってことになったのよ」

その言葉に、爽子は少し希望をもった。何が何でも親といっしょに行くべきだ、ということでもないらしい。

爽子は、思い切って、でも用心深く、十一月荘のことを話した。爽子の目的は、「残る」ことにあるのではなく、「十一月荘で」残ることにあったのだから、力点を残ることにおいて、むやみに言い張ってはならないのだ。そんなことをして、根負けした母が、知人の家などに居候《いそうろう》を頼《たの》みでもしたら、目も当てられない。

母は頰杖《ほおづえ》をつきながら、爽子の話をじっと聞いていたが、やがて呆《あき》れたように言った。

「……下宿だなんて！　中学生のあんたを下宿させるなんて、そんな気はさらさらないわよ……」

「わかってる。……でも……でもね、ちょっと様子を見に行ってもらえない？　私といっしょに」

母に相談する前に、空き部屋の有無《うむ》をはじめとして、十一月荘の様子を聞いておくことはできないことではなかった。それいかんによっては、こんな話し合いの必要さえなくなることもわかっていた。でも爽子はあえてそうしなかったのだ。中学生が、一人で動くには限界がある。お部屋に空きはありますか、お部屋代はいくらですか、そんなことを聞きに、付《つ》き添《そ》いのない中学生がふらりと訪《おとず》れたら、きっといぶかしく思われる。そして、おあいにく、と言われておしまいだ……。たとえだめでも希望につながり、なおかつ一度に片付《かたづ》く手っ取り早い方法は、親がいっしょに行くことしかない。それが一晩《ひとばん》考えた後の結論《けつろん》だった。


ことが、こうもすんなり運んだのは、爽子にとっても意外だった。

おそらく母は、娘《むすめ》の思惑《おもわく》を察しており、下宿生活に少女じみた夢を膨《ふく》らませているのなら、散歩がてらにちょっと相手をしてやろう、そしてその夢が可能性として絶たれていることをはっきりさせれば――つまり、中学生を置いてくれる下宿屋など、ありはしないということがわかれば――すんなり納得《なっとく》もしようと考えたのに違《ちが》いない。むろん、それでいいのだ。とにかく連れ出すことなのだから。爽子は、弟の机《つくえ》の引き出しを次々引っぱり出して、双眼鏡《そうがんきょう》を探《さが》し出《だ》すと、母の気を引き立てようとしてのぞかせた。そして二人は、十一月荘をめざすことになったのだった。

凜《りん》と冷えた灰色《はいいろ》の風景の中、実も葉も、いっそう朱味《あかみ》を増したナナカマドを仰《あお》ぎ見《み》ながら、二人は自転車をこいだ。ちょっとしたサイクリング気分のせいか、母は、信号を待つたびに機嫌《きげん》のいい声で、よくしゃべった。

(後でがっかりさせることになると思って、同情してくれてるんだわ……)

だがそれにしては、下宿見物を心底楽しみにしているかのように、はしゃいで見えるのだった。

（お母さん、どういうつもりなんだろう……）

母親がどんな人かということに、爽子は興味がなかった。でも、よその母親のようではないらしいということは、小さなころから気づいてはいた。社宅《しゃたく》があるにもかかわらず、家賃《やちん》を払《はら》ってまで今のマンションに住み始めたのは、一部屋多いからという以前に、煩《わずら》わしいつきあいを避《さ》けたかったからだと、母から聞いたことがあった。「『隣《となり》は何をする人ぞ』が、私はやっぱりいいなあ」と。

母は、仕事にはつかず、ボランティア活動はせず、カルチャーセンターに通うことも、学校関係の情報交換《こうかん》にいそしむことも全くせずに家にいて——だが専業主婦《せんぎょうしゅふ》というには、家事に精を出すわけでもなく——本を読んだり、映画《えいが》のビデオを見たりしては、良かった、悪かったと言いながら暮《く》らしていた。そして爽子は、そんな母親について、良いとも悪いとも、とくに考えてみたことがなかった。

めざす場所まで来た二人は、おととい爽子がしたように、庭の木立のあいだから白い家をながめ、それから柵《さく》に沿《そ》って、ゆっくりと自転車をこぎ、玄関《げんかん》に回った。

「……十一月荘……？」

母のつぶやきに、批判《ひはん》めいた響《ひび》きはなかった。母はさっきから、まるで幼《おさな》い子供《こども》のような、どこか驚《おどろ》いたような顔つきで、十一月荘をながめているのだった。

「あら、この前の……。こんにちは」

明るい声に振《ふ》り向《む》くと、外出からもどったらしい、あの時の婦人だった。

母が、やや冗談《じょうだん》めかして来意を告げたあと、「でも、娘《むすめ》がそんな気を起こしたのも、わかりますわ」と言って、家を見やりながら爽《さわ》やかに笑った。すると婦人は、

「お部屋をご覧《らん》になります？」

と言いながら、二人を招き入れたのだった。

3

十一月荘《じゅういちがつそう》の居間は、清潔で、居心地がよかった。天井《てんじょう》まで届《とど》く本棚《ほんだな》には、背表紙《せびょうし》のそろった本が整然とならび、その横の腰高《こしだか》のキャビネットの上には、若々《わかわか》しい色のライムポトスの鉢《はち》が、二つ三つ置かれていた。花柄《はながら》のカーテンが左右にかけられた窓《まど》からは、白い柵《さく》に囲まれた、感じのいい庭が見える。外側からだけ見ていたものを、今は内側から見ているということが、爽子《そうこ》には、もう何か不思議だった。

婦人は、親しみのこもった挨拶《あいさつ》をし、張りのある声で、てきぱきと話を進めた。十一月荘には、その婦人のほか、建築士の女性、そして、小学一年の女の子とその母親が住んでいるということ。食事は、婦人が用意し、今ついている大きな楕円《だえん》のテーブルでとるということ。入浴は融通《ゆうずう》しあって自由に。暖房《だんぼう》は各部屋についている。そういったことを婦人は話し、

「ある程度、ですけれど、家族的に暮《く》らしています」

と、付け加えた。

爽子と母親は、婦人のあとについて、幅広《はばひろ》の、勾配《こうばい》のゆるい階段《かんだん》を昇《のぼ》った。手すりの上の壁《かべ》には田園の風景を描《えが》いた小さな額絵がかけられていた。

「ここがお部屋です」

そう言って通されたところは、机《つくえ》とベッドと小さな箪笥《たんす》が一つ置かれた、こじんまりとした部屋だった。同じ花柄《はながら》のカーテンがかかった窓《まど》は、出窓《でまど》になっており、その横に、窓《まど》の奥行《おくゆき》と同じ深さの本棚《ほんだな》が造りつけられている。

「ここにある家具は、使っていただけるものなので、荷物は、そういらないんじゃないかしら……？」

婦人は、にっこり微笑《ほほえ》んで言った。爽子は、早鐘《はやがね》のようになり続ける胸《むね》で、判決を待つ者のように母の言葉を待った。この部屋に入ったとたん、ここに住めたらなあという、それまでの希望は、渇望《かつぼう》と呼《よ》ぶほど強いものに変わっていたのだ。

母は、うなずきながら窓《まど》の外を見やったり、天井《てんじょう》からぶら下がった変わった形の電気を見たりしていたが、やがて、

「今の子供部屋《こどもべや》なんかより、断然いいお部屋ね！　ああ、私《わたし》が住みたいところだわ！」

と、叫《さけ》ぶように言った。そして、「中学生を預かるなんて、本当に気苦労じゃございませんの？」

と、信じがたいという表情で続けた。

「ええ……通学に支障《ししょう》がなければね。小学生の子だっているのですしね。とっても可愛《かわい》い子なんですよ」

婦人はそう言ってから、爽子を見て、「中学生のお姉さんがここに住むことになったら、喜ぶと思うわ」と言った。

すると母が、きちんと婦人の方を向き、改まった明るい声で言った。

「それでは、お願いします」

そのとたん、爽子は、この家の住人となることに決まったのだった。母の一存《いちぞん》で決めてしまってよいのだろうかと、爽子でさえ、内心たじろがずにはいられなかったのだが。

思ったとおり、父を説得するという厄介事《やっかいごと》が待っていたが、はじめは驚《おどろ》きを見せた父も、言い合いに発展《はってん》する前には、承諾《しょうだく》した。もともと、母の選択《せんたく》をそのまま支持するようなところが父にはあったが、根本には、強く望む者の望みはかなえられてよいとする磊落《らいらく》さがあったからなのだろう。ただ一つの父の懸念《けねん》は、「その人たち、まさか変な宗教団体《しゅうきょうだんたい》の仲間なんてんじゃないんだろうね」ということだった。だが、「ま、そうじゃないとすれば、二月《ふたつき》足らずホームステイをさせるつもりで、ちょっとやってみるか。……しっかり、やれるんだね？」と父は言い、爽子は丁寧《ていねい》に返事をしたその数分後に、荷物の整理を始めたのだった。

こうして爽子は、双眼鏡《そうがんきょう》の中に白い家を見出してから、ちょうど一週間たった日曜に、十一月荘の住人になった。必要な家具はそろっていたから、荷物は、ダンボール箱数個だけだった。ダンボール箱から取り出すセーターやブラウスを、一つ一つたたんで箪笥《たんす》にしまいながら、爽子は、父の飛行機は、もう飛び立つころだろうかと考えた。父は、爽子の引《ひ》っ越《こ》しのために、土日を利用して、行ったばかりの東京から、わざわざもどってきてくれたのだ。そして、ここの住人たちみなに丁寧《ていねい》な挨拶《あいさつ》をして、ついさっき母といっしょに帰ったところだった。

「ああ、私、ぜったいちゃんとやろう……」

爽子は、手を休めてつぶやいた。望んだとおりのことが、そっくりそのままかなえられたということが、どこか恐《おそ》ろしくもあった。

(ちゃんとやらなくちゃ、罰《ばち》が当たるってもんだわ。……そうだ、私ここで、今まではやったことのない、何かすてきなことを、ちゃんとやろう。だって、こんなすてきな家のこんなすてきな部屋が、私のものになって、そこで私は、一人で暮《く》らすんだもの、何かをちゃんとやらなくちゃいけないわ。この私が!)

爽子は、ぐっと胸《むね》をおさえた。決意とともに、何か清らかな喜びが、同時にこみあげてきた。

爽子は、再び手を動かしながら、ふと弟のことを思った。母と弟は、今週の土曜に発《た》つ。それまで、荷物を積み上げたマンションの中で二人暮《ふたりぐ》らしだ。それを思うと、後ろめたい気がしたが、この日程が、一番よかったのだし、片付《かたづ》けを手伝いに放課後寄るからという爽子の申し出さえ、「家出する人間なんか、いらんわい」という弟によって、拒否《きょひ》されてしまったのだった。弟は、爽子の一人暮《ひとりぐ》らしに対して、どこまでも否定的《ひていてき》だった。ズルイズルイと口をとがらせ、あとから東京に来たって、部屋の半分を明けわたす気はないからね、などと言い、今日もけっして、いっしょに来ようとはしなかった。もちろんそれは、爽子がいなくなるのがさびしかったからなのだ。

爽子は、箪笥《たんす》の引き出しをしめながら、弟に向かって、思わず、

「ほんとにごめん、もう怒《おこ》らないで」

と、声に出して頼《たの》んだ。そして、そうだ今日はお母さんとフライドチキンに行けばいいじゃない……などと言いそうになって失笑《しっしょう》した。

こうして、部屋の整理をしているうちに、気がつけば、遅《おそ》い秋の日はとっぷりと暮《く》れているのだった。爽子は、部屋の電気をつけてカーテンを引いた。

六時半からという夕食には、いったい何時ごろ下りていったらいいだろうかと、緊張《きんちょう》しながら考えたすえに、爽子は十分ほど早く居間に下りていった。すると、テーブルクロスをかけたテーブルの上には、料理の盛《も》られたいくつもの皿《さら》が並《なら》び、居間に続く台所のほうから、にぎやかな話し声が聞こえてきたので、はっとした。ひょっとすると、配膳《はいぜん》の手伝いくらいはすべきだったのだろうか、そのように言われなくとも……。

爽子が、台所の方をのぞきかけたとき、お盆《ぼん》をもった苑子《そのこ》さんがあらわれて、

「あら、用意がすんだら、呼《よ》びにいこうと思ってたのに」

と言って微笑《ほほえ》んだ。建築士だという、きりっとしてすてきな人だ。そのすぐあとから、るみちゃんが出てきて、爽子を見るなり、はにかんだ様子で、椅子《いす》の背《せ》につかまって、ぴょんぴょん跳《は》ねた。おかっぱの髪《かみ》が、そのたびに、傘《かさ》のように、ぱっと広がった。新しい住人がきて、うきうきしているらしいのが、爽子にもうれしかった。

「るみちゃんの席は、爽子ちゃんの、となりっと……」

そう言いながら、食器をテーブルに置く苑子さんの指が、すらりと長く、赤い爪《つめ》がくっきりときれいなので、爽子は、ついぼんやりとみとれ、

「あ、私も手伝います」

とあわてて手を出した。

「いいの、きょうは、爽子ちゃんの歓迎会《かんげいかい》なんだから」

と、苑子さんは言った。御馳走《ごちそう》が並《なら》んでいたのは、そういうわけだったのかと、爽子はどきどきした。

やがて、閑《のどか》さんと——それがここの婦人の名前だった——るみちゃんの母親の馥子《ふくこ》さんが、何かしら手にして入ってきたところで、夕食が始まった。

4

ピンク色の可愛《かわい》い花をさした、金色の小さな花瓶《かびん》……その花そっくりの色の、ロゼのワインとジュースがつがれたカットグラス……そんなものが、白熱灯《はくねつとう》の光にきらめき、彩《いろど》り豊かなテーブルは、いっそう美しく見えた。るみちゃんがたたんだらしい、花模様《はなもよう》の紙ナプキンや、折り紙で作ったウサギの箸置《はしお》き――それには、席を示すために、「そうこ」と名前が書かれている――も、なんと可愛《かわい》らしいのだろう。ただの中学生にすぎない自分を、ここの人たちは、こんなふうにもてなし、歓迎《かんげい》してくれるのだ……。感情が高ぶったきりの今日の爽子《そうこ》が、何もかもを、感激的《かんげきてき》に受け止めがちだったことをさしひいても、その食卓《しょくたく》には、住人たちのあたたかい歓迎《かんげい》の意が溢《あふ》れていた。

「爽子ちゃん、これから二か月、よろしくね」

閑《のどか》さんはそう言って、きれいな色のワインをちょっと飲んだ。苑子《そのこ》さんが続けて、

「新しい方が住むことになるっていうので、私《わたし》たちびっくりして、毎日うきうきしてたのよ。ねえ、るみちゃん」

と、いたずらっぽく打ち明けた。

「うん」

とだけ、るみちゃんが言った。爽子も、

「そうだったんですか……」

と言ったきり、言葉をのみこんだ。苑子さんの話は本当に意外だったし、「それはまた何と光栄なことでしょう」というような表現は、知っていても、自然にはとても使えなかったから。

「中学二年生で、知らない人たちばかりの家で暮《く》らすって、勇気があるわね」

と、馥子《ふくこ》さんが、爽子をじっと見ながら、くぐもった声で、感心したように言った。関さんが、

「爽子ちゃんだけじゃなく、ご両親もね。とてもすてきなご両親」

と言って微笑《ほほえ》んだ。

二人の言葉に、批難《ひなん》めいた調子など少しもなかったし、関さんの最後の言葉は、むしろうれしくもあったのに、ひょっとすると、自分のしたことは、人の目には、ひどく変わって映《うつ》るのだろうか、という思いが、初めて爽子の頭をかすめた。このわずか一週間のあいだの熱に浮《う》かされたような性急さと情熱は、それまでの日常の感覚からは、たしかにかけはなれたものだったかもしれない……。けれど、今いる現実に、不自然なところは、少しもなかった。この人たちと知り合い、語り合い、食事する――今やっていることのなかに、「私はここでいったい何をしているのだ」という、爽子の心をしばしば襲《おそ》う違和感《いわかん》や焦《あせ》りはふしぎと混じっていなかった。それを確認《かくにん》したとき、

「わがままを許してもらえたこと、両親には、ほんとに感謝しています。閑さんにも」

という言葉が、自然に口から出たのだった。

だれもがよく食べ、よく話した。――なかでもとりわけ、閑さんと馥子さんが食べて、苑子さんが話した、と言えたけれど――。けれど、彼女《かのじょ》たちは、自分たちだけに通じる内輪の話をして、なれなれしく笑ったりはしなかった。毎日いっしょにいる人同士ほど、話の種は、あっただろうに。

話がはずむうちに、苑子さんと馥子さんが、高校の同級生だということがわかって、爽子は内心とても驚《おどろ》いた。苑子さんは若《わか》い人で、馥子さんは、おばさんなのだと、ただ何となく、そう思っていたから。

「そうはとっても見えないでしょ？　苑子さん、あんまり若《わか》いんだもの」

と、馥子さんが言うと、

「あんまり若《わか》づくりしてるんだものって言ってもいいのよ」

と、苑子さんが、はっきりとした声で言って、笑った。

かつて、同じ教室で勉強していたとは、とうてい信じがたいほど、二人は違《ちが》っていた。黒く光った真《ま》っ直《す》ぐの髪《かみ》をきちんと切りそろえ、もともと大きな目にアイラインをきれいに入れた、やせて背《せ》の高い苑子さんは、華《はな》やかで派手《はで》で、同時に知的な感じのする人だったから、建築家というのがいかにもふさわしかったが、馥子さんのほうは、ふっくらしていたせいか、一見、落ち着いた母親ふうの人だったが、後ろがぴょんと跳《は》ね上《あ》がったままの髪《かみ》や、夏物のような服を無造作《むぞうさ》に着ているところなどは、生活臭《せいかつしゅう》が漂《ただよ》うというよりは、浮《う》き世《よ》ばなれして見えた。くぐもった声で話すその話も、どこか飄々《ひょうひょう》としていた。馥子さんは、洗濯屋《せんたくや》さんに勤《つと》めていた。

「だから見て」

と関さんが言った。「この家のもの、カーテンでもクロスでも、いつもぴちっときれいにしていられるの。馥子さんのおかげで」

するとと馥子さんは、

「それくらいのことしかできなくて」

と、言った。

るみちゃんが一歳《さい》のころに母子家庭になり——どんなわけでなったのかは語られなかったが——、苑子さんが住んでいた十一月荘《じゅういちがつそう》に来ることになって以来、関さんに、ずっと助けられてきたのだと馥子さんは淡々《たんたん》と話し、サラダのおかわりをした。関さんが、魚のフライに手を伸《の》ばしながら、

「私の方こそ、るみちゃんのおかげで、とっても楽しませてもらってるの。だって、孫がいるみたいでしょ？」

と言って、るみちゃんを見た。るみちゃんは、さっきから食卓《しょくたく》を離《はな》れて床《ゆか》にすわり、ネズミのぬいぐるみに言葉をしゃべらせて遊んでいた。食事中も、水色の服を着たそのぬいぐるみは、ちょこんとテーブルにのっていたのだ。周りに人がいることなど、ぜんぜん目に入らぬ様子で、かわいいネズミの声を使い分けている。

「いっしょに宿題までしていただいてねえ……」

馥子さんも、フライを一口食べ、るみちゃんを見やりながらつぶやいた。すると、苑子さんが、思いついたように、

「爽子ちゃんも、困《こま》ったときは閑さんに教えてもらうといいわよ。閑さん、先生なのよ」

と言った。

閑さんは——たぶん、六十歳《さい》くらいなのだろう——何年間も高校の英語の先生をしていた人で、学校をやめてからも、しばらく家で生徒たちに教えていたのだという。苑子さんが続けた。

「今も、中学生が一人、習いに来てんのよ。——耿介《こうすけ》くん、二年だっけ？　三年か。じゃあ、いっしょに習うのは、ちょっとむずかしいかもね。それに、爽子ちゃん、もう塾《じゅく》に通ったりしてるよね」

「……え、ええ。でも、やめようと思ってるんですけど……」

と爽子は答えながら、閑さんが先生だったということや、そんな子がここに通ってきているという話にひそかに驚《おどろ》いた。すると閑さんが、食べていた手を休めて、生き生きとした調子で話し出した。

「とっても面白《おもしろ》い子なの。でもちょっと変わってるから、とっつきは悪いかもしれないな。水曜と土曜と、二回来て、水曜は、まあ普通《ふつう》に問題集をやったりするんだけど、そればかりじゃつまらないから、土曜は何か読もうってことで、簡単《かんたん》な短編《たんぺん》を読んでるの。その影響《えいきょう》でもないんでしょうけど、耿介くん、去年あたりからかしら、突然《とつぜん》、読書する少年になっちゃってね」

そして閑さんは、頭をめぐらせて本棚《ほんだな》の方を向きながら、

「隙間《すきま》ができてるでしょ、文学全集のあいだに。あれは耿介くんが借り出してるしるし。ぶすっと

した声で『借りまーす』なんて言って持ってったと思うと、そのうちまた入ってるの。『退屈《たいくつ》なので二ページめでやめました』なんて言うこともあるけど」

と、楽しそうに言った。苑子さんが、ワインをつぎ足しながら、

「おかげで私まで影響《えいきょう》されちゃって、題名ばかり知ってて、読んだことがなかった本をついに読めて、うれしかった」

と言うと、

「あら、じゃ、隙間《すきま》の半分は、あなたのせいだったのか」

と関さんが言い、二人はケラケラ笑った。マリネをよそっていた馥子さんが、

「私のせいじゃないことはたしかです。私は、箱は残して、中身だけ持ってってますから」

と、すまし顔で打ち明けたので、またみんな笑った。

爽子は、驚《おどろ》きながらも、心底、楽しい気持ちがした。本好きの母でさえ、押《お》し入《い》れの奥《おく》に積み上げているような古びた文学全集が、今の暮《く》らしに混じりこんでいるとは。そして、それを促《うなが》したのが、中学生の少年だということに、爽子はちょっと衝撃《しょうげき》を受けた。そんな影響力《えいきょうりょく》が、自分と似たような年の少年にあるなんて……。そして、影響《えいきょう》を受けてしまう、苑子さんや馥子さんだって、何だか面白《おもしろ》い……。爽子は、この人々の中にいて、自分がゆっくりと解放されていくのを感じていた。

5

冷えびえとした朝の庭を見ながら、爽子《そうこ》は初めての朝食を一人でとった。トーストと紅茶《こうちゃ》と卵《たまご》とハムとマッシュポテト、それに簡単《かんたん》なグリーンサラダとヨーグルトが添《そ》えられていた。閑《のどか》さんは、「私《わたし》はいつもの時間にいただくわね」と言いのこして去ったあと、爽子が食べ終えるころになって、ほかの人々とともに食卓《しょくたく》についた。しんとしていたテーブルが、にわかに活気づいた。

「『ホテル十一月荘《じゅういちがつそう》のモーニングサービス』って感じだったでしょ。朝のメニューは、だいたいこんなものなんだけど、爽子ちゃん、足りたかしら」

と紅茶《こうちゃ》をつぎながら閑さんが言うと、

「たまに『旅館十一月荘の御朝食《ごちょうしょく》』になるときがあって、そのときは、ご飯、味噌汁《みそしる》、焼き魚、おひたし、海苔《のり》、梅干《うめぼ》し、生卵《なまたまご》なの」

と苑子《そのこ》さんが続けた。お化粧《けしょう》をしていない苑子さんは、あっさりした女子学生のように見えた。

多すぎるくらいたっぷりだったし、とてもおいしかったと告げて席をたつ爽子に、「いってらっ

しゃい」と、みながあたたかい声をかけた。バス通学になるために、これまでより一時間早い七時半には家を出なければならなかった。十一月荘を出た爽子は、身の引《ひ》き締《し》まる思いで静かな住宅街《じゅうたくがい》をぬけ、バス停へと向かった。何とも言えずうれしく、すがすがしい心地がした。

昼休みを待ちかねたように、リツ子が飛んできて、爽子を誘《さそ》った。

「ねえ爽子ちゃん、十一月荘、どう？」

踊《おど》り場《ば》の隅《すみ》で、爽子の袖《そで》を引っ張りながら、リツ子は目を輝《かがや》かせた。

リツ子は、爽子の最も親しい友人だったが、二年になるときのクラス替《が》えで、二階と三階の教室に分かれてしまうと、ちょっとした中休みに簡単《かんたん》におしゃべりするというわけにはいかないのだった。爽子もまた同じように、リツ子の袖《そで》を引っ張りながら、たいへんな秘密《ひみつ》の話でもするようなささやき声で、

「それがねえ、信じられないくらい、すてきそうなの……」

と打ち明けた。

転勤《てんきん》になったが、二学期を終えてから転校するということは、先生のほかにはリツ子が知るだけだった。その先生でさえ、「十一月荘」ではなく、「知り合い」の家から通うというふうに知らされていたのだが。十一月荘は、爽子の秘密《ひみつ》だった。でも、リツ子には話したかった。転校の話が出たとき、さびしいと感じた唯《ただ》一つのことと言えば、リツ子と離《はな》れるということだったのだ。遅《おそ》かれ早かれ、別れなければならないのだから、今でもやっぱりさびしかったのだけれど、それがとりあえ

ず回避《かいひ》されたことと、そこに十一月荘という新たなものが入《はい》り込《こ》んできたことを、リツ子に黙《だま》っていることなどできなかった。

リツ子は、やさしい声で話す、控《ひか》え目《め》で可愛《かわい》らしい少女だったが、爽子とはよくしゃべり、ふざけて笑いもした。この一週間のうちに爽子からもたらされた十一月荘の話に、爽子と同じくらい興奮《こうふん》し憧《あこが》れたのだった。

「ねえ、どんな人たちだった？　ねえ、どんな感じなの、知らない人たちと、家族みたいにご飯食べたりするのって」

建物の中や外に関して、すでに聞いていたリツ子は、十一月荘での第一日目の暮《く》らしについて、しきりと知りたがった。爽子は、閑さんたちのことを話した。

「いいなあ、いいなあ、うちって転勤《てんきん》ないんだもん、つまんない！」

リツ子は、二本の三つ編をぶるんぶるんと振《ふ》り回《まわ》しながら、おおげさに悶《もだ》えた。そんな様子を見て、はしゃいだ気分になった爽子は、ちょっとためらってから、閑さんが英語の先生をしていることを話した。

「今は、生徒が一人来てるんだって……」

「へえ、どんな子？」

「中学三年の男の子なんだって」

リツ子が、急に大きく息を吸《す》い、

「爽子ちゃん、どうしてそれを早く言わないの！　カッコいいの？」

と面白《おもしろ》がって目を輝《かがや》かせた。爽子は思わずふき出しながら、

「やだなあ！　まだ見てないわよ！」

と答え、「でもさ、カッコいい子なんて、そこらへんに、そういるわけないじゃない」と言った。

するとリツ子が、

「カモノハシみたいだったりして……」

と声を低めてささやき、二人は口をおさえてまたふき出した。加茂橋《かもはし》くんという、ずんぐりした生徒会役員の少年のことなのだ。


笑いながらも、爽子は、耿介《こうすけ》のことをこんなふうに話題にしていることが、ちょっぴりいやだった。けれど、似たような年頃《としごろ》の少年に対して、ことごとく批判的《ひはんてき》なのが、爽子とリツ子のふだんの態度だったから、耿介といえども、話題にした以上は、俎上《そじょう》にのせないわけにはいかなかった。もっともリツ子が、多くの女子生徒たちと同様に、成績がよくてサッカーがうまくて感じがよくて可愛《かわい》い顔をした、秋元《あきもと》くんに熱を上げているのは、隠《かく》していても、わかっていたのだけれど。

「どんな子だったか、教えてよ！」

「うん、もし会ったらね」

と二人は言い合って別れた。


爽子は、自分が想像したこと——耿介というのは、きっと「そこらへん」にはいない、何かすてきなものを持った少年なのではないか、ということを、リツ子に言わなかった。本当のところ、そ

んな少年がいるというのは、爽子にとって、鬱陶《うっとう》しいことでもあったのだ。十一月荘というものを、爽子は、周囲から隔絶《かくぜつ》されたひそやかな場所のように考えていた。ひそやかだけれど、その内部には、生き生きとした女の人たちの充実《じゅうじつ》した暮《く》らしがある、そんな特別の空間だと。また、そうであってほしいと願ってもいた。そこの住人になることで、自分もまた、心が煩《わずら》わされることなしに、何か一つのことをやれるような気がしたから。それなのに、こともあろうに、中学生の少年が出入りをし、住人たちと深く関《かか》わっている——そのことが、何ともいえず、爽子をもやもやさせるのだった。むろん、突然《とつぜん》登場した自分に、そんなことを言う資格がないことくらい、わかっていたのだけれど。

しかし、一方では、やはり心が浮《う》き立《た》つのだった。耿介は、カッコいい少年だろうか……。ああでもいっそ、カモノハシであってくれた方がいい。カッコよかったりしたら、せっかく、すっきりとした気分で暮《く》らすはずの十一月荘の日々なのに、気がそぞろになるかもしれないもの……。

葉のおちかけたナナカマドの下で、帰りのバスを待ちながら、そんなことを、またしても頭の中で転がしている自分に恥《は》じ入《い》って、爽子はきゅっと肩《かた》をすくめると、ことさらに首を伸《の》ばして、バスの来る方向を見た。

6

コンコン。ドアが小さく叩《たた》かれたあと、「るみこです」という可愛《かわい》らしい声がした。

招き入れられて、部屋に入ってきたるみちゃんは、立ちすくんで、ものめずらしそうにあたりを見回した。でも、すっきりしすぎた部屋の中で、るみちゃんの目をひくものといえば、ベッドの上に転がされた、カラスのぬいぐるみくらいだったかもしれない。可愛《かわい》らしいような物では、ぜんぜんなく、その名も「カラスだんな」と呼《よ》ばれ続《つづ》けてきた、のっそりとしたぬいぐるみだったが、ほかのぬいぐるみたちが、押《お》し入《い》れの隅《すみ》へと引退するようになっても、どういうわけか現役《げんえき》で、部屋のどこかしらに転がって、爽子《そうこ》とともに過ごしてきたのだった。

「あ……カラスだ……」

るみちゃんはつぶやくと、隠《かく》すようにして持ってきていた物を、前に差し出した。見ると、それもまたカラスのぬいぐるみなのだった。こちらは、花飾《はなかざ》りのついた帽子《ぼうし》をかぶり、眼鏡《めがね》をかけた、ひょうきんな様子の物で、帽子《ぼうし》の上には、かけ紐《ひも》がついていたけれど。

「あらあ、偶然《ぐうぜん》ね！　るみちゃんもカラスさん、持ってたのね」

爽子が、実際、驚《おどろ》いてそう言うと、るみちゃんはこくんとうなずいてから、思いきったように上ずった声で言った。

「あたし、これ、好きじゃないの。あのね、これね、爽子ちゃんにあげるんだけどね、どうしてあげるかっていうとね……」

るみちゃんは、小さな目をぴんと開いて爽子をみつめながら、懸命《けんめい》に説明した。

訪《たず》ねたいときに爽子の部屋を訪《たず》ねてもいいのかと母親に聞くと、母親が、それは迷惑《めいわく》になるからよしなさいと言ったこと。ノックをして、いいかどうか聞くよと言っても、それでも同じだと言われたこと。でもそれじゃ、つまらないと言いつのるるみちゃんのために、母親が提案した結果が、そのぬいぐるみだった、ということらしい。

「お勉強してたり、だいじなご用をしてて、来てほしくないと思う時は、ドアの手のところに、これかけてて。かかってたら、あたし、ぜったい行かないから」

爽子は、微笑《ほほえ》んで、それを受け取った。気をつかった果てに、そんなことを思いつく馥子《ふくこ》さんが、面白《おもしろ》く思えた。

「うん、わかった。そうするね。でも、もしも私《わたし》に、すごくだいじな用がある時は、これがかかってても、ノックしていいからね」

と爽子は言い、「これ、名前あるの？」とたずねた。るみちゃんは、首を振《ふ》った。

「じゃあさ、それが『カラスだんな』っていう名前だから、これ『カラスおくさん』にしようか」

すると、るみちゃんは、カラスだんなを手にとって、じっと見くらべてから、

「妹のほうが、よくない？　小さいもの」

と真面目《まじめ》に答えた。だから爽子も、

「それもそうね、妹のほうがいいわね」

と真面目《まじめ》に同意した。


るみちゃんは、用をすませてしまったあとも、いかにも立ち去りがたそうだった。だから、爽子は、机《つくえ》に招きよせて、何かいいものはないだろうかと引き出しを物色した。

「前は、いっぱい、いろんな物、あったんだけど、東京に送っちゃったの。捨《す》てちゃったりとか……」


爽子は残念だった。今回の引《ひ》っ越《こ》しで、処分《しょぶん》した文房具《ぶんぼうぐ》といったら……！　小学生の時からしまいこんでいた、漫画《まんが》の付録の便箋《びんせん》やらシールやら、誕生日《たんじょうび》やクリスマスのたびにとっておいた、きれいな包装紙《ほうそうし》やリボンも、思いきって捨《す》てたことが、やっぱり悔《く》やまれる。それでもるみちゃんは、興味深そうに首を伸《の》ばして、「あ、何これ」「あ、きれい……」「これ、見ていい？」などとつぶやきながら、自分もいっしょに探《さぐ》るのだった。るみちゃんのサラサラした髪《かみ》は、何ともいえない子供《こども》のにおいがした。小さな指先も、ぷくんとふくれたほっぺたも、爽子にはめずらしく、可愛《かわい》いなあ……と思わずにいられない。

「あ、それなあに？」


三番目の引き出しを、爽子がほんの少しあけたとき、ちらっと見えたのは、あのドードー鳥のノートだった。

「見せて見せて……」

なぜか、るみちゃんの声は、ひそひそ声になった。取り出したノートを見る目にも、驚《おどろ》きがまじっている。ほんの少しあけたままの口から、ほおっ……という溜《た》め息《いき》がもれるのも聞こえた。

「あ……ゴムついてる……。あ。この鳥知ってるよ。ふしぎの国のアリスに出てきたもの……。ねえ、なか見せて」

「ドードーっていうのよ、そういえば、アリスに出てきたわね……」

爽子は、ゴムをゆっくりはずし、丁寧《ていねい》にページをめくりながら、

「まだなあんにも書いてないの。だいじなだいじな、買ったばかりの新しいノートよ」

と、もったいぶって言った。

「いいねえ……何書くの？」

何も書かれていない、黄色がかった紙を見つめながら、るみちゃんがきいた。

「そうなの。何を書こうか、考えてるの」

本当に、それが爽子の楽しい悩《なや》みだった。するとるみちゃんが、すかさず言った。

「お話がいいな。お話にして」

爽子は、何日か前に考えた『十一月荘《じゅういちがつそう》の怪事件《かいじけん》』のことを思いだして、くすっと笑った。

「ねえ、カラスだんなとか、カラスの妹がでる話は？　それに、ロビンソンとかさ……」

とるみちゃんが言い、ポケットの中から、あの小さなネズミのぬいぐるみを取り出した。いつも持っているらしかった。そんなところから出し入れするせいか、水色の服は、すっかりすり切れて

いる。

「……ロビンソンていうのね？」

「うん。どしてそういう名前になったか、わからないんだけど、ロビンソンなの」

るみちゃんはそう言って、ノートの上を、ちょんちょんと歩かせながら、

「あれれ？　ここはどこだ？　いいところだなあ」

と、声色《こわいろ》を出した。

爽子は、はっ……と思ったきり、何も言わなかった。ドードー鳥のノートに、ロビンソンが出るお話……。そしてカラスだんなたちも……。それは、楽しいことかもしれない……。

「……書けるかなあ……私に……」

そう言ったときの爽子の顔は、きっと輝《かがや》いていたのだろう、るみちゃんの顔にも、ぱあっと笑《え》みが広がった。

「だいじょうぶだよ、爽子ちゃん！　そういうときは、カラスの妹をかけといてね、あたし、じゃましないから」

るみちゃんは、力強く言った。

るみちゃんが部屋を出ていったあと、爽子は、頬杖《ほおづえ》をつきながらノートを見つめ、心を躍《おど》らせた。細いペンと水彩《すいさい》絵の具を使って、精密《せいみつ》に、でも淡《あわ》くほんのりと描《えが》かれたドードー鳥の絵に見入っていた爽子は、それが、階段《かいだん》の上にかかっていた小さな額絵と、よく似た色調であることに気がつ

いた。それは、小川のほとりで水車がのどかに回る、外国の田舎《いなか》らしい、単純《たんじゅん》な懐《なつ》かしいような絵だった。たしか、屋根の上にはカラスが一羽とまっていたのではなかったか。爽子は、それをたしかめたくなって、部屋を出た。

思ったとおり、水車小屋の青い屋根の上には、ちょうどあの「カラスだんな」のような黒い鳥がとまっていた。その絵の前を通り過ぎるだけの時には、ありふれた風景画としか思っていなかったのに、こうしてじっと見ていると、のんびりとした時間が流れているにちがいない、明るいその村に、入っていきたいような気持ちになった。

爽子は、部屋にもどって、ノートを開いた。そこに何を書くか、はっきりとわかったのだ。それは同時に、十一月荘でしようと決めた、「何か」になり得《う》る、ということも。

爽子の頭の中が、活発に動きだした。今見た絵の中の村は「ドードー森」という名とともに息づき、その森の小道を、ネズミのロビンソンが、ちょこちょこと歩きはじめた。ロビンソンは、小川のほうへ向かっている……。爽子は、気に入りの鉛筆《えんぴつ》を十本、きれいに尖《とが》らせてペン皿に並《なら》べると、背筋《せすじ》を伸《の》ばして、一本を手に取った。

ドードー森の物語

第一話　ロビンソンが川に落ちた話

ある日のことです。ドードー森に住む、ネズミのロビンソンは、鼻歌を歌いながら、森の小道を歩いていました。水車小屋のカラスだんなをたずねて、おいしいパンケーキをごちそうになろうと考えていたのです。ひきたての粉で焼く、焼きたてのパンケーキを食べたければ、もうぜったいに、カラスだんなのところに行くにかぎりますからね。

ついさっき、洗濯《せんたく》ひもからはずしたばかりの水色の服は、すりきれてはいても、きれいに、ぱりっとしていましたから、人を訪問《ほうもん》するにも、失礼にはあたらないだろうし、ポケットには、もぎたてのレモンを入れてきたので、それをさしだせば、あまりあつかましい感じにならずに、紅茶《こうちゃ》を飲ませてもらうこともできるだろうとロビンソンは思いました。ロビンソンというのは、みかけによらず、あれこれと考えるたちだったのです。それもひとえに、心おきなくパンケーキを食べたかったからなのですが。

「カラスだんなに会ったら、どうやってパンケーキのことをきりだしたらいいだろう……まずはじめは、『いやあ、ぐうぜん通りかかったんで、ちょっとよってみましたよ、お元気ですか？』っていうだろう？　……それからさりげなく、『ところで、パンケーキってのは、おいしいもんですねえ』という……でも、ひょっとすると、これは少しわざとらしいかもしれないぞ……もっと自然に……そうだ、パンパンと手をたたきながら、『気分がいいと、こうパンパン、けいきよく手をたたきたくなりますねえ……パンパンけいきよく……パンパンケーキよく……パンパンケーキ……』といおう。そうすれば、カラスだんなは、『そうだロビンソン、せっかく来たんだ、焼きたてのパンケーキはいかがかね？』っていうんじゃなかろうか？　そう。きっというう。これにかぎる……うわあーっ！」

なんと、あまりにむちゅうに考えにふけるうち、曲がるべき道を曲がりわすれたロビンソンは、まっすぐ小川につっこんでしまったのでした！

「うわあっ！（バシャバシャバシャッ！）せっかくかわいた

この服があ……と思ったけど、（アップップー！）それどころじゃないんだったよおっ、だってぼく、およげないんだから、（ジャプジャプッ）おぼれて死んじまうってことだろうが！」

でも、これだけしゃべることができたのですから、おぼれて死んじまうってわけではなさそうでした。そもそもこの小川は、浅くて、流れもとてもゆるやかだったのです。ですからロビンソンは、ちょっと見には、おぼれている気のどくなネズミというよりは、背中《せなか》を水に浮《う》かべて、手足を踊《おど》らせている、優雅《ゆうが》なネズミさんというところでした。でも本人は、絶体絶命の気分でした。

「ああ、ぼくはこうしてこの若《わか》い命を落とすのか……ああ無念だ残念だ……パンケーキよさようなら……」

ロビンソンは、深刻《しんこく》といえるようないえないようなせりふをはきながら、流されていったのでした。

ゴオゴオドンガラドンガラ、ドップンドップン……。なぜかそこは、今までの、のんびりした流れとはおおちがいの、荒《あ》れくるう水の嵐《あらし》でした。

「うわあっ！」

ロビンソンは、目をぎゅっとつぶったまま、藁《わら》をもつかもうと、手足をばたつかせ、藁《わら》よりはましといえそうな何かに、しゃにむにしがみつきました。すると、何が何だかわからないうちに、からだがぐうっと持ち上がり、あららららというまに、何かにのっかり、背《せ》もたれさえできたような気がしたので、よりかかりながら、なんとらくちん、天国にでも昇《のぼ》ったのかしらん……などと思っていると、するりーっとすべって、ふたたび、ザップーンと、水のなかに落ち、うわあっとさけんで、ふたたび、藁《わら》をもつかもうと、藁《わら》よりましなものにつかまると、また同じように、からだがぐうっと持ち上がっていくのでした。そして、また何かにのっかり、背《せ》もたれさえできたようになったところで、ロビンソンは、はじめてちょっと目をあけてみました。

まっさきに目にとびこんだのが、今にものしかかってきそうな、茶色の板のようなものだったので、またぎゅっと目をとじました。地獄《じごく》の拷問具《ごうもんぐ》だと思ったのです。だって恐《おそ》ろしい音さえしているではありませんか。カッタン、ギギイコ、カッタン、ギギイコ……。

(あれ、でもこの音はたしか……)

ところがロビンソンは、そこでふたたび、ザップーンと水にもぐり……そしてふたたび、ぐうっとからだが持ち上がりました。そのときになって、ロビンソンは、ようやくそれが、水車の音だとわかったのです。そして、自分がいったい何につかまったり、のっかったりしていたのかということも。

（なあんだ、そうだったのか、びっくりさせんなよな！）

ついさっきまで絶望していた人とは思えないほど、かんたんに元気をとりもどすと、ロビンソンは、車が昇《のぼ》りはじめたときから、注意ぶかくねらいをつけました。そして、今だ、というときに勇敢《ゆうかん》に飛び上がって、水車小屋の窓枠《まどわく》へと、飛びうつったのでした。

（やったぞ！）

――と、ロビンソンはさけぶつもりでした。ところが口からでたのは、恐怖《きょうふ》のさけび声だったのです。

ロビンソンが恐怖《きょうふ》の悲鳴をあげたのは、目の前を黒い影《かげ》がよぎるとどうじに、頭のてっぺんに激痛《げきつう》が走ったからでした。とんがったもので、ひどく突《つ》つかれたのでした。そしてまもなく、

「カカーカカカカッ！」

という笑い声がひびきわたりました。それは、明らかにカラスの声でしたが、カラスだんなの声にしては下品だったし、カラスだんなが友人の頭をとつぜん突《つ》つくというのもへんでした。ロビンソンは、痛《いた》む頭のてっぺんをさすりながら、窓枠《まどわく》にのったま

ま、身をのりだして、小屋のなかをのぞきこみました。

水車の太い心棒《しんぼう》が横切る粉っぽい部屋のなかで、ギイギイとにぶい音をたてながら、石臼《いしうす》が回っていました。どこにかくれたのか、カラスのすがたはありません。そのとき、バサッという音をたてて黒い影《かげ》がふたたび走りぬけた……と思うまに、ロビンソンの頭が、またひどく突《つ》かれました。

「アイタッ！」

けれどこんどは、しっかりと犯人を見ることができました。ロビンソンは、ぎょっとしました。あの温厚《おんこう》なカラスだんなとは、似ても似つかないやつがいたからです。毛という毛は、てんでばらばら、あっちゃこっちにつんつんし、目つきはギラギラのみにくいカラスが、こっちをにらんでいるのでした。カラスだんなの留守をねらってここにはいりこんだ、悪党《あくとう》にちがいありません。

ロビンソンは、ひるみそうになる心をなんとかふるいたたせると、あらんかぎりのドスをきかせてさけびました。

「どこのどいつか知らねえが、なめんなよ！」

すると、梁《はり》にとまっていたカラスは、バフバフと床《ゆか》におりたち、おおげさなあきれ顔でふんぞり返りながら、

「ほほお、なめんなよたあ、お笑いだ。パンケーキがおめあての、コソドロネズミがよういうわい」

と、しゃあしゃあといってのけたのでした。これにはロビンソンも、どきりとしました。けれど、どこの馬の骨《ほね》かわからない悪党《あくとう》カラスに、そんなことをいわれてだまっているわけにはいきません。ロビンソンは、勇気をふるって窓枠《まどわく》から飛びおりると、カラスと向き合いました。そして、あごをしゃくりながら、

「このオレさまを、知らねえらしいなあ」

と、ゆっくりいいました。するとカラスは、鼻にかかったようなわざとらしい声で、

「ンカア、ンカア」

といいました。ロビンソンは、この、あまりにもばかばかしい声に、強いショックを受けました。

(このノリはいったい何だ？　こいつ、もしかして、すっごいワルだったりして……)

そう考えると、からだじゅうが凍《こお》りそうな気がしました。そもそも、びしょぬれでしたしね。でも、今さらひっこみはつきません。

「オレさまを、知らねえってんだな」

ロビンソンは、震《ふる》えをかくして、つづきをいいました。

「するてえと、モグリだな」

するとこんど、カラスはつばさで鼻をつまみ、

「スルデエド、ボグディダダ」

と、鼻つまり声で、くりかえしました。ロビンソンは、これにもぞっとしました。やることが板についてるような気がします。

でも、実をいえば、カラスのほうも、今や恐怖《きょうふ》のまっただなかにいたのです。

（こりゃただもんじゃない。もぐりだなんてことば、ふつうの子ネズミには使えないぞ）と、カラスの心臓《しんぞう》は、やぶれんばかりの勢いでドクンドクンと鳴っていたのでした。ばかばかしいまねをしたのは、それをごまかすためだったのです。カラスは今、いくらあやしい侵入者《しんにゅうしゃ》とはいえ、頭なんか突《つ》つくんじゃなかったと、深く後悔《こうかい》しているのでした。

ロビンソンとカラスは、たがいにそんなことを思いながら、ものすごい目つきでにらみあっているうちに、気がとおくなっていきました。そして、緊張《きんちょう》のあまり、カチカチカチカチと、歯を鳴らしはじめました。

カチカチカチカチ……。臼《うす》の回るギイコギイコという音にまじって、歯のぶつかる音がひびきます。

（カ……カラスのやつ、ついに、とびかかってくるぞ……）

と、ロビンソンは思い、

（ネズミめ……いよいよ来る気だな……）

と、カラスは思いました。

そして二人は、こうなりゃやけくそ、最後の大見栄《おおみえ》だいとばかりに、どうじにさけびました。

「こっちにゃ、鳥モチがあるんだい！」

「こっちにゃ、ネズミ捕《と》りがあるんだい！」

そして二人は、そのことばをきいたとたん、ヒエーッと息をすい、バタン、とたおれてしまったのでした。

それから、どれくらいたったでしょう。ぬれたからだがすっかりかわいたころ、ロビンソンとカラスだんなは、息をふき返しました。

「あっ、カラスさん！」

「あっ、ロビンソン！」

二人は、さけびながらかけよると、ぱっとだきあいました。

「カラスさん、たいへんです！　さっき、ここに、悪党《あくとう》がはいりこんでいたんですよ！」

「それだよ、それ。ヤクザみたいな口をきくんでおどろいたよ」

それから二人は、「ぶっそうですねえ」とか、「逃《に》げ足《あし》のはやいやつだよ」などとつぶやいたあとで、カラスだんなの提案で、紅茶《こうちゃ》とパンケーキをいただくことになりました。（手をパンパンたたいたわけでもないのに！）

二人は、輪切りのレモンをうかべた紅茶《こうちゃ》を飲み、おいしいパンケーキを食べながら、部屋のかたすみのテーブルで、楽しいおしゃべりをしました。

「ときにロビンソン、きみは、いったいいつここに来たんだね？」

とカラスだんながききました。

「あの悪党《あくとう》がいたときですよ。ぼくったら、川に落っこちて、流れ流れて、水車にのっちゃったんです」

カラスだんなは、

「それは災難《さいなん》だったねえ」

といいましたが、悪党《あくとう》が窓《まど》からはいってきたときに、ここにいたのはロビンソンではなく、自分なのに、とちょっと思いました。でも深くは考えずにつづけました。「ぬれるってのは、いやなもんだよね。ぼくもついさっき、しかたなく風呂《ふろ》にはいったんだが、気分がくさくさしちゃってねえ。風呂《ふろ》から出たとたん、へんなやつが窓《まど》からはいってくるし……」

それから二人は、何となく顔を見あわせました。ひょっとすると……という考えがうかび、ひょっとするんじゃないか……と二人は思いました。

「もしやして……」

とロビンソンがつぶやくと、

「ぬれネズミ……」

とカラスだんながつづけ、「もしやして……」とカラスだんながつぶやくと、

「カラスの行水《ぎょうずい》……なんてことかも……」

とロビンソンがつづけました。

二人は、じいっと相手を見すえてから、パッと目をそらしました。そして「いい天気ですねえ」などといいながら、やけに明るくはしゃいで、せっせと食べてはお茶を飲んだのでした。

7

爽子《そうこ》は、ノートを閉じて、大きく息をついた。今までどこにも存在していなかったドードー森。今までありもしなかった、ある日のできごと。ささやかではあっても、それらが、既成《きせい》の場所、既成《せい》の事実となって存在《そんざい》する。ノートの中に。そして爽子の心の中に……。

爽子は、これまでにも何度か、お話を作ろうと思ったことがあった。たいていは、心躍《こころおど》る本を読んだあとに、それとよく似た調子の文章でもって、勢いにまかせて書き出した。しかし、興味をそそるような謎《なぞ》めいた書きだしで最初の何ページかを書いてしまったあとは、決まって、深い靄《もや》の中に迷《まよ》い込《こ》んだように、どうしていいのかわからなくなるのだった。そのたびに、自分の中途半端《ちゅうとはんぱ》さにうんざりし、それがきれいなノートだったりすると、汚《よご》したようで、ひどく残念になるのだった……。

(いい出来かどうかなんてわかんないや。でもいいの。とにかくわたしは、お話を書いたんだ。……ああ、なんて気持ちがいいんだろう!)

爽子はぐうっと伸《の》びをしながら、

「ああ、あたし、何だかすごく自由だ！」

と声に出して言わずにいられなかった。ありもしなかったものを、自分の力で、目に見えるようにしたことの満足感は、自由を得た解放感にも似ていた。伸《の》びやかな広がりの中で心を飛ばしているような気持ちだったのだ。実際はカーテンを閉《し》めた部屋の中で、じっと机《つくえ》に向かっていたのだけれど。

（少しずつ、少しずつ、ドードー森は、すがたをあらわしてくるにちがいないわ。あの水車小屋のむこうはどうなってると思う？　ほかには誰《だれ》が住んでると思う？……）

それを考えていくのは、ぞくぞくするように楽しかった。やがてるみちゃんはそれを読み、同じ世界を共有することになる。それはまた、何と不思議な感じだろう……。

その時、玄関《げんかん》のチャイムが鳴った。爽子はどきりとした。水曜の夜に耿介《こうすけ》が来る、ということは、心の隅《すみ》のほうで、ずっと気になっていたのだ。耳をすませば、閑《のどか》さんの声にまじって、少年のものらしい声も聞こえたが、まもなくしんとなった。居間に入ったのか、閑さんの部屋に入ったのか、さだかではなかったが、それきり物音はしなかった。

爽子は、ドードー鳥のノートを引き出しの中にしまうと、大急ぎで自分もまた教科書を開いた。階下の静けさが、閑さんと耿介との高度な勉強ぶりを示しているようで、ぼんやり耳をすましていた自分が、恥《は》ずかしくなったのだ。

宿題がでていたのでそれをまずすませた。英語のエクササイズと数学のプリント一枚《まい》。いつもより時間をかけたつもりだったが、階下は静かだった。家庭教師なら、二時間はやるのだろうから、それもそうかと思う。爽子は、引き続き予習を始めた。家にいれば、水曜のこの時間はテレビを見ているはずだった。ここの居間にもテレビはあるのだが——ビデオの装置《そうち》だってちゃんとある——食後、部屋に入ってしまうと、わざわざテレビを見せてもらいに下りていく気がしなかったし、ほかの人たちがどんなふうに夜の時間を過ごしているのかも、まだ判然としなかった。テレビでもビデオでも、好きなときに見てかまわないのかしら……。だがとにかく、今日のところは見にいくなんて、論外《ろんがい》だ。

ふと、居間の電話が鳴るのが聞こえた。三回くらい呼《よ》んだあと、閑さんが出たらしくベルが止《や》んだ。もともとは親子電話になっていて、子機は二階にあったのだが、赤《あか》ん坊《ぼう》だったるみちゃんを起こさないようにと子機を切って以来、そのままになっているのだ。それでも不便はなさそうだった。苑子《そのこ》さんは、携帯電話《けいたいでんわ》で、自分の用を足していたし、馥子《ふくこ》さんも職場を連絡先《れんらくさき》にしているのか、かかってくるのを聞いたことはなかった。爽子に来るとすれば、母かリツ子だろうか……。その時、足音が聞こえ、まもなくドアがノックされた。

「爽子ちゃん、お母さんからお電話よ」

と閑さんが伝えてくれた。

居間のテーブルについていた少年が、ペンケースのチャックを閉《し》めながら、爽子を見てペコンと頭を下げた。ちょうど勉強が終わったところらしい。爽子もまた、軽く会釈《えしやく》をしてから受話器をつかんだ。

「もしもし」

「あ、元気？　調子よくやってるみたいじゃない。あのね、金曜のことだけど」

そして母は、発《た》つ前に家族三人で食事しようという、以前からの予定について話した。「その日はホテルに泊《と》まるから、そこで何か食べましょう、どうする？　直接来る？」

そのあいだに、耿介が、本類をカバンにしまって蓋《ふた》をする音と、椅子《いす》から立ち上がる音がしたので、爽子はそちらを向いて、またちょっと頭をさげた。耿介は、ごく小さく「さよおなら」と、ふざけたようにつぶやいて、居間を出ていった。爽子は母に適当な返事をして電話を切った。

部屋に戻《もど》った爽子は、ドサッとベッドに腰掛《こしか》けて、カラスだんなを抱《だ》き寄《よ》せると、肩《かた》で息をつきながら目をぱちくりさせた。母との電話のことなど、ちらりとも思い出さず、今見た耿介のことを考えた。

カモノハシだなんて、とんでもなかった。ひょろりとした、少年らしい子だった。聞こえてきた声が、しっかり太い声だったから、おじさん風の優等生《ゆうとうせい》のような気がしていたのに。中学生の男子は実にさまざまだ。きいきい声をはりあげて走り回る赤《あか》ん坊《ぼう》みたいな子、制服から長い手足をぬっと出し、背《せ》ばかり伸《の》びたやせておとなしい子、身づくろいに余念のない不良っぽい子……。でも一部には、難《むずか》しそうな本を読み、議論《ぎろん》をし、合唱部で手を後ろに組んで歌ってる、優等生《ゆうとうせい》たちもいた。そういう子たちは、どういうわけか、もうおじさんみたいだった。加茂橋《かもはし》くんなど、自分でもすっかり村長さんみたいな気らしく、にこやかに「子供《こど》たち」に接しているのだ……。耿介は、背《せ》ばかり伸《の》びた子の類《たぐい》に見えた。でも、クラスのやわな子たちのようではなかった。きりっとしていて、どことなく皮肉な感じもした。

（何ていうんだろう……。そうだ、毅然《きぜん》としてるんだ……）

その言葉を見つけたとたん、ぴったりの表現だと思った。そのくせ、ベッドから立ち上がりながら、

「何だか生意気ね」

と爽子は、わざとつぶやいた。

第二土曜日だった。十一月荘《じゅういちがつそう》に越《こ》してきてから、初めての休日でもある。母たちは今日の午前中に発《た》つが、見送りには行かないことにしていたし、できればちょっと寝坊《ねぼう》をしたいところだったが、みんなといっしょに、少しのんびり朝食をとるのも楽しみだった。昨日半日、十一月荘をあけただけで、何か損をしたような気もしていたのだ。もちろん、デパートでセーターを一枚《まい》買ってもらったあと、ホテルのレストランで母と弟と食事をするのは楽しかったけれども。――家を出て五日しかたっていないのに、久しぶりに会う者のように弟ははじめ照れていたし、十一月荘の様子をたずねる母は、まるで、成長した娘《むすめ》を見るような目をして、素直《すなお》に話を聞くのがやや意外だったが――。

今日も仕事がある苑子さんと馥子さんの二人を、今朝はいつもとは反対に、爽子が「いってらっしゃい」と送り出した。そのあと、閑さんとるみちゃんが、そろって後片付《あとかたづ》けを始めるのを見て、

爽子は何だか楽しくなった。休みの日、閑さんとるみちゃんの二人は、こうして、まるで祖母と孫のように過ごすらしかった。爽子は自分もこの家のために働きたくなった。

二人が食器洗《しょっきあら》いや洗濯《せんたく》をしているあいだに、爽子は掃除《そうじ》をした。居間や階段《かいだん》や廊下《ろうか》やトイレを……。土曜休みの午前中に、これほど甲斐《かい》がいしく働くことは、家ではまずなかった。でも、すっきり広々とした、すてきな十一月荘では、エプロンをきりっとしめて働きたいような気分にもなる。窓《まど》を開けて空気を入《い》れ替《か》えるときには、冷たく清々《すがすが》しい秋の香《かお》りと色とに、心が洗《あら》われるようだった。イチョウの黄色、ナナカマドの朱《あか》、それにイチイやモミの濃《こ》い緑が、久しぶりの青空のもとで、ほんとうに美しく目に映《うつ》る。二階の窓《まど》から身をのりだし、テーブルセンターや花瓶敷《かびんしき》をひるがえしながら埃《ほこり》を払《はら》ったりしていると、爽子は、自分が小間使《こまづか》いの少女にでもなったようで愉快《ゆかい》だった。

「まあ、ありがとう、爽子ちゃん！」

閑さんは、掃除《そうじ》を終えた爽子に礼を言うと、「あ、そうそう、ちょっと頼《たの》みたいことがあるんだった……へんなお願いなんだけど……そうね、私《わたし》の部屋に、ちょっと来てもらっていいかしら？」

と、何だか恥《は》ずかしそうに誘《さそ》った。

8

玄関《げんかん》の横が閑《のどか》さんの部屋だった。爽子《そうこ》は、るみちゃんの肩《かた》に手をのせながら、いっしょに中に入った。

そこは、案にたがい、広いけれども物がたくさん詰《つ》まったような、雑然とした部屋だった。居間にも置かれていない応接セットさえあった。ぎゅっと押《お》し込《こ》まれていた、というほうがふさわしかったけれど。それに、ソファーのビロードは、相当すり切れていたし、テーブルも、傷《きず》の目立つ、使いふるされた物らしく、優雅《ゆうが》さからはほど遠かった。壁《かべ》ぎわの、ガラス扉《とびら》のついた飾《かざ》り棚《だな》も、同じように古びた物で、陶器《とうき》や木製の小物の類《たぐい》が、満員電車のようにぎっしり並《なら》んで入っている。一つある背《せ》の高い本棚《ほんだな》の様子も、居間のものとはかなり違《ちが》って、雑然としていた。大きさのそろわない本が、はみ出したり、横になったりしている。その部屋は、閑さんの匂《にお》いがした。いやな匂《にお》いではなく、あたたかみのある懐《なつ》かしいような匂《にお》いだ。

「ねえ、爽子ちゃん爽子ちゃん、いいもの見せてあげようか……」

飾《かざ》り棚《だな》の中をいじっていたるみちゃんが、そう言いかけたとき、そばで雑誌のページを繰《く》っていた関さんが、それをさえぎる勢いで、

「ここだ、ここだ、爽子ちゃん、そこに座《すわ》って、ちょっとこれ見て」

と促《うなが》した。

関さんは、週刊誌《しゅうかんし》を手にして向かい側のソファーに座《すわ》ると、かけていた眼鏡《めがね》をはずし、テーブルの上の忘《わす》れな盆《ぼん》の中から、別の眼鏡《めがね》を取ってかけた。老眼鏡《ろうがんきょう》なのだろう、金色の鎖《くさり》のついた、おしゃれな眼鏡《めがね》だった。

「ここに、後ろ向きの女の人がいるでしょ」

関さんが示したページには、人々の群を撮《と》った白黒の写真が出ていた。「この後ろ向きの人の持ってる手《て》さげ袋《ぶくろ》に、何て書いてあるか読める？　小さくって、どうがんばっても見えないの」

爽子は、週刊誌《しゅうかんし》を受け取ると、どれどれと割《わ》り込《こ》んできたるみちゃんのほっぺたをちょっと押《お》しやって、小さく写ったおばさんふうの人の、もっともっと小さい、灰色《はいいろ》の手《て》さげ袋《ぶくろ》をじっと見た。

消え入りそうな、白抜《しろぬ》きの字がかろうじて読みとれる。

「C《シー》、U《ユー》……R《アール》……次は……I《アイ》かしら……？」

アルファベットを、途中《とちゅう》まで何とか読み上げると、

「ああ、やっぱりね！　爽子ちゃんもういいわ、ありがとう」

と関さんが晴れやかな声でさえぎった。爽子が顔を上げると、関さんは、老眼鏡《ろうがんきょう》をはずして、いたずらそうに笑っていた。笑うのに合わせて胸《むね》のあたりにぶら下がった眼鏡《めがね》が、太った胸《むね》の上で揺《ゆ》れ

ている。

「その人ね、隣《となり》の奥《おく》さん。鹿島《かしま》さんていうの」

と関さんはおかしそうに言った。「きっとそのうち、爽子ちゃんも会うはめになると思うけど……ケッサクな人なの」

その写真は、先頃倒産《さきごろとうさん》した大型店の、〈全点半値《はんね》以下の大放出！〉なる閉店セールに、早朝からつめかけた大勢の人々を撮《と》ったものだった。この街の出来事だったから、爽子の家でももちろん話題にのぼったし、セールの大騒《おおさわ》ぎについては、「ガッツねえ……」「根性あるねえ」と呆《あき》れあったりもしたのだった。

「思ったとおりだった！　鹿島さんなら絶対行くって思ってたもの。でもまさか、こんなところに写ってるとはね！」

関さんは、得意そうに言うと、「その手さげ、イタリア旅行で買ったっていう彼女《かのじょ》のお気に入りでね、年がら年中さげてるの。これがなかったら、この豆粒《まめつぶ》が鹿島さんかどうかはさすがにわからないところだった。でね、鹿島さん、どうもわかっていないみたいなの、袋《ふくろ》に何て書いてあるか」

と、まるで内緒《ないしょ》の話をする中学生のように、ひそひそ声で続けた。

「え、これ、どういう意味なんですか？」

面白《おもしろ》がって爽子がたずねると、関さんは、そっと口に手をあてて、

「クリオーザって、早い話が『野次馬《やじうま》』ってことよ」

と打ち明けてクスクスと笑った。「苑子《そのこ》さんなんか口が悪くて、野次馬《やじうま》バッグって呼《よ》んでるの。鹿

島さんのことは、『カシマシ夫人』だし。もちろん本人の前では言わないけど。とにかく、これで安心した。あとで苑子さんたちに教えてあげよう」

爽子はうれしくなってふき出した。まるで、リツ子と自分のようだと思った。

そのあいだ、るみちゃんは、週刊誌《しゅうかんし》をのぞくのをとっくにやめて、関さんの隣《となり》にはりついて、関さんの腕《うで》や肩《かた》を使って、ロビンソンに山登りをさせていた。

「えっほ、えっほ、ちょこちょこちょこ……、ああつかれた、すべろうっと！」

ロビンソンが、関さんの膨《ふく》らんだ胸《むね》をすべりおりて、ぶらさがった眼鏡《めがね》の上にちょんとのっかった。

「これこれ、私《わたし》をアスレチックの道具にするのはおよし、ロビンソン！」

と関さんが怖《こわ》い声で叱《しか》ると、るみちゃんは、面白《おもしろ》そうに、

「だって、ぼくにぴったりなんだもん！」

とロビンソンの声で言ってケラケラ笑った。

爽子は、関さんの部屋でくつろぐうちに、関さんのことが、ますます好きになった。きれいに片《かた》付《づ》いた居間も気持ちがよかったけれど、細々《こまごま》した物が部屋じゅうに溢《あふ》れたようなこの部屋は、楽しくて、豊かな感じがして、関さんの人柄《ひとがら》のようだった。

その日のお昼まで、爽子は、関さんが棚《たな》から取り出してくれた、古い外国の絵本を、るみちゃんといっしょにながめて過ごした。途中《とちゅう》でるみちゃんが、爽子の耳に口をあて、「ロビンソンたちの出てくるお話、できた？」とたずねた。爽子が、「一つね」と言いながらるみちゃんにうなずいて

みせると、るみちゃんは、肩《かた》をすくめてクックッと笑った。

風の強い寒々とした日曜だったが、爽子は、るみちゃんと散歩に出た。二人ともぐるぐるにマフラーを巻《ま》き、厚着をして、風に向かって、背《せ》をかがめて歩いた。「明日の日曜は、どんな天気でも、お散歩しようね！」と、昨日二人は約束したのだった。

ただの住宅街《じゅうたくがい》にすぎなくとも、知らない家々のそばを、当てもなく歩くのは楽しい。でも今日の場合は、るみちゃんと一組になって、北風と戦っているようなものだった。

「うっ……さぶいっ！……お耳がちぎれるう〜！」

「負けるな、るみちゃん！」

用もないのに、懸命《けんめい》にこんなことをしているのが、かえって楽しかった。二人の横を、自転車が一台、ビュッと通り過ぎていった。

「あ、耿介《こうすけ》くんだ……」

青いジャンパーの背中《せなか》を膨《ふく》らませながら、どんどん小さくなる自転車を指差して、るみちゃんが言った。爽子はどきっとした。

片足跳《かたあしと》びをしたり、後ろ向き競争をしたりしながら、二人が十一月荘《じゅういちがつそう》にもどると、閑さんがとんできて、

「わあ、りんごのほっぺ、ちゅめたいちゅめたい！」

と言いながら、るみちゃんのほっぺたをさすった。そして、

「よかった、帰ってきて。でないと、私一人で、食べちゃうところだった」

と、二人に言った。

お茶やお皿を出しながら、関さんが話すのを聞いているうちに、爽子は、

「うそ！」

と素頓狂《すっとんきょう》な叫《さけ》び声《ごえ》をあげて、関さんとるみちゃんを驚《おどろ》かせた。関さんが、しげしげと爽子を見ながら、

「うそなんかじゃありませんよ」

と言った。

関さんにとって、ただの報告にすぎなかったその話は、これから食べようとしていた、いただきものの注釈《ちゅうしゃく》だったのだが、爽子にとっては驚《おどろ》くべき話だった。——いただきものというのは、パンケーキで、それは、知り合いの文房具屋《ぶんぼうぐや》さんのおじさんが、ついさっき焼いたものであること。耿介が、やはりそのおじさんと仲よしで、たまたま文房具屋《ぶんぼうぐや》さんに行ったものだから、おつかいを頼《たの》まれて、さっき届《とど》けにきてくれたということ。そしてさらには、昨日話した隣《となり》の鹿島さんは、そのおじさんの妹だということ——。

爽子が驚《おどろ》いたのは、もちろん、『ドードー森』のことが頭にあったからだった。

爽子はゆうべ、二つ目の物語を書き始めたのだった。るみちゃんからもらったぬいぐるみ「カラスだんなの妹」を登場させて……。するとどうしても、それが鹿島さんとだぶってくるのだった。

見たこともないというのに。

（パンケーキを焼くおじさんの妹だなんて！　それに文房具屋《ぶんぼうぐや》さんて、きっとあそこのことだわ）

爽子は不思議そうな二人を前にして、何度も目をしばたたいた。

9

赤いチェック模様《もよう》のお皿に、厚みのない、小さなホットケーキのようなものが、たくさんのっていた。どれも同じ大きさのきちんとした円で、中ほどと縁《ふち》にこんがり焼き色がついている。

「……え？　これがパンケーキ……？」

爽子《そうこ》のつぶやきは聞こえなかったとみえて、

「このジャム、おいしいわよ」

と、閑《のどか》さんが木イチゴのジャムを勧《すす》めた。

（あ……ジャムなんかをつけるんだ……）

爽子はそれにも驚《おどろ》いた。爽子は、パンケーキというものを、今までずっと、ふっくらしたパンのようなものだと思っていたのだ。言葉の響《ひび》きだけが好きで、どんな物かも知らずにお話に書いたことを恥《は》じて、爽子はちょっと舌をだした。

(いいわ、カラスだんな特製のパンケーキってことにしとこうっと……)

爽子は、一人、そんなことを思いながら、一枚《まい》に手を伸《の》ばした。

その時、階段《かいだん》を下りてくる足音が聞こえた。ゆうべ徹夜《てつや》したらしい苑子《そのこ》さんが、今起きてきたのだろう。と同時に、玄関《げんかん》のチャイムが鳴った。

「はーい」

苑子さんがそのまま玄関《げんかん》に出ていくのがわかった。関さんは、パンケーキを食べながら、そちらに耳をすましていたが、さかんにしゃべり立てる明るいキンキン声に、にやりとした。

苑子さんが一足先に居間に入ってきて、

「おはようござい……あら、お十時……じゃなく、お十一時ね!」

と言ってから、「ヤジさんキタさんです」と小声で付け足した。

「苑子さんたら、また!」

と関さんが言ううちに、小柄《こがら》な婦人があらわれた。眼鏡《めがね》の奥《おく》の目が、すばしこく、きょろっと動く小動物のような婦人は、『CURIOSA《クリオーザ》』と書かれた手《て》さげ袋《ぶくろ》をちゃんとさげていた。

鹿島《かしま》夫人は、関さんと簡単《かんたん》な挨拶《あいさつ》を交《か》わすと、すばやくハーフコートを脱《ぬ》ぎ、椅子《いす》に腰掛《こしか》けた。

そして好奇心《こうきしん》いっぱいの目で爽子を見つめたが、ふとパンケーキに気づくなり、

「あらまあ！　それ、ひょっとして兄さんが焼いたんじゃない⁉」

と叫《さけ》び、閑さんがうなずくと、くだんの手《て》さげ袋《ぶくろ》の中をゴソゴソ探《さぐ》りながら、一気にまくしたてた。

「兄さんたら、海外通販《つうはん》のカタログ見ちゃあ、へんてこな道具を次々買うのよねえ、まったく。パンケーキのプレートといっしょに、モルト入りの特製小麦粉まで注文したっていうじゃない。酔狂《すいきょう》は文房具《ぶんぼうぐ》だけでたくさん！　あったあった……。これね、無農薬のかりんで作ったジャムなの。兄さんのことだから、きっとこちらにもパンケーキを届《とど》けるだろうと思って、先回りして持ってきたつもりだったのに、何とまあ、もう届《とど》いていたとは。閑さんと馥子《ふくこ》さんのために、甘《あま》さ控《ひか》え目《め》にしときましたから、安心してたっぷり塗《ぬ》ってください！」

そこまで言うと、やっと本来の興味が何だったかを思い出したらしく、ふたたび爽子の方を向いた。質問が次々と繰《く》り出《だ》された。父の勤《つと》め先《さき》から転勤先《てんきんさき》、家族構成、年齢《ねんれい》、これまでいた家、習い事……。

「じゃあ、何か特別の用事があって、それで残ったというわけじゃないのね……？」

鹿島夫人は、あごに指をあて、難《むずか》しい謎《なぞ》でも解くような顔つきをした。爽子の隣《となり》に腰《こし》をおろしていた苑子さんが、しまいにふき出して、

「探偵《たんてい》みたい」

と言った。鹿島夫人は、そんな茶々など無視《むし》してフウムと息をつき、すっきりとはしないまでも取り調べは打ち切り、といったふうに、

「私《わたし》なら、娘《むすめ》を、その年では手放せないわねえ……！」

と結論《けつろん》を下した。でもそのくせ、眉根《まゆね》にきゅっと皺《しわ》を寄せると、閑さんの方に向き直って、「だけど閑さん、夏実《なつみ》も少し放した方がよかったのかしらねえ……。家から出たことないから、それであんなに縁遠《えんどお》いのかしら」

と溜《た》め息《いき》をついた。苑子さんが、

「夏実ちゃんて、お隣《となり》のお嬢《じょう》さん。ピアノの先生なのよ」

と爽子に教えてくれたが、何か含《ふく》むところがあるように、クスッと笑った。

「誰《だれ》かいい人いないかしら？　来年、八になるのよ。二十八。これじゃいい話も遠くなるわよねえ。苑子さん、建築士の知り合いで、どなたかいない？　もう私、心配で心配で、満足に眠《ねむ》れないのよ」

鹿島夫人は、閑さんを見たり、苑子さんを見たりしながら、せつなそうに首を振《ふ》り、「苑子さん見て安心してたらだめよって言うんだけどねえ……」と悪びれずに言った。爽子はちょっとびっくりしたけれど、苑子さんは、まるで涼《すず》しい顔で笑っていた。

鹿島夫人は、そのあと、苑子さんみたいにきれいな人が、三十五にもなって独りでいるのは、本当のところどういうわけなのか、恋人《こいびと》はいるのか、独身主義なのか、といったことをたずね、「何となく」という答えしか得られなかったことにはなはだ不満な様子で帰っていった。

「一人でしゃべってたのに、パンケーキ、ちゃんと食べてったね。四つもだよ」

とるみちゃんが小さな声で言って、みんなを笑わせた。

昼食後——と言っても、パンケーキが、なし崩《くず》し的に昼食に変化したのだけれど——閑さんとるみちゃんが、一週間分の食料を調達しに出かけた。自分がお伴《とも》しなくてもよいのかと爽子が心配すると、手にさげてくるのはほんの少しで、あとはみな、届《とど》けてもらうことになっているのだと閑さんが教えてくれた。十一月荘《じゅういちがつそう》の生活様式は、こんなふうに少しずつ、明らかになってくるのだった。

爽子と苑子さんは、食器洗《しょつきあら》いをしながら、鹿島夫人のことを話題にした。週刊誌《しゅうかんし》の写真のことを爽子が話すと、苑子さんはケラケラ笑った。

「ほんとに鹿島さんて、フットワークが軽いというか、乗りやすいというか……。米不足のときだって、東奔西走《とうほんせいそう》で買い集めちゃうし、銀行が危《あぶ》ないとなれば、真っ先に解約にいくの。それに嗅《か》ぎ付《つ》けるのも早くって、近所で工事が始まると、何ができるかなんて、私よりずっとよく知ってるの。爽子ちゃんが来たのだって、ちゃんと見てたと思うわ。だから、そろそろ来るなと思ったら、案の定、来たわね！」

爽子がそう言って笑うと、「いい勘《かん》してるわねえ！」と苑子さんは驚《おどろ》き、

「苑子さんが、ヤジさんキタさんって言ったとき、私、すぐにわかっちゃいました」

「でもそれ、もともとは閑さんが言い出したことなのよ。野次さんが来たからヤジキタね、なんて言って。閑さんて、そういうこと、ひょいひょい思いつくんだもの。ま、私もたぶんにそういうとこ、あるけど」

と言って首をすくめた。

皿洗《さらあら》いをすませて台所の床《ゆか》をきゅっきゅと拭《ふ》くと、苑子さんは、

「さあて、今日は部屋の片付《かたづ》けをやらなくちゃ。一つ仕事するたびに、物がその辺にどんどん積み

上がっていっちゃうのよねえ。でも、私の部屋だけじゃないみたい。ここの人たちって、公徳心が発達してて、公共の場は、みんなで協力して、ごらんのとおりすっきりさせとくんだけど、そのぶん、自分の部屋は後回しで、けっこう雑然としてるんで、何だかほっとする」

と言った。爽子は、閑さんの部屋のことを話し、ほっとするという言葉に同意した。

「あら、閑さんのお部屋に入ったの？　じゃあ、不思議な宝石《ほうせき》を見た？」

と、苑子さんが目をキラキラさせてたずねた。

「不思議な宝石《ほうせき》なんて、あったかしら？」

と爽子は首をかしげた。苑子さんは、くすっと笑って、

「ほんとの宝石《ほうせき》じゃないの。たぶんガラス玉。でも、これくらいの大きさで、いろんな色がまじっていて、本当にきれいなの。それを、ちっちゃい座布団《ざぶとん》みたいな物の上に、置いてあるのよ」

と、ピンポン玉くらいの大きさを指で示した。爽子は、ソファーに乗ったるみちゃんが、飾《かざ》り棚《だな》の上をいじりながら、爽子にも見せようとして中途《ちゅうと》になっていたことを思い出した。なるほど、そんなものなら、いかにもるみちゃんが好みそうだ。

苑子さんは、閑さんの一面を語るエピソードとして話し出した。

「閑さん、子供《こども》の時に、黒いマントを着て、背《せ》が高《たか》くて、鼻の大きな外国人を、学校の帰りに何度か見かけたんだって。何をするのでもなく、腕《うで》を組んで、ぶらっと風の中に立ってたって言うの。子供《こども》たちは、みんな怖《こわ》がって、魔法使《まほうつか》いだとか何とか言いながらも、興味津々《きょうみしんしん》だったわけよ。でね、ある時、閑さん、授業中に具合が悪くなって、早退して一人で帰ったことがあったんだって。

その時ずっと下を向きながら歩いてて、そして声をかけられて、ぱって上を向いたら、その人だったの。間近で見たら、目がぎらぎらと大きくて、顔には産毛《うぶげ》がいっぱい生えてて、まるで赤鬼《あかおに》かと思うくらい。ただでさえ具合が悪いでしょ。もう、閑さん、卒倒《そっとう》しそうだったって。そうしたらその人、『ダイジョブデスカ?』って言って、その宝石《ほうせき》をさしだして、『プレゼントデス』って言って、くれたんだって」

爽子は聞いていていてどきどきした。

「へえ、それでどうなったの?」

爽子は、ふだん「です」「ます」で話していたことも忘《わす》れて、小さな子供《こども》のように苑子さんの腕《うで》に手をかけた。

「その人は、それ以来、姿《すがた》が見えなくなったんだって。どうも、たまたま日本に来てたっていうだけのロシア人だったらしいんだけど、小学生の閑さんは、頭の中が想像でいっぱいになって、亡命《ぼうめい》貴族《きぞく》に違《ちが》いないって思ったわけよ。だって、もらった物が、見たこともないようなキラキラした玉じゃない? 閑さんは、ロシアの秘宝《ひほう》を手に入れたと信じたの。しかも、何か謎《なぞ》がある、不思議な魔法《まほう》の宝石《ほうせき》じゃないかってね。そして、絶対なくさなかったの。何十年もよ。戦争の時も、大人になってからも、ずっとずっとなくさないでいて、今も、小さな座布団《ざぶとん》の上にのせてるわけよ」

そのとたん、二人とも、プッとふき出した。座布団《ざぶとん》というところで、夢から覚めたような気分になったのだ。それでも爽子は夢中でたずねずにいられなかった。

「閑さんから何か聞いた? 不思議なことが起こったとか、願いがかなったとかそんなこと」

「それが聞きたいところよねえ。でも、『それは秘密《ひみつ》よ』ですって。」

と苑子さんが答えた。でも、そう言いながら、キラッと目を輝《かがや》かせて笑った苑子さんは、ひょっとすると、何か知っているのかもしれなかった。


爽子は、マグカップに紅茶《こうちゃ》をなみなみとついで、部屋に入った。十一月荘に来てから本当によく紅茶《こうちゃ》を飲む。何と言っても、一人きりになるときの気分が、家とはまるで違《ちが》うせいだろう。住人たちと、どんなに親しくしゃべったとしても、ここではきっぱりと一人になる。そんな時にはぜひとも熱い紅茶《こうちゃ》が飲みたいのだ。

かすかに音楽が聞こえる。あれはたぶん、バッハのチェンバロ協奏曲《きょうそうきょく》……。苑子さんが片付《かたづ》けをしながら聴《き》いているのだろう。爽子もまた耳を傾《かたむ》け、窓《まど》の外を見ながら、この二日のことをつらつらと考えた。パンケーキを焼くお兄さんと、知りたがり屋のかしましい妹……。

(シンクロねえって、お母さんなら言うところだわ)

母は、そうした偶然《ぐうぜん》の一致《いっち》をシンクロニシティと呼《よ》んで喜んでいた。

(だけどこういうことって、うちじゃ起こりようがなかった……)

近所から焼きたてのパンケーキが届《とど》けられたり、それを見越《みこ》して、隣人《りんじん》がジャムを持ってきて話《はな》し込《こ》んでいくといった状況《じょうきょう》を、母は疎《うと》んじていた。でも、と爽子は思う。ここの人達とならば、母だって楽しかったのではないだろうか……。あの人は、つきあいを鬱陶《うっとう》しいと言い、おめでたい人を毛嫌《けぎら》いする。だけど、本当は面白《おもしろ》いことが好きなのだ。亡命貴族《ぼうめいきぞく》の謎《なぞ》の宝石《ほうせき》の話だって、フンて言いそうだけど、本当はきっと喜ぶたちなのだ。なのに、いろんな事にうんざりし幻滅《げんめつ》するうち――社宅《しゃたく》の奥《おく》さんたちとのつきあいだとか、PTA《ピーティーエー》の会合だとか、新聞の記事だとかに――皮肉な厭世家《えんせいか》になってしまったのではないだろうか……。爽子が、そんな想像をするのは、それが、もう少しでなりかねない自分自身のことでもあったからだった。学校は、楽しくないことはないにしても、くだらない事もまた実に多いのだった。下手すると、意気沮喪《いきそそう》してしまうほど……。でも、それを母に当てはめて考えたことはなかった。そもそも、母について考えたことなんて、なかった。それなのに、ふと、こんなふうに、母のことが気になるのが不思議だった。

爽子は、気分を変えて、引き出しからノートを出した。草の上に立ち、胸《むね》を膨《ふく》らませてこちらをにらんでいるドードーがいた。すると、うれしい気持ちがこみあげてきた。

「さあ、また楽しいところをのぞきにいこう！　そうだ、いいことを思いついた。よし、昨日のところもすっかり書き直そう」

爽子は、るみちゃんにもらった、カラスのぬいぐるみを机《つくえ》の上にすわらせると、

「あなたの名前、決まったわよ。ミセス・クリオーザっていうの。どう？　気に入った？　るみちゃんはああ言ったけど、私は、めったなことじゃ、あなたをドアの外に宙《ちゅう》づりになんかしないから安心してね」

と話しかけた。花飾《はなかざ》りのついた帽子《ぼうし》の下でおすましているカラスは、満足そうに見えた。

やがて、明るい陽《ひ》のさすドードー森の景色が、爽子の額の前あたりに浮《う》かんできた。それをぐうんと拡大《かくだい》し、爽子は、わくわくとした気持ちで中に入ると、考え考え、綴《つづ》っていった。

ドードー森の物語
第二話　ノドドーカばあさまのめがねとミセス・クリオーザの話

水車小屋でパンケーキをおなかいっぱい食べたロビンソンは、モルトいりの特製小麦粉のはいった重い袋《ふくろ》を肩《かた》にかついで、森の小道を歩いていました。きもちのいい秋の日でしたが、そんな物をかついで歩くのは、なかなかほねでしたから、ロビンソンは、なんどもひたいの汗《あせ》をぬぐいました。

ロビンソンの行く先は、カラスだんなの妹、ミセス・クリオーザのところでした。ミセス・クリオーザの家が、ロビンソンの家と同じ方向だったので——といっても、森のはずれにある水車小屋から見れば、森じゅうの家は、ぜんぶ同じ方向だったのだけれど——帰るついでにとどけてもらえまいかと、カラスだんなにたのまれたのでした。カラスだんなは、「むろん、お礼はさせてもらうよ」といって、パンケーキをさらに十こ、おみやげにもたせてくれました。ところが腰《こし》からさげたそのおみやげが、歩くたびにおなかにぶつかって、今となっては歩行をいっそう困難《こんなん》にしているのでした。

「ああ……からだの前にパンケーキ、からだの中にパンケーキ、そして、からだのうしろはパンケーキのもと……。何だかぼく、自分までパンケーキのような気がしてきた……。ぼくはネズミ……ぼくはネズミ……っと……ハアハア……」

でも、ついにロビンソンは、ミセス・クリオーザの家につきました。

「こんにちはー！　ロビンソンでーす！　カラスさんにかわって、粉をもってきました！」

すると、大きなキンキン声が答えました。

「ロビンソンですって？　どういうわけで、あなたが配達を？　アルバイトでも始めたの？　それとも兄さん、どこか具合でもわるいの？」

「あのう、重いので、とりあえず、先にあけてくださーい！」

すると、声の調子がかわりました。

「まあ、あやしい！　ほんとにロビンソンなの？　粉の配達とかなんとかいって、ガスの集金の方なんじゃないの？」

「ちがいますよー！　ぼく水車小屋にあそびにいった帰りなんですよー！　あけてく

ださいよー！」

「あなたがガスの集金の方じゃないって証拠《しょうこ》が、ありますか？」

「だって……だって……この森に、ガスなんか、通ってないじゃありませんかあ」

ロビンソンが、泣きだしそうな声でいうと、きゅうに玄関《げんかん》があき、

「おっしゃるとおりだわね、ガスが通ってないところに、ガスの集金はいるはずないわ。さあさあ、いつまでも重い物かついでないで、早くなかにおはいんなさい」

と、花飾《はなかざ》りの帽子《ぼうし》をかぶったミセス・クリオーザが招きいれました。

ロビンソンがため息をつきながら、なかにはいると、椅子《いす》の上に、週刊誌《しゅうかんし》がのっているのが見えました。表紙には、『おもしろクイズの当選者発表！』という字とならんで、『ガスの集金を装《よそお》った白昼強盗《はくちゅうごうとう》！』という見出しがついていました。

（こんなことだろうと思ったよ、やれやれ）

やっと粉をおろしたロビンソンが、そう心でつぶやいたとたん、

「ハーイ！　ロビンソーン！」

という声がしました。娘《むすめ》のサマーでした。サマーは、カーテンレールにつるした大きなブランコを、両手をいっぱいに広げてこいでいるのでした。金色の鎖《くさり》に陽《ひ》があたり、きらっと光ります。

「わっ、いいな！」

ロビンソンは、すっかりうれしくなり、つかれもわすれて、窓《まど》まで走っていくと、サマーのとなりにのっかりました。ブランコは、二人ならんでのるのに、ぴったりだったのです。すわるところには、丸いクッションが二つ、ちゃんとしいてありました。二人は手をつなぎ、片方《かたほう》の手で鎖《くさり》につかまって、はずみをつけてこぎました。ブランコは、窓《まど》から外へと飛びだしていっては、また部屋のなかに飛びこんできます。

二人は、ケラケラと笑いました。

「ちょいとロビンソン！」

台所に粉をしまいにいっていたミセス・クリオーザが、もどってきてよびました。

「おねがいがあるの！　あなた、ノドドーカばあさまとなかよしよね？」

ロビンソンは、ブランコから飛びおりて、

「大のなかよしですよ！」

と答えました。ミセス・クリオーザは、さっきの週《しゅう》刊誌《かんし》を手にとると、ちょっときまりが悪そうにもじもじしながらいいました。

「ノドドーカばあさまのおうちにこれを持っていって、何でも見えるっていうめがねで、見てもらってきてほしいのよ。『おもしろクイズの当選者発表』ってとこなんだけど、見ても見ても、私《わたし》の名前が見えないの。へんだと思わない？」

「思いませんが」

と、ロビンソンが答えると、ミセス・クリオーザは、毛をばっとさかだてて、

「へん！　へん！　ぜったいにへん！　ぜったい見えるはずですよ！　ノドドーカばあさまがあのめがねで見さえすれば！」

と、さけびました。そして、

「だからロビンソン、行ってたのんでちょうだいな。ね、おねがい」

と、またもじもじといいました。


そんなわけでロビンソンは、ふたたび、森の小道をてくてく歩いて、こんどは、ノドドーカ屋敷《やしき》にやって来たのです。

ノドドーカ屋敷《やしき》というのは、きれいなお庭のある、ドードー森きってのりっぱなお屋敷《やしき》でした。それもそのはず、この森はむかし、屋敷《やしき》の主人だったノドドーカ公爵《こうしやく》という、それはそれはりっぱな人柄《ひとがら》のドードー鳥によって、治められていたのですか

ら。この森がドードー森という名であるのも、まったくそのためでしたし、今はもうみんなの森ですが、お屋敷《やしき》には、ノドドーカ公爵《こうしゃく》の百代めの子孫であるノドドーカばあさまが住んでいて、やはりみんなの尊敬《そんけい》をあつめていたのです。

ロビンソンは、屋敷《やしき》へは、いつもお勝手口からはいりました。小間使《こまづか》いのルミーが、台所でよく、豆の皮むきなんかをしているからでした。ルミーは、かわいい女の子で、ロビンソンの一番のなかよしなのです。

ロビンソンは、きょうもやっぱり豆の皮むきをしていたルミーと向かいあって、丸《まる》椅子《いす》にちょんとすわると、週刊誌《しゅうかんし》を見せながら、ミセス・クリオーザにたのまれた用事のことを、ルミーに話しました。

「名前がないのは、ぜったいへんだっていうんだけど、ぼくは、カラスおばさんのほうがへんだと思うな」

「もちろんへんだわ」

とルミーは、名簿《めいぼ》には目もくれずに答えました。

「それに、ばあさまのめがねで名前が見つかったって、ほかの人に見えなければ、当選したことには、

やっぱりならないわよ」

「それそれ！　まったくきみのいうとおりだよ。やっかいなことになったなあ」

ロビンソンは、顔をくもらせてルミーをながめました。するとルミーが笑っていいました。

「だいじょうぶ。はずれた人の名前は、どんなめがねでだって、見えっこないんだから。さ、『見えません』っていってもらいに、ノドドーカばあさまのお部屋に行きましょう」

ルミーはきっぱりいうと、ひざの上の豆のカゴをよけて、立ち上がりました。

そのとき、台所のドアがあき、おでかけ用のストールをはおったノドドーカばあさまが、のそのそとはいってきたのでした。

「まあロビンちゃん、ちょうどよかったわ。ロビンちゃんにもおねがいしましょう。あのね、私のだいじなめがねがなくなっちゃったの。たぶんきのう、散歩のとちゅうで本を読んだあとに、落としたんだと思うのよ。よかったら、これからいっしょに、探《さが》してもらえないかしら」

それを聞いて、二人は顔を見あわせました。

こうして三人は、そろってうつむきかげんになりながら、森の小道を歩いたのでし

た。ロビンソンは、大好きなノドドーカばあさまのためとはいえ、

（きょうは、よくよく歩かされる日だなあ）

と思わずにいられませんでした。それに、パンケーキの包みは、あいかわらずじゃまだったし、かかえた週刊誌《しゅうかんし》も、なかなかじゃまでした。でも、そんなそぶりは見せないようにしようと、ロビンソンがけなげにもがんばったとき、

「ロビンちゃん、荷物が多くてつらそうねえ。腰《こし》の包みはいったいなあに？」

と、ノドドーカばあさまが声をかけました。ロビンソンは、ちょっと恥《は》じいりながら、

「カラスだんなさんの焼いたパンケーキなんです……」

と答えました。すると、ばあさまとルミーが目をかがやかせて、ごくんとつばを飲みこみました。ばあさまが腕時計《うでどけい》を見て、

「ちょっと残念。そうだ、こうしましょう」

とつぶやいて、時計のねじをくいくいと動かしました。「ほらぴったり三時になったわ。じゃ、この道を右に曲がることにして、ミセス・クリオーザのおうちで、三時のおやつをいただくことにしましょうよ」

こうしてノドドーカばあさまは、もうのそのそと、ミセス・クリオーザの家に向かい、ルミーもスキップでつづいたのでした。

（なんて、わけのわからない日だろう！）

ロビンソンは、頭をかきむしってから、やっぱりあとにつづきました。


「こんにちは！　ノドドーカです！」

ノドドーカばあさまがさけぶと、たちまちドアがあけられ、なかへと招かれました。きっと『当選者』にかんする、いいしらせだと思ったのでしょう、ミセス・クリオーザは、いきおいこんで、

「ありまして？」

とたずねました。ロビンソンはあわてて身をのりだしました。だってノドドーカばあさまには、まだ何も説明していなかったのですから。ところがノドドーカばあさまが、

「あったわ！」

と、さけんだのです。

「やっぱり！」

と、ミセス・クリオーザが、胸《むね》に手をあて、つづいてさけびました。

ロビンソンとルミーは、顔を見あわせ、目をぱちくりさせました。でも、まもなくルミーにはわけがわかりました。サマーがこいでいた金のブランコこそ、ノドドーカ

ばあさまが探《さが》していためがねだったのです！

ところが、そうとは知らないミセス・クリオーザは、おおいにはしゃいで、

「あると信じていたわ！　お茶をいれておいわいしましょう！　ああ兄さんのパンケーキがあればよかったのに！」

とさけび、ロビンソンが、

「あ、それならぼく、もってますけど……」

というと、ミセス・クリオーザの興奮《こうふん》はどこまでも高まり、

「なんてついてる日なんでしょう！」

といいながら、ロビンソンから包みを受け取って、台所に消えたのでした。

ノドドーカばあさまが、

「まあ、娘《むすめ》のブランコにしておきながら、あると信じていたわもないもんだわ」

と、つぶやいたので、ロビンソンにもようやくわけがわかって、ぎょっとしたのでした。――だって、自分もこいで遊んだのですからね――でも、それはもちろんないしょにしたまま、ロビンソンは、ミセス・クリオーザの用件を、おおいそぎで伝えました。聞くうちに、ノドドーカばあさまの目が、だんだん大きくなり、それから、大きなくちばしから、クスクスと笑いがもれました。

「なあるほど、そういうわけだったのね！　わかったわ、じゃあこのままにしておきましょう。せっかく当選した気になってるのに、がっかりさせられないじゃない？」

ルミーが、サマーののっためがねをみやりながら、心配そうな小声でいいました。

「だけど、ばあさま。何といってあのめがねを取りもどすの？　なくして探《さが》してたってことがわかったら、めがねで見てないのが、ばれちゃうわ」

まったくルミーのいうとおりです。するとノドドーカばあさまが、サマーの方を見ながら、にっこりいいました。

「取りもどしたりはしませんよ。だって、あの子だって、あんなに楽しそうじゃないの。ブランコにするとは、うまいことを考えたもんだわねえ！」

「まあ、でもあれは、何でも見えるめがねなのでしょう？」

ルミーが声をひそめていうと、ロビンソンも、あわててうなずきました。

「何でも見えるといったって、ふつうの老眼鏡《ろうがんきょう》ですよ。もっと正確にいえば、もとはよく見えたけれど、だんだん度が合わなくなった、老眼鏡《ろうがんきょう》。だから、この機会に作り直そうかしらって、さっき、さがしながら考えていたの」

こうして、サマーのブランコがノドドーカばあさまの老眼鏡《ろうがんきょう》だったことは、三人の秘密《ひみつ》になり、サマーは、すてきな拾い物のことを、お茶のあいだじゅう自慢《じまん》したので

した。そしてその横では、ミセス・クリオーザが、

「ああ、賞品のオリジナルバッグがとどくのが、待ちどおしいわあ！」

と、何度もさけんだのでした。

そんなわけで、ルミーはそのあと、手《て》さげ袋《ぶくろ》を一つ縫《ぬ》うことになりました。ノドドーカばあさまの指示どおり、刺繍《ししゅう》までしたのですよ。『CURIOSA《クリオーザ》』ってね。

さて、この話には、もう一つつづきがあるのです。ミセス・クリオーザは、ある日、ふと、首をかしげてこういったのでした。

「考えてみたらクイズの答え、まちがえていたのに、どうして当選したのかしら……？」

10

二つ目の物語を書き終えたとき、端正《たんせい》な芸術品のようだったノートは、模索《もさく》しながら進んでいく、一つの生きものに変わっていた。活字のように、きちんと書き記していこうという志どおり、消しゴムをかけながら書き進められたのは、第一話の半ばまでだった。削《けず》ったり書き直したりという痕跡《こんせき》の醜《みにく》さを気にかけていては、どうしても思うように進まない。そう見切りをつけてからは、罫《けい》を一行だけとばして書いていたのを、三行とばしにして訂正《ていせい》しやすくもしたし、まとまった書《か》き込《こ》みをするために、見開きの片《かた》ページはまるまるあけることにもすると、案の定、空白はたちまち字で埋《う》まった。だいじなノートが、下書き帳に様がわりしてゆくのが、はじめはひどく残念だったが、大学ノートなどではなく、『ドードー鳥のノート』に字を刻《きざ》みこんでいくことが、『ドードー森』を手探《てさぐ》りで進むことそのものだったのだから、これでいいのだと、二話目を書き終えた爽子《そうこ》は、やっと思った。

（でもこれじゃ、ほかの人にはとても読めないわ。ま、るみちゃんには、私《わたし》が読んであげればいいんだけど……。だけど、これって、そもそも誰《だれ》かに見せられるものだと思う？）

爽子は、机《つくえ》の上のミセス・クリオーザに向かって語りかけた。会ったばかりの鹿島《かしま》夫人を、滑稽《こっけい》な人物にしたてあげ、そのお気に入りの手《て》さげ袋《ぶくろ》までを話の材料にしたことが、ちょっぴりうしろめたかった。たぶんに「楽屋うけ」的であるのも気になったし、そのくせ「楽屋」の人々が読めば、たとえ好人物に描《か》いてあったとしても、何かしら、さしさわりがありそうだと考えると、十一月荘《じゅういちがつそう》の内にも外にも、読者を見出《みいだ》すことはできないのだった。

(誰《だれ》にも見せられないわよ、こんなもの。……もちろん、見せたいなんて、思ってるわけじゃないけど……）

結局誰《だれ》も見ないのだ、という思いが、爽子をいっそう自由にする一方で、やや無力にもした。

爽子は、半身をよじって本棚《ほんだな》に手を伸《の》ばすと、厚手の本を取り出した。『たのしい川べ』と『くまのプーさん・プー横丁にたった家』。二か月足らずの暮《く》らしとわかっていてさえ、そばに置きたかった何冊《なんさつ》かの本の中に、それらは入っていた。

誰《だれ》かが書いた世界に、見ず知らずの誰《だれ》かが入っていく。その人にとってその世界は、書いた人にとってと同じくらいに親しい世界になりうる……。二冊《さつ》の本の世界に入りこんでいったときの、まばゆいような幸福感を爽子は思い出す。むろん、敬意《けいい》をもって愛《いと》おしんできたこの二冊《さつ》の本と、自分が書き始めた『ドードー森』とを引き比べるつもりなどない。でも、誰《だれ》か――不特定の、けれど唯一《ゆいいつ》の誰《だれ》か――と『ドードー森』の世界を、こんなふうに楽しむことができるなら、どんなに楽しい気がするだろう……。

（るみちゃんではないそんな誰《だれ》かって、いるんだろうか……）

爽子は、二冊《さつ》の本を丁寧《ていねい》に箱に入れ、埃《ほこり》がかぶっていないことを確かめて、本棚《ほんだな》にもどした。


火曜の昼休みだった。給食を食べ終えたとたん、リツ子が教室の入り口で、爽子を手招きした。その様子には、「特ダネ」を得てきたような、切羽詰《せつぱつ》まった感じがあった。

手を取り合って、いつものように階段《かいだん》の踊《おど》り場《ば》まで行ってから、リツ子がようやく口を開いた。

「コースケって子のことだけど、名字、何ていうの？」

「知らない……」

するとリツ子は、ちょっとためらってから、声をひそめて言った。

「もし、早坂《はやさか》っていうんなら、爽子ちゃん……ひょっとして、その子、ワルかもよ」

「え？」

爽子は驚《おどろ》いて声をつまらせた。

耿介《こうすけ》を見たあとの報告をしないわけにはいかなかったから、ひょろりとしていることや、生意気そうに見える子だということを、リツ子は既《すで》に知っていた。でも、耿介に対して勝手にふくらませている思い入れは、けっして気取《けど》られたくなかったから、「毅然《きぜん》としている」という、いくらかでも肯定的《こうていてき》と思える言い方を、爽子はしなかった。それでもリツ子は、「へえ、じゃあけっこうカッコいいんじゃないの？」と目を輝《かがや》かせたし、それを強く否定《ひてい》することもできなかったために、耿介は、リツ子にとっても興味ある存在《そんざい》になっていたのだった。

「昨日、スイミングで、西中《にしちゅう》の三年の子といっしょになったの。十一月荘の区域《くいき》って西中でしょう？　だから、コースケって子がいるか聞いてみたの」

リツ子は、週に一度、スイミングに通っており、爽子の知らない他校の噂《うわさ》を耳にすることが多かった。爽子は、何だか胸《むね》が騒《さわ》いだ。

「コースケって名の子、学年に二、三人いるらしいんだけど、早坂って子が、見た目けっこうカッコいい、変わり者なんだって」

爽子は黙《だま》ってリツ子の話を聞いた。

「勉強はできるんだって。でも、生意気だし、しょっちゅう、さぼるらしいよ」

爽子は、それは耿介のことに違《ちが》いないと思った。あの子は、きっとそういう子だ。リツ子は、爽子の方を気にしながら、

「だけど、よくやるよねえ……！」

と感心したような声をだした。学校をさぼったりしたら、たとえ勉強ができたとしても、いい成績はつかない。受験を意識すれば、滅多《めった》なことはできなかった。

「ほかに何か聞いた？」

さりげない調子で、爽子はきいた。

「うん。もてるって言ってた。スイミングの子だって、コースケって言っただけで、顔がビクッってなってたから、好きなんじゃないかと思う」

「それって絶対コースケちがい！　だってそこまでカッコいいわけじゃないもん！」

爽子は、断《た》ち切《き》るように否定《ひてい》して、わざとおかしそうに笑った。でも、心はひどく揺《ゆ》れていた。——学校の中の耿介の位置が、リツ子によって突然《とつぜん》明かされる。具体的に想像することが、どうしてもできなかった事柄《ことがら》だというのに。しかも「もてる」だなんてことまでを——。爽子は、十一月荘という共通の空間を通して、耿介と特別につながっているように錯覚《さっかく》していた自分に、冷水をかけられたような気がした。だから、努めて普通《ふつう》に言った。

「だけどね、リツ子ちゃん、耿介って子がどんな子だろうと、私には全然関係ないの。だって、閑《のどか》さんに勉強習いにきて、帰っていくだけなんだから」

リツ子は、拍子抜《ひょうしぬ》けしたように「それもそうだね」とあいづちをうったあとで、

「でも、早坂かどうか、私はやっぱり気になるなあ」

と、目をくるりと回した。

耿介の名字が早坂なのかどうかを、どうしてリツ子が気にしなければならないのか。何の関係もないのに……。爽子はいくらかむっとせずにいられない。

でも爽子は、自分のもたらす話を、全身を耳のようにして聞き、十一月荘の住人それぞれの顔を思《おも》い浮《う》かべて、本当に楽しんでいるらしいリツ子の素直《すなお》さが好きだった。リツ子は、爽子の体験を、自分の体験でもあるかのように、ハラハラしながら受け止めてくれるのだ——。そんな友人に対して、奇妙《きみょう》な焼《や》き餅《もち》を焼くなんて、愚《おろ》かなことではないか。そう気づくと、爽子はむやみに恥《は》ずかしくなった。だからリツ子が、別《わか》れ際《ぎわ》に、

「考えてみたら、爽子ちゃんの言う通りだわ。私が二階の自分の部屋にいるあいだに、下にお客さ

んが来たって、全然関係ないもんね」

と、やさしい声で言ったときには、

「早坂かどうかわかったら、ちゃんと教えるからね！」

と元気に言って、リツ子のおさげの先を、ふざけてひっぱったのだった。


放課後、爽子はできるだけ早く帰宅《きたく》した。五、六時間目のあいだじゅう、リツ子の話を思い返しているうちに、あの文房具屋《ぶんぼうぐや》『ラピス』に行ってみることを思いついたからだった。

爽子の帰りを心待ちにしているるみちゃんを伴《ともな》い、爽子は、着替《きが》えをすませるとすぐに、暮《く》れかけた住宅街《じゅうたくがい》を急いだ。るみちゃんは、つないでいない方の手にロビンソンをもち、

「ロビンソン、『ラピス』に行ったことないから、緊張《きんちょう》してるの。だから、ラピスのおじさんがいるんだから平気だよって、はげましてあげてるんだ」

と言った。

「るみちゃんは、行ったことあるの？」

と爽子がきくと、るみちゃんはすまし顔で首を振《ふ》った。そうか、るみちゃんは、こんなふうにして緊張《きんちょう》をはぐらかしながら、新しいものに向かうんだ……と爽子は思った。

少し道に迷ったあと、二股《ふたまた》に分かれた道の中央に立つ、小さな店を認《みと》めることができた。いったい、どうするつもりなのか、自分でもはっきりしないまま、とにかくやって来てしまったことに、今さらどきどきしながら、爽子はドアをあけた。

「おう、るみちゃんじゃないか！」

レジのところにいた店の主人が、笑顔で声をかけたとたん、るみちゃんが、ほっと息をするのがわかった。そのとたん、爽子の緊張《きんちょう》もとけた。爽子は続けて会釈《えしゃく》をすると、勢いにまかせて、話しかけた。

自分は、今月から十一月荘に住み始めた者であること、この前、ここでノートを買ったこと、そして、パンケーキを御馳走《ごちそう》になったことを伝えて、とてもおいしかったとお礼を言った。

「ああ、爽子ちゃんってのは、きみだったのか」

おじさんは、痩《や》せた顔に皺《しわ》をたくさん作りながら、顔じゅうで笑い、

「モルト入りっていう粉を注文したら、おいしかったもんだから」

と甲高《かんだか》い声で、少し照れたように話した。以前見たときには、ややいかめしい感じがしたが、今日はうちとけていて親しみやすかった。鹿島夫人と面立《おもだ》ちが似ていることに気がつくと、いっそう気安さを感じる。しかしだからといって、耿介の姓《せい》について切り出すのはいかにも唐突《とうとつ》に思えて、勇気が出なかった。すると、

「あのノート……ほら、あの鳥は、何ていうんでしたっけねえ……」

と、おじさんがたずねた。

「ドードーのことでしょ？　アリスにも出てくるよ」

とるみちゃんが答えた。その時、ドアがあいたので振《ふ》りむくと、入ってきたのは耿介だった。

おじさんが、耿介に向かって、

「やあ、この前はおつかいありがとう。ちょうど十一月荘のお二人が見えてるんだよ」

と声をかけた。

耿介は、意外そうな目で、爽子をじろりと見た。切れ長の大きな目だった。爽子はちょっと頭をさげた。心臓《しんぞう》がどきどきしていた。おじさんが、再び爽子に向かって続けた。

「あの手のノート、二十冊《さつ》入れたんですけどね、ドードーのは、あれ一冊《さつ》で、あとはぜんぶ蝶《ちょう》の柄《がら》。イタリアで買い付けたんですが、むこうの倉庫にも、たった一冊《さつ》しかなくてねえ……。まあ蝶《ちょう》の方が、人気が高いんでしょうが、きみは一冊《さつ》しかないノートの持ち主ってわけですよ」

おじさんは、一冊《さつ》と言うとき、力をこめて、人指し指を一本立てた。

へえっ……という声を爽子が上げるのと同時に、耿介がレジの方に来た。そして爽子を見下ろしながら、いきなり、

「あのノート、買ったわけ」

と、はっきりした口調でゆっくりと言った。爽子は、飛び出してきそうな心臓《しんぞう》をぐっと飲《の》み込《こ》んで、

「うん。すごくすてきだったから」

と、耿介を見上げて、きっぱり答えた。耿介もまた、爽子の目をじっと見ていたが、やがて、皮肉な笑いを浮《う》かべると、

「カネモチ」

と、呆《あき》れたような調子でつぶやいた。突然《とつぜん》、そんな侮辱《ぶじょく》を受けるとは思ってもいなかった爽子はひるんだ。かあっと顔に血が上ったのが自分でもわかった。でも、このままでは悔《くや》しすぎる。その時、

「ドードー鳥のノートに、爽子ちゃん、お話書いてるんだよ。このロビンソンも出るの」

と、るみちゃんが、ロビンソンを示しながら、割《わ》って入ったのだった。爽子は、口を半開きにしたまま、吸《す》った息を止めてしまった。耿介が、るみちゃんにやさしい笑顔《えがお》を向けて、「そお」とわざとらしく言ってから、爽子の方に向きなおり、

「ロビンソンのお話、がんばって、書いてください」

と、慇懃《いんぎん》に言った。

爽子は、どうしたらいいのか、完全にわからなくなって唇《くちびる》を嚙《か》んだ。するとおじさんが、おめでたいほど明るい声で言った。

「ふうん。あのノートにお話を書くってのはいいなあ。ねえ、耿介くん」

急に水を向けられて、耿介が一瞬《いっしゅん》たじろいだのが爽子にもわかった。それでも耿介は、真《ま》っ直《す》ぐに背《せ》を伸《の》ばしたまま、

「けっこうなことですねえ！」

と、ふざけた調子で言いながら、爽子に向かって、高慢《こうまん》そうに微笑《ほほえ》んでみせたのだった。

11

（バカバカ、るみちゃんのバカ、あいつに教えるなんてもう最悪！　何よあの態度、人をバカにして、もう知らない、何て嫌《いや》なやつなの！）

爽子《そうこ》は、るみちゃんの手をぎゅっとつかんだまま、とっぷりと暮《く》れた静かな道を、一心に歩いた。るみちゃんの歩《ほ》幅《はば》に合わせなくていいのなら、ただもうばくばくと突《つ》き進《すす》みたいところだった。顔がまだ上気していた。それでもるみちゃんが、言葉少なになってしまった爽子を気にして、顔をのぞきこみながら話しかけてくると、やっぱり可哀相《かわいそう》で、十一月荘《じゅういちがつそう》までの道のりを、何とか普《ふ》通《つう》にやり過ごした。

必死にこらえていたやり場のない気持ちは、部屋に入ったとたん噴出《ふんしゅつ》し、爽子は、ベッドに倒《たお》れ込《こ》むなり、枕《まくら》に顔を押《お》し付《つ》けずにいられなかった。

「もう最悪！」

『ドードー森』を共有する不特定唯一《ゆいいつ》の読者、などということを本気で考えていたことの滑稽《こっけい》さ

を、いやというほどに味わった。自分は、高価なノートを、見たとたんに買い、「ぬいぐるみの出るお話」なんか書いてる、少女趣味《しゅみ》のバカな女の子にすぎないのだ。しかも、ただのわがままのために、お金を出してもらって、優雅《ゆうが》な下宿暮《ぐ》らしをしてるとは、何とまあいい気なものだ！——事実は常に一つなのに、そんなふうに言ってみると、何と情けなく響《ひび》くのだろう。事実であるだけに、「ちがう、そんなんじゃない」と、否定《ひてい》することができない。それが、こともあろうに、耿介《こうすけ》にとっての自分の像なのだ。恥《は》ずかしさと悔《くや》しさで、爽子は、枕《まくら》から顔を上げることができなかった。しかも耿介を見た時の、自分の動揺《どうよう》ぶりときたら！　そして間近で見た耿介のすてきなことと言ったら！　癪《しゃく》なことに、耿介は、まちがいなく、いかにももてそうな、カッコいい少年だった。そして自分は、可愛《かわい》くも何ともないそこらの女の子だ……。

ようやく仰向《あおむ》けになった爽子の目に、カーテンを引いていない黒々とした窓《まど》ガラスが映《うつ》った。十一月の夕刻《ゆうこく》は、もう闇夜《やみよ》のようだった。これからは、ますます日が短くなり、一年で一番短くなったころに、爽子はここを去るのだ。

（あんな人のことを気にかけてる暇《ひま》が私《わたし》にあるの？　私は少女趣味《しゅみ》でもないしバカでもないし……それに、いい気なもんなんかじゃない。学校さぼってぶらぶらしていたい人はしていなさい。私は、ここでやろうとしたことをやるんだ）

爽子は、ガバッと跳《は》ね起《お》きると、通学カバンを開き、夕食までのあいだにすませようと、数学の宿題にとりかかった。

配膳《はいぜん》の手伝いくらいしないと気がひけたから、爽子は、毎日、早めに下に下りるようにしていた。でも今日はぎりぎりだろうと、急いで居間に入ると、まだ何ものっていないテーブルの前に、るみちゃんがぽつんと座《すわ》って、テレビの子供《こども》番組を見ていた。その音のあいまに、明るい話し声が聞こえた。

台所をのぞくと、苑子《そのこ》さんと馥子《ふくこ》さんが、笑いながら、調理をしていた。

「あ、爽子ちゃん、ごめんねえ！　遅《おそ》くなっちゃって！」

苑子さんが言うと、

「私ったら手がすべって、お塩をどっさりお鍋《なべ》に入れちゃったの。それで作りなおしたのよお。ごめんねえ。もう少しだから」

と馥子さんがあやまった。

馥子さんは、火曜が定休日だったし、苑子さんは、仕事が一段落《いちだんらく》したところだったから、昨日も早く帰ってきていた。

「たまには閑《のどか》さんに楽してもらわなくちゃ悪いでしょ？　いい年して、娘《むすめ》みたいにお世話になりっぱなしなんだもん、私たち」

「それなのに、やりつけないから、このありさま」

「ほんとにねえ！　だめねえ、私たち！」

二人は、高校の時の調理実習で、あっというほど悲惨《ひさん》な外見のケーキを作ってしまったとき、ほめる教育という信念を守り通してきた家庭科の上品な先生が、「オホホホホ」と、三回続けて笑ったあとで、「真の価値《かち》は、いただいた時にこそ問われるものです」と、宮家《みやけ》のお方のように語ったという思い出話をした。

「だけど食べたら、これがほっぺたがねじれるほど、甘《あま》くて甘《あま》くて。ね、ヨシモトさん？」

と、苑子さんが、わざと気取った様子で馥子さんを見ながら言うと、馥子さんは、歯を出してアハハと笑いながら、

「あのときあたし、手がすべって、お砂糖《さとう》こぼしちゃったのよねえ！」

と言った。爽子もおかしくなって、

「すべるたちの手なんですね」

と言って三人で笑った。

爽子は、この二人と話すのが、本当に楽しかった。全く似ていないように見える二人でありながら、会話の流れを聞いていると、ひょっとするとすごく似ているのかもしれないと思えるほど、調子がそろっていた。自分もいっしょに高校時代を過ごせたなら、さぞ愉快《ゆかい》だったろうと爽子は思う。すると苑子さんが、

「馥子さんてさ、可愛《かわい》くって、にこにこしながら、よくドジなことしてたのよ。それなのに、もててもてて、ねえ」

と言った。「もてる」という言葉に、爽子はちょっとドキッとしたが、馥子さんのアハハという笑いに引《ひ》き込《こ》まれた。

「ほんとによくもてたわね。今も、ねえ」

と、苑子さんが意味深なことを言っても、馥子さんは、否定《ひてい》もせずに、アハハと笑っていた。

「苑子さんは？」

と爽子がたずねると、

「この人は、怖《こわ》がられてたの」

と馥子さんが言った。

馥子さんには悪いけれど、誰《だれ》が見たって、苑子さんの方がすてきに見えるんじゃないかしら……

などと爽子が思っていると、

「昼間、カシマシさんが来たんだって」

と苑子さんが爽子に話した。「何の話かと思ったら、お見合いの話」

「ああ、夏実《なつみ》さんのことで？」

「と思うでしょ？　ところが、馥子さんにぴったりのいい人がいるから、是非《ぜひ》、紹介《しょうかい》したいって言って来たんだって」

「へえ、そんなにいい人なら、どうして夏実さんにだめなの？」

爽子は、鹿島《かしま》夫人の様子が見えて、訳《わけ》を聞く前から、笑い出したいような気がした。馥子さんが、顔を膨《ふく》らませて、

「でしょ？　誰《だれ》だってそう思うわよねえ。だからそう言ってやったら、『夏実に合うタイプじゃないのよ』だって。それがどうして、あたしにぴったりなんだか。第一、再婚《さいこん》相手を探《さが》してくれなんて、頼《たの》んでもいないのに。だから、それ以上、話は聞かなかったの」

とプリプリ言った。

「私《わたし》にって言わないのは、これまた、どういうわけなのかしらねえ」

苑子さんが、ふざけた調子で言うと、馥子さんが、八つ当たりでもするように、

「怖《こわ》いからでしょ」

と言って、炊《た》き上《あ》がっていた御飯《ごはん》を、力まかせに混ぜた。


夕食は、いつもよりずいぶん遅《おく》れて始まったというのに、お皿の数がふだんよりも多かったことや、調理中からの賑《にぎ》やかさがそのまま食卓《しょくたく》に持《も》ち越《こ》されたせいで、特別の日の夕食会のようにゆっくりした楽しい食事になった。

部屋にこもっていた閑さんが、おかげで本がぐんぐん読めちゃったと言って、異様《いよう》に瞳《ひとみ》を輝《かがや》かせて入ってきたことも、会話をはずませた一因だった。閑さんが読んでいるのは、分厚いミステリーの新刊で、まだ誰《だれ》も読んでいないと知ると、

「すっごく面白《おもしろ》いわよ〜!」

と、自分だけいい思いをしている子供《こども》のような素振《そぶ》りをして、周りの者を羨《うらや》ましがらせたのだった。

食べ終わったときには、

「あ、るみちゃん、大変! お風呂《ふろ》入って寝《ね》なきゃ。時間割《じかんわり》は?」

と、馥子さんがあわてる時間だった。

「今日はぜんぶ私がやるから、みなさん、引《ひ》き揚《あ》げて下さってけっこうです」

と、苑子さんが言った。苑子さんは、先週は毎日残業だったから、みんなと夕食をとらなかった。その分、今週はのんびりしている。すると周りにいる者も、ほっとするらしかった。爽子自身も例外ではなかった。苑子さんの忙《いそが》しさに巻《ま》き込《こ》まれるわけでも、家族のわけでもないというのに。

「私もやります！　今日はもう勉強いいんです」

と、爽子が言った。夕食前、宿題をすませたあとで、明日の授業に関することを、脇目《わきめ》もふらずに片付《かたづ》けてしまったのだ。ぼんやりすると、耿介とのやりとりがたちまちよみがえり、爽子を苦しめたから。そして、これから部屋で一人きりになるのが、何だか憂鬱《ゆううつ》なのだった。

「それじゃあ、お言葉に甘《あま》えて、私もひっこんで、続きを読ませてもらおうかな……」

ほくほくとした様子の閑さんに、苑子さんと爽子は、同時に、

「ええ、どうぞどうぞ！」

と答えた。

食器洗《しょっきあら》いをしながら、苑子さんが言った。

「私、今日はビデオを見るつもりなの。やっと少し解放されたから、この隙《すき》に見なくちゃ。爽子ちゃんも見る？」

ここに来てから見たものといえば、ニュースと天気予報くらいだったから、ぜったいに見たかった。母親は、三日に一本は必ず見ていた。何かをやりながら見るのではなく、留守番電話に切《き》り替《か》え、部屋の電気が画面に映《うつ》らないように工夫して、しっかり見るのだ。――考えてみれば、あの人

は、本当に少し変わっていたのかもしれない——爽子は、そんな母のビデオ鑑賞《かんしょう》に、月に何度かはつきあってきたのだった。

二人が見たのは、苑子さんの友人が録画して送ってくれた、イランの監督《かんとく》が撮《と》った、モノクロの短い作品だった。

「ああ、面白《おもしろ》かった！　でも、あの子可哀相《かわいそう》！　あんなにがんばって、サッカー見にいったのに！」

苑子さんが、ビデオをしまいながら首を振《ふ》った。サッカー観戦のためにお金をかき集め、長距離《ちょうきょり》バスで旅をして駆《か》けつけた揚《あ》げ句《く》、不覚にも眠《ねむ》りこみ、気づくと、大観衆《だいかんしゅう》はすでに去り、荒涼《こうりょう》としたスタジアムには紙屑《かみくず》が舞《ま》うばかり——。少年が主人公の、そんな作品だった。

「どうしてあそこで寝《ね》るのよ！　しょうがないなあ！」

と爽子も叫《さけ》んだ。教室では情けないが、渡世《とせい》の知恵《ちえ》には長《た》けた悪童に、見る者は心を寄せずにいられない。サッカー観戦への切羽《せっぱ》詰《つ》まった一途《いちず》な情熱に呑《の》み込《こ》まれてしまうのだ。

二人は立ち去りがたくて、食卓《しょくたく》に肘《ひじ》をつきながら、湧《わ》き出《で》る思いをあれこれとしゃべった。少年の資金稼《かせ》ぎのあっぱれさを称《たた》えたあとで、苑子さんが言った。

「ああ、私、久しぶりに幸福な鑑賞《かんしょう》態度をとってる気がする。年とってくると、ついつい批評家《ひひょうか》の目で見ちゃうでしょう。そうすると、登場人物といっしょになって、ハラハラドキドキできないのよ。それってつまらないことよねえ。……爽子ちゃんと並《なら》んで見たせいかな」

そんなものかなあ、と爽子は思う。爽子はいつもハラハラドキドキしてしまう。そのために、これはうそなんだ、こっち側には大勢のスタッフがいて、カメラが回ってるんだ、と無理に言いきかせなければならないことさえしょっちゅうだ。

「爽子ちゃんくらいの年に見たり読んだりしたことって、すごくよく覚えてるんだけど、それ、のめりこみすぎて、自分が体験したのと同じ気持ちになってるせいかもしれないなあ」

と、苑子さんは、両の手のひらにきれいな顔をのせて、爽子を見ながら言った。

すると爽子は、苑子さんがどんな中学生だったのか、建築家になろうと、どうして思ったのか……とにかく、苑子さんのことが、急に知りたくなったのだった。

12

「私《わたし》がどんなだったかを話したら、嫌《きら》われちゃうかもしれない」
苑子《そのこ》さんは、そう前置きしてから、話し出した。
「私、すっごく感じの悪い子だったの。フンって感じでつんつんしてた。スクラム組んで『ファイファイファイ！』なんて言うのが嫌《きら》い、担任《たんにん》が、自分のクラスのことを『山口学級』なんて呼《よ》んで、『クラスのまとまり』って連発するのも嫌《きら》い、男の子のことでキャーキャー騒《さわ》いでる女の子たちも嫌《きら》い、朝礼でグランドにしゃがまされるのも嫌《きら》い、だってサージのスカートの裾《すそ》持って、体重を右や左にうつしてると、だんだん足が痛《いた》くなって立ち上がりたくなっちゃうじゃない？　キャンプファイアーで歌わされるのも、先生にオマエなんて呼《よ》ばれるのも、夏休みに発明工夫なんかさせられるのも、何もかも嫌《きら》いだった」

苑子さんが一気にまくしたてたのには、爽子《そうこ》も唖然《あぜん》とした。言われたことのほとんどに賛意を示したかったくせに、つい、

「……どうしてそんなに？」

と、素直《すなお》な女の子のような素振《そぶ》りでたずねずにいられなかった。

「どうしてかわからないんだけど、周りのことがバカげて見えるのよ。じゃあ自分はどれほどのものなのかといえば、奇妙《きみょう》な自信はやたらとあるんだけど、その裏《うら》づけになるような根拠《こんきょ》がないのがわかってるから、ただもう非論理的《ひろんりてき》に、フンて気持ちになってしまうの。それで結局、鎧兜《よろいかぶと》を身にまとい、カミソリみたいな態度で世渡《よわた》りしてたんだと思う」

爽子には、それが、わかりすぎるくらいに、よくわかった。ただ、カミソリみたいな態度で世渡《よわた》りすることとなんて到底《とうてい》できない、という点で、苑子さんとは決定的に異《こと》なるのだった。爽子はおそるおそる聞いた。

「それで苑子さんは、仲間はずれになったり意地悪されたりして、辛《つら》くなることはなかったの？」

「うん。陰口《かげぐち》をたたいてる人がいるのはわかってたけど、全然気にならなかった。仲間に入るってことに、もともと興味なかったし。変わった人って思われてたみたいだから、みんな、びびって近づかなかったんだと思うな。でも私ね、クラブは真面目《まじめ》だったの。放課後は毎日美術室にこもって、油絵を描《か》いてたの。クラブは楽しかったな。先生とかクラブの子たちとしゃべるのも。だから、全く孤立《こりつ》してたってわけじゃないのよ。……それでも何て言うんだろう、中学生のころといえば、とんがってはいても、心ここに在らずって感じだったなあ」

爽子を見る、苑子さんの黒目がちの目が、はるか彼方《かなた》を見るときの子供《こども》の目のように、うつろに光った。

「高校に行ってからも、しばらくはそんなものだったんだけど、ある時から、ちょっと変わったの。それは、馥子《ふくこ》さんと友達になったからなのよ」

苑子さんは、右手で頬杖《ほおづえ》をつきながら話し続け、爽子は、組み合わせた手の甲《こう》に顎《あご》をのせて、聞き入った。

「馥子さんて、わたし、今でも不思議な感じがするんだけど、むかしから飄々《ひょうひょう》としててね、何ていうか……地上十メートルあたりをふわふわしてる感じだったのよ。意外だった？」

苑子さんにたずねられて、爽子はあわてて首を振《ふ》った。意外そうな顔つきをしたのだとしたら、それは、ぴったりの形容を不意に聞かされたためだった。苑子さんが続けた。

「高校はね、蓋《ふた》をあけてみたら、なかなか楽しいところだったの。ただ勉強ができるだけなんてカッコ悪いって思ってる子が多くて、何とかして個性や独自性を発揮《はっき》して、一目置かれようと躍起《やっき》になってたわけ。無理して背伸《せの》びしてるんだから、可愛《かわい》いもんなんだけど、でも、それなりに面白《おもしろ》い子や変わった子がいて、中学の時に比べたら、ずっと刺激《しげき》があったたし、私みたいな偏屈《へんくつ》には、とても楽だったのよ。ところがある時、馥子さんと、席が隣《となり》になったの。馥子さんて、ぽちゃっとしてて、ああいう声だから、賑《にぎ》やかな連中の中ではぜんぜん目立たなかったし、私も、この人は、ただ真面目《まじめ》に勉強してるだけの、のれんに腕押《うでお》しみたいな女の子なんだろうって、悪いけど思ってたのね。それが、少しおしゃべりしてみたら、何だか面白《おもしろ》いのよ。手応《てごた》えが、それまで知り合った子たちとはまるで違《ちが》うの。ギラギラしたところは一つもなくて、まるで素朴《そぼく》なんだけど、話すことを、すぐに把握《はあく》して、うれしくなるようなことをちゃんと言ってくれるの。つまり、意外にも、とっても気が合ったわけ。そのうちわかったの。私が肩肘《かたひじ》張って、周囲を敵視《てきし》しながらやってきたのと同じようなことを、馥子さんも考えていながら、馥子さんの方は、ケラケラって軽やかに笑いながらやってるんだなって。要するにスマートなのよ。だから、私の方は確かに一目置かれたのかもしれないけど——というより、怖《こわ》がられたっていうべきなんでしょうけど、馥子さんの方は、もてる人になっちゃったのよねえ」

苑子さんは、そこで言葉を切って、爽子を見ると、

「それにしても私ったら、どうしてこんなことを、ペラペラペラペラ、爽子ちゃんに話してるのかなあ。何となく、爽子ちゃんて、こういうことを言ってもわかってくれるって、勝手に思いこんでるみたいね、私」

と言った。爽子は、ちょっと唇《くちびる》を噛《か》んでから、

「もっと聞きたいんだけど……」

と促《うなが》した。苑子さんは、笑って、また続けた。

「……だからね、ギラギラした連中の中で突《つ》っ張《ぱ》ってるのも楽しかったけれども、馥子さんといっしょにいるほうが、やっぱりずっと楽だったの。それに、馥子さんの考えてることが、ときどき私には理解不可能で、それも新鮮《しんせん》だったのよねえ。いろんなことが、いっぱいあったけど、その極《きわ》めつきは、三年の時。馥子さんて、さっきのお砂糖《さとう》の話みたいに、けっこうドジなとこあるわりには、長者番付の……ああこれ成績上位者のことだけど、常連だったのね。私なんか、何かの間違《まちが》いで、三年間に一回のっただけよ。それなのに馥子さん、進学するの、やめることにしたって言うの。『私はもうたっぷり勉強したから、これくらいで働いてもいいと思って』って。今にして思えば、高校生がよく言ったもんだって気がするけど、あのころは、おかしく聞こえるどころか、純粋《じゅんすい》に衝撃的《しょうげきてき》だったの。そして私に、『でもあなたは、今まで適当だったぶん、大学で勉強しなくちゃね』って。もう目がぱちくり。だって私、勉強はほんとに適当だったくせに、大学には当然行くつもりだったんだもの」

「へえ…………。馥子さん、それで就職《しゅうしょく》したの？」

「そう。可愛《かわい》らしい銀行員になったの。私の方は、行きたかった美大に落ちて、浪人《ろうにん》よ。……でもそのころは、とっても辛《つら》かったの、絵を描《か》くのが。受験のための訓練が辛《つら》いって意味じゃなく、絵のことばかり悶々《もんもん》と考えてるうちに、絵を描《か》くのが楽しくてしょうがなかったころとは、絵の意味が、違《ちが》うものになっちゃっていたの。そんな時に、ときどき銀行帰りの馥子さんに会うでしょう？

そうすると、本当にホッとした。そしてね、ある時、馥子さんみたいなことを、ふと思ったんだ。『今まで、ずいぶんたくさん絵を描《か》いたから、これくらいで、ほかのことをやってもいいか』って。これだって、今考えれば、ずいぶん傲慢《ごうまん》。だって描《か》いた数なんて知れてるじゃないの。でもそのころは、中学生から何年も何年も、延々《えんえん》とやってきたっていう気分だったのよね」

「へえ……」

爽子は、ここに来るまでは全く縁《えん》のなかった三十代の女の人たちの若《わか》いころというのを、興味深く聞いた。——何と言うのだろう、ぱっと大人になったわけではないことはわかっているのに、三十歳《さい》の人には三十歳《さい》の、四十歳《さい》の人には四十歳《さい》の、その時の時間しかないような気が、どうしてもしていたのだ。それまでの時間など、ビデオの早送りのように、呆気《あっけ》なく過ぎたような、そんな気が。ちょうど、偉人伝《いじんでん》の子供《こども》時代が、そう感じられるように。でも、それは絶対にちがう。むかしも一日は二十四時間だったのだし、一年は、三百六十五日だったのだ。そして、いつの時も、その時その時が、一番新しい現実で、明日以降《いこう》は、不安な未来だったのだ。今日と同じように——。爽子は、苑子さんの話を聞いているうちに、それを不意に「発見」したのだった。唇《くちびる》をきっと結んで苦悩《くのう》する、二十歳《はたち》にもならない苑子さんの姿《すがた》が浮《う》かぶ。それは、過去の姿《すがた》ではなく、現在の姿《すがた》だ。その時の。爽子は、胸《むね》を高鳴らせてたずねた。

「で、『ほかのこと』っていうのが、建築家になることだったのね？」

苑子さんは、肩《かた》をすくめてちょっと笑った。

「私ね、趣味《しゅみ》だなんて思ってもみなかった、大好きなことがあったの。それはね、新聞に入ってくる、住宅広告《じゅうたく》の間取りをじっくり見ること。それに、本屋で、建築雑誌《けんちくざっし》を立ち見すること。女の子たちが、ただ何となくファッション雑誌《ざっし》をながめたくなるのと同じで、間取りがかいてあると、わくわくしちゃって、見ずにいられないのよ。つまり娯楽《ごらく》だったの。浪人《ろうにん》してる時に、そうやって本屋で気晴らししていてね、はたと、何て楽しい気分なんだろうって思ったの。解放されてるなあってね。その時、使いやすい、すてきな家を考えるのって、面白《おもしろ》いことじゃないか、それを仕事にしちゃいけないわけは、一つもないじゃないかって、怒濤《どとう》のように、とつぜん炎《ほのお》のように、思ったのよ。そうしたら、ずっと頭の隅《すみ》に残っていた、馥子さんの『もういいと思って』っていう台詞《せりふ》がよみがえったの。それでもう決まり。——だから、建築家っていう言葉は私にはおおげさなの。だって、建築家っていったら、偉大《いだい》な芸術家みたいじゃない、ガウディみたいな。ま、そういうわけで、急遽《きゅうきょ》、受験勉強の態勢を立て直したの。それまで、絵ばかりで、煮詰《につ》まっちゃってたから、とってもすがすがしい気分だったわね！」

爽子も、すがすがしい気分になった。二人は期せずしてホーッと長い溜《た》め息《いき》をつき、それがおかしくて、二人はいっしょに笑った。

一番前の一人がけの席にすわり本を読む。それが、バス通学を始めて以来の爽子の朝の日課だった。だが今日、爽子は、読みさしの本を膝《ひざ》にのせたまま、白々として寒そうな窓外《そうがい》の景色を見ながら、昨夜の苑子さんの話を思い出していた。

爽子は、苑子さんが、どうして十一月荘に入居したのか、それを是非《ぜひ》とも聞いてみたくなったのだった。爽子が、双眼鏡《そうがんきょう》の中に白い家を見つけて心をときめかせたように、苑子さんも、たまたま十一月荘を見つけたのだろうか？　その時の苑子さんの話が面白《おもしろ》くて、爽子は、周りの乗客に気取られないように、そっと思い出し笑いをした。

——「働き始めてすぐのころ、そう、お花がいっぱい咲《さ》いてた連休の時だったわ。このあたりを散歩していたの。この辺って、面白《おもしろ》い家が多いでしょう。だから、参考のために見て歩いてたのよ。でね、ちょうどそこの、庭の前の道を通りかかったとき、何かモゴモゴした物がぶらさがってるのが見えたの。すてきな家のお庭なのに、あの見苦しいものは何かしらって、近づいてみたら、それが、ハンモックに乗って本を読んでいた閑《のどか》さんだったの。ハンモックって、乗ってみたいじゃない？　わあ、いいなあって足を止めたちょうどその時、閑さんが、ハンモックを降《お》りかけたんだけど、うまく降《お》りられなくて、バタバタし始めたのよ。見殺しにもできないから、お庭に入っていって手を貸してあげたってわけ。それが、閑さんに会った最初よ。それから一年たって、私が住んでいた古いアパートが取《と》り壊《こわ》されることになって、ほかを探《さが》さなくちゃならなくなったの。その時に、ぱっと、ここのことを思い出したの。そういえば、あの家は下宿屋さんじゃなかったかしらって。それでもう一度来てみたの。その時もまた閑さんがハンモックに乗っていたのには呆《あき》れちゃった！　で、その時は、家の中にも入って、閑さんともおしゃべりして、そして、ここの住人になることに決まったのよ。ちょうど十年前のことよ」——

チューリップや水仙《すいせん》が咲《さ》き乱《みだ》れる春の庭で、ハンモックに乗る閑さん……降《お》りられなくて手足をバタバタさせる閑さん……そんな姿《すがた》を想像すると、楽しくて、つい微笑《ほほえ》まずにいられない。

その時ふと、新しいドードー森の話が、ぽっと点《とも》った灯《ひ》のように、頭の中で生まれた。

（そうだわ、新人登場よ！　しかも二人……ううん、三人よ！　よし、今日も早く帰って、ドードー森を書こう！）

爽子は、今日が水曜で、だから耿介《こうすけ》が来る日だということを、けっして忘《わす》れてはいなかったから、どこか憂鬱《ゆううつ》なのだった。昨日受けたばかりの侮辱《ぶじょく》は、ビデオを見ようと、苑子さんと話そうと、やはりまだ新しい生傷《なまきず》のようだった。嵐《あらし》の晩《ばん》をじっとやり過ごすように、お話を書いて今日の夜は過ごそう——そう決めると、爽子はようやく、膝《ひざ》の上の本に目を落とした。

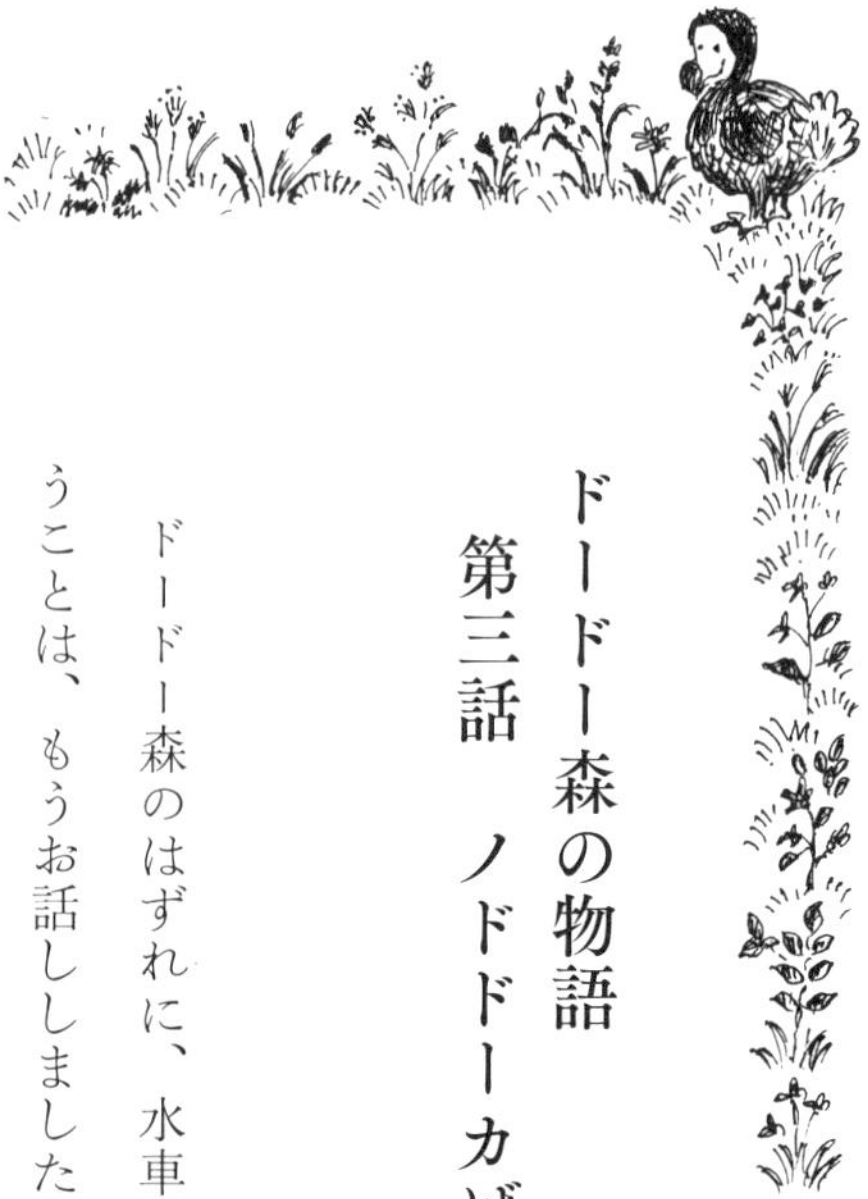

ドードー森の物語

第三話　ノドドーカばあさまが飛びたがった話

ドードー森のはずれに、水車小屋があって、カラスだんなが一人で住んでいるということは、もうお話ししましたね。さて、森のもう一方のはずれには、家が二軒《けん》、ならんで建っていました。一つは、水色の壁《かべ》の、赤いとんがり屋根の家で、もう一つは、赤い壁《かべ》の、水色のまる屋根の家でした。そういっただけでおわかりのとおり、この二軒《けん》は、そっくりではないけれど、何となく似た感じがしました。それでこの二軒《けん》の家は、あわせて、『にせふたご館』とよばれていました。

『にせふたご館』には、野ウサギのソーラと、コダヌキのプクリコが住んでいました。水色の壁の赤いとんがり屋根の方が、ソーラの家で、赤い壁《かべ》の水色のまる屋根の方が、プクリコの家です。

この二人は、ちがう動物なのですからあたりまえですが、似ていませんでした。けれど二人とも、おそろいのセーラー服を着ていたので、何となく似た感じがしました（ちょうど『にせふたご館』のようにね）。そんな服を着ていたのは、二人が、伝統ある『ノドドーカ公爵学校《こうしゃくがっこう》』の生徒だったからでした。

さて、ある晴れた日の午後のことです。いつもいっしょに学校から帰るプクリコが、きょうはいそいでさっさと帰ってしまったので、何となく人恋《ひとこい》しくなったソーラは、ノドドーカ屋敷《やしき》によってみることにしました。よるときには、いつもお勝手口からはいり、台所で細かい仕事をしている小間使《こまづか》いのルミーと、ひとしきりおしゃべりしてから、ノドドーカばあさまのお部屋をたずねることにしていました。

「ああソーラ！　来てくれてよかったわ！」

床《ゆか》にころがったタマネギやニンジンを、せっせとカゴに入れていたルミーが、笑顔《えがお》でむかえてくれましたが、それは、たった今まで、くもっていたような笑顔《えがお》でした。

「何かあったの？」

ソーラは、ひとっとびでルミーとならぶと、野菜をカゴにつめるのを手伝いながら、ききました。

「ノドドーカばあさまが、ふさぎの虫になっちゃったの。きのう、『にせふたご館』のほうまで散歩に行ってからなのよ」

「きのう……うちのほうに？」

きのうといえば、ソーラは、プクリコといっしょに、『とびごっこ』をして遊んでいました。ソーラは野ウサギですから、とぶのが得意なのは、いうまでもありません。ところがプクリコは、信じられないことに、空を飛ぶことができるのでした。

そんなとんでもない才能が、プクリコにやどってしまったのは、ミセス・クリオーザの説教が原因でした。

――「プクリコさん、あなたは地に足がついていないわ。まるで地上十メートルあたりを、ふわふわしているようなものですよ。しっかりなさいな！」

と、ミセス・クリオーザは鼻を上に向けていったのです。プクリコは、まったく余計なお世話だわ、とむっとしました。そして、むっとしたいきおいにまかせて、

「ええ、あたしは地上十メートルあたりで、ふわふわしてますとも！　それで何かふつごうがありますかね！」

とさけんだのでした。そのとき、ふいに風が巻《ま》きおこり、気がつくと、プクリコは、ふわふわと空に舞《ま》い上《あ》がったのでした。地上十メートルあたりまで！　そして、それ

以来、プクリコは、空飛ぶタヌキになってしまったのです。

プクリコは、奇跡《きせき》が起こったわけを、あれこれと考えたあげく、深い反省とともにいったものでした。

「あたし、むっとしたきもちをあんまり強くこめすぎたんだと思うの。それで、ばちがあたっちゃったのよ、きっと……」

って。でも、だからって、やどった才能をなげいたことは、一度もありませんでした。何といっても空が飛べるというのは、便利なことでしたからね——。

ルミーは、

「ふさぎの虫の原因さえわかれば、なぐさめようもあるんだけど、ばあさま、何も話してくれないから、どうしていいかわからなくて」

と、顔をくもらせました。

ソーラは、きのうの『とびごっこ』のことが、どうも気にかかりました。ノドドーカばあさまは、空を飛べません。ドードー鳥は、飛ばない鳥だからです。でも、そんなことが、いまさら問題になるでしょうか。ルミーだってロビンソンだって、それにソーラだって飛べるとはいえないのだし、だれもそのために、ふさぎこんだりはしないのですから。でもソーラは、ふと思ったのです。だからといって、ノドドーカばあさまも同じだろうかと。何といっても、ばあさまは、鳥なのですから。

ソーラは、「ばあさまの部屋をのぞいてみてくれない？」とたのむルミーに、「ちかぢか、かならず来るわ」といいのこして、家路をいそいだのでした。


ソーラは、自分の家にもよらずに、赤い壁《かべ》の、水色のまる屋根の家の鈴《すず》を鳴らしました。困《こま》ったときには、きまってプクリコと話がしたくなるのです。プクリコはきょう、のっぴきならない予定があったみたいでしたが、ちょっと話をするくらいならかまわないでしょう。まもなく、

「ソーラなら……はいって……ちょうだい」

という、押《お》し殺《ころ》したような声の返事がかえってきたので、ソーラは不安なきもちでドアをあけました。

するとまあ、タマネギの袋《ふくろ》なのでしょうか、プクリコは、大きな網袋《あみぶくろ》を背中《せなか》にしょって、部屋のなかを、よちよちと歩いていたのです！　何が悲しゅうてこんなまねを……と、ソーラがあきれていると、

「ソーラちゃん、お帰り……」

と、網袋《あみぶくろ》が声をかけました。袋《ふくろ》のなかみは、タマネギなどではなく、ノドドーカばあ

さまだったのです！

「……いったいぜんたい、何のまねですか……？」

ソーラが、棒《ぼう》のようにつったったままたずねると、プクリコが、のどのおくのほうから、声をしぼりだすようにして、

「ち……じょう……くんれんよ……」

と、答えました。が、そのとたん、力つきて、袋《ふくろ》ごとひっくり返ったので、ソーラは、かけよって抱《だ》きおこしてあげました。といっても、網《あみ》のはじが、おぶいひものように、プクリコの胸《むね》でばってんに結ばれて、二人がくっついていたものですから、その重たいことといったらありません。ソーラは、やっとのことで二人を起こし、やっとのことで、二人をばらばらにしました。そして三人は、ようやく椅子《いす》にすわりました。

この、ばかばかしいさわぎの原因は、ソーラがもしやと思ったとおり、きのうの『とびごっこ』にあったのでした。プクリコは、すでにきのうの夜おそくに、うちしずんだようすのノドドーカばあさまの訪問《ほうもん》を受けていたのです。

――「プクリコちゃん、私《わたし》、あなたみたいに重たそうな人が、地上十メートルあたりでふわふわ楽しそうにしてるのを見ると、大むかしの血がさわいで仕方ないの。だって、あなたのご先祖さまが飛べたとは思えないけれど、私の遠いご先祖さまは、ゆう

ゆうと空を飛んでいたのですもの！　ね、プクリコちゃん、あなたの奇妙《きみょう》な才能を、ちょっぴり分けていただけないかしら。ちょっぴりでいいのよ。あとは、さわぐ血の力で何とかなるでしょうから。……でも、分けてもらうのがむずかしいようなら、たいへんかもしれないけど、私をおぶって、飛んでみてもらえないかしらねえ……」——「というわけで、あたしの才能をちょっぴり分ける方法を考えてみたんだけど、ぜんぜん思いつかないの。でも、もっといいことを考えついたの。ミセス・クリオーザに、むっとするようなお説教をしてもらうの。そして、ばちあたりなことをさけんだらいいいんじゃないかって」

プクリコのことばをきいて、ソーラは思わず身をのりだしました。

「へえ！　で、どうなったの？」

「ゆうべさっそく、あたしとばあさまとで、おねがいの電話をかけたわ。そしたらね、きどった声で、『わたくし、人さまに説教ができるほど、りっぱな人間じゃございません』っていってガチャリよ。だから、きょうのお昼に、地上訓練からはじめる約束をしたってわけなの」

プクリコは、痛《いた》そうに肩《かた》をさすりながら、ため息まじりにいいました。

さっきから、せっせと毛づくろいをしていたノドドーカばあさまが、

「外に出れば、きっとうまくいきますとも」

と、はげますようにいいました。プクリコが、

「外の方が、重力が少ないとでも？」

と、明らかにいやみな調子でいいました。

「あら、風ですよ風。うまく風にのりさえすれば……」

ノドドーカばあさまは、そういって、のぞきこむようにプクリコの方を見、それからソーラの方を見ましたが、

「やっぱり、無理よねえ」

と、力なくつぶやきました。そして、

「プクリコちゃん、お世話になったわ」

といって、ドアから出ていったのでした。

プクリコが、うっかりいやみを口走ってしまった自分の口を、はっと押《お》さえて、肩《かた》をすくめているまに、ソーラは、家をとびだしました。

ほんのひとっとびで、ノドドーカばあさまとならぶ

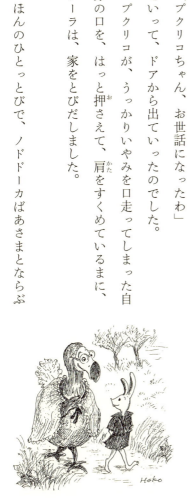

なり、ソーラはたずねました。

「ばあさま、地上十メートルあたりでふわふわするのじゃなく、地上一メートル半あたりでぶらぶらするっていうのでも、地面にはりついているよりは、いくらかましですか？」

するとノドドーカばあさまは、もうほとんどいつもの落ち着いたばあさまにもどっていて、にっこり笑っていいました。

「もういいのよ、ソーラちゃん。私ったら、きゅうに大人げないことといって、プクリコちゃんに気のどくしたわね。ところでさっきの質問だけど、そりゃあ、地上一メートル半でぶらぶらできるものなら、最高よ！」


このあと、ソーラとプクリコが、何をしたか、というと……ノドドーカばあさまがおいていった網袋《あみぶくろ》を改良して、ハンモックを作ったのですよ！　そして二人は、おおいそぎでお屋敷《やしき》まで行き、庭木につるすと、ばあさまを、よんだのでした。

ハンモックを見つけたときの、ばあさまの喜びといったらありませんでした。ソーラとプクリコは、まもなくお屋敷《やしき》から出てきたルミーの力もかりて、よいこらしょっと、ばあさまの夢をかなえてあげたのでした。地上一メートル半あたりまでの夢でしたがね。

ばあさまが、大満足でぶらぶらしてるのを、はなれたところでながめながら、ルミーは、ソーラとプクリコに心からお礼をいいました。そして、

「もう一つのなぞもとけて、やっと安心したわ」

といって、クスッと笑いました。ルミーは、タマネギとニンジンを入れておいた網《あみ》袋《ぶくろ》が、袋《ふくろ》ごと、ではなく、なかみは床《ゆか》にころがして、袋《ふくろ》だけ消えてしまったことが、ふしぎでならなかったのでした。

ドードー森の物語
第四話　ロビンソンがりっぱなネズミになろうとした話

さて、野ウサギのソーラとコダヌキのプクリコがかよっていた《ノドドーカ公爵《こうしゃく》学校》には、もう一人生徒がいました。といっても、この生徒は、あまり学校には行きません。気ままな風来坊《ふうらいぼう》だったからです。でも、理由はもう一つありました。教室にちんまりとすわって、つまらない問題をとかされるのが、がまんならなかったのです（ほんとうは「つまらない問題」ではなく、「わからない問題」だったのかもしれませんが）。何しろこの生徒はライオンで、ライオンというものは、やたらと気位《きぐらい》の高い動物でしたからね。このライオンの名は、風来《ふうらい》オン・ライスケでした。

ふつう、風来坊《ふうらいぼう》といえば、身なりや持ち物にかまいつけないものですが、気位《きぐらい》の高いライスケはべつでした。りっぱなたてがみをとかすためのくしを、いつも耳にはさんでいて、風でたてがみがみだれるたびに、まめにとかしました。しかも、このくしは、べっこうでできている上に、反対がわがボールペンになっているという、たいそう、こったしろものでした。

ある日のこと、学校に行くかわりに、お気に入りのステッキをつきながら散歩していたライスケは、ノドドーカ屋敷《やしき》のお庭のなかに、何かぶらさがっているのを見つけて足を止めました。それは、緑の葉がおいしげる木と木のあいだに、地上一メートル半くらいのところで、ぶらぶらしていたのです。近づいていってよく見ると、それは、ハンモックにのって本を読んでいるノドドーカばあさまでした。ばあさまは、自分でゆらゆらからだをゆらしながら、いかにもきもちよさそうにページをめくって、「おう！」と小さく声をあげたりしているのでした。よほど面白《おもしろ》い本のようです。それとも、ハンモックにのって読むと、本が面白《おもしろ》くなるのかもしれない、とライスケは考えたりしました。それほどハンモックは、いいもののように見えたのです。

「ノドドーカばあさま、いいものをとりつけましたね！」

ライスケは、ハンモックのそばまで行って、声をかけました。

「あらライスケくん、おひさしぶりねえ。これ、ソーラちゃんとプクリコちゃんが、私《わたし》のために作ってくれたの。最高よ、これにのって、うとうとしたり、本を読んだりするのって」

と、ノドドーカばあさまは、ハンモックを、大きくゆらしてみせながらいいました。

ソーラとプクリコときいて、ライスケは、まゆをぴくっとさせました。あの二人はどうも苦手でした。だって、たまにライスケが学校に行くと、ノートをのぞきこんで、「あら、三かける八が二十ですって？」といったりするのですもの。

（あの二人にたのむのは、ぜったいまずいぞ。ああでも、ぼくも同じのがほしいなあ）

ライスケはステッキによりかかって、ノドドーカばあさまをほれぼれとながめました。

ライスケは、いいものを見ると、ほしくてたまらなくなるたちだったのです。すると、

「ライスケくん、あなた、これがほしいんでしょう？　あげるわけにはいかないけれど、一日だけなら、のせてあげてもいいわよ」

と、ノドドーカばあさまがいいました。

こうしてライスケは、ノドドーカばあさまにかわって、一日じゅう、ハンモックにのることになったのでした。

ちょうどそのころ、ロビンソンは、ぶあつい本を一冊読《さつ》み終えて、感動のあまり、長いため息をついたところでした。それは、人の役に立つことをたくさんした、りっぱなネズミたちのことを書いた物語でしたが、ロビンソンは、本のなかのネズミのりっぱさのほかに、ぶあつい本を最後まで読んだ自分にも感動したのでした。

「ほんの子ネズミにしかすぎないというのに、こんなものを読んだんだから、ぼくもあんがい、たいしたネズミなのかもしれない……」

ロビンソンは、いつもとはちがう、遠くを見るような目つきでそうつぶやくと、とつぜん、何かりっぱなことがしたくなり、家を出ました。

背《せ》をかがめて、あてもなく歩きながら、ロビンソンは、本のなかのネズミたちのことを、あれこれと考えました。

(あの人たちは、すごくついてるネズミだったんだ。だって、あの人たちの行く手には、手がらになることがちゃんと待ちうけてるんだもの。そりゃあぼくだって、悪いやつに出会えば勇敢《ゆうかん》に戦うし、困《こま》ってる人に出会えば親切に助けてあげるさ。あの、ライオンに助けられて恩返しする大むかしのネズミだって、網《あみ》にかかったライオンに出会ったからこそ、りっぱな恩返しができたんだもんな。だいじなことは、何かの事件にでくわすかどうかってことなんだ。ああ、はたしてぼくは、でくわせるんだろう

か）

ロビンソンは、そこでやっと顔をあげて行く手を見ました。するとどうでしょう。一頭のライオンが、網《あみ》にかかって苦しんでいるではありませんか。

「おおっ！」

ロビンソンは、そうさけぶや、一気にかけだしました。そのはやいことはやいこと！　そして、そのいきおいで一気に木にかけ登り、まずは木にからみついている網《あみ》を食いちぎりにかかったのです。カリカリカリカリ……ブツッ！　カリカリカリカリ……ブツッ！

ロビンソンは、もっと冷静になるべきでした。なぜ、地上一メートル半あたりのところで、ライオンが、網《あみ》にかからなければならないのか。苦しんでいるはずのライオンが、なぜ、本をおなかにのせて、いびきなんかかいていたのか。そういったことを、ちょっと考えてみたなら、災難《さいなん》はおこらなかったでしょう。しかし、ロビンソンが、一仕事を終えたときは、もう、あとのまつりだったのです。

地面にあおむけにころがって、うめき声をあげながら腰《こし》をさすっているライオンは、だれあろうライスケでした。そのライスケを、ロビンソンは枝の上からぼうぜんと見下ろしていました。とんでもないまちがいをしでかしたことに気づいて、にぎりこぶしを、ただガチガチとかんでいたのです。やがて二人の目が、かちっとあいました。

「ロ……ロビン……ソン……ガルルウウ……いったい……なんのうらみがあって……こんなことを……せっかくの……ハンモックを……ガルルウウ」

（ひえっ！　ハ、ハンモックだったのか……！）

でも、ロビンソンの口からあやまりのことばはでませんでした。百獣《ひゃくじゅう》の王の五臓六腑《ごぞうろっぷ》が凍《いて》つくほどのうなり声に、ロビンソンは、完全に、われを失ってしまったのです。

そして、たいへんまずいことに、ロビンソンは、くるりとしっぽをまるめると、一気にそこから逃《に》げたのでした。けがをしたらしいライスケを、一人のこしたまま。

ロビンソンは、ひた走りに走って家まで来ると、背中《せなか》でバンッとドアをしめて、ゼイゼイとあらい息をしました。すると、部屋のすみにあるタンスが、まっすぐ目にとびこみました。何ひとつ考えることができなかったロビンソンは、そこで、タンスに突進《とっしん》すると、なかにもぐりこんでドアをしめ、ぎゅっと目をとじたのでした。

ロビンソンは、ぱちっと目をさましました。でも、何も見えません。たしかに目をあけたはずなのに。それに、このナフタリンくささといったら何でしょう。ロビンソンは、ははあ、ここはタンスのなかだなと気づいて、外にころがり出ました。ところが、そこもまっ暗なのです。

「どうしちゃったんだろう……何も見えない。そもそもいったいなぜ、ぼくはタンスのなかなんかにいたんだったか……」

そのとき、柱時計が、ボンボンと二回鳴りました。二時？　二時がなぜ暗いんだろう？　ははあ、真夜中の二時なんだ……。暗闇《くらやみ》に目がだんだんなれるにつれて、タンスにはいる前のことが、ありありとよみがえってきました。やっと昼におこったことを、思いだしたのです。すると、心がずーんと重くなりました。

「ああ……そうだった……。ぼくは、いいことをするつもりで、とんでもないことをしてしまったんだった……ああ、どうしよう」

そのとき、ロビンソンは、本に出てきた一匹《ぴき》のネズミのことを思いだしました。それは、悪さのかぎりをつくしたネズミが、あるとき、心の底から反省して「仏門」にはいり、やがてりっぱなお坊《ぼう》さんになったという話でした。

「そうだ。仏門にはいろう。りっぱなお坊《ぼう》さんになろう」

口に出してきっぱりいってみると、それは、これ以上ないほどのいい考えに思われました。

ロビンソンは、机《つくえ》の電気をつけ、手紙を書きました。

『ぼくわ、ぷつもんに、はいります。りぱなおぽうちんになります。ちがちないでくだちい。みなちんのことわ、わすれません。ロビンソン』

ロビンソンは、身のまわりの物を風呂敷包《ふろしきづつ》み一つにまとめると、玄関《げんかん》のドアに手紙をはりつけて、住みなれた家をあとにしたのでした。

ロビンソンは、闇夜《やみよ》の森を、遠くへ遠くへと、どんどん歩きました。ドードー森から、できるだけ遠くはなれたお寺をたずねるつもりだったのです。はじめは、どのへんを歩いているのか見当がついていました。でも、下を向き、ずんずん行くうちに、もうさっぱりわからなくなりました。黒ぐろとした木の葉が風にゆれてぶきみなうなり声をあげたり、フクロウが、ホッホーと、恐《おそ》ろしい声でよんだりしました。ときおりビュッと吹《ふ》きつける風は、ロビンソンの耳と背中《せなか》の風呂敷包《ふろしきづつ》みとをいっぺんに持ちさって行きそうになりました。

「ま……まけるもんか……ぼくは……行かなくちゃならない……」

ロビンソンは、歯をくいしばり、目をぎゅっとつぶって前進しました。そうやって、どれほど歩いたころでしょう。ロビンソンは、ついにくたびれて、木の根をまくらに、横になったのでした。

「ロビンソン！　朝よ！」

耳もとでよぶ声がしました。ロビンソンが、

「ムニャムニャ……あと五分」

とうなるようにいって寝返《ねがえ》りをうつと、

「五分たったわよ！」

と、すぐに、こんどは上の方で声がしました。ロビンソンは眠《ねむ》いくせに、

「うそだ、五分なんかたったもんか！」

とどなって、かすかに目をあけました。すると、木の葉のあいだに、プクリコのまんまるい顔が見え、すぐそばにソーラが立っていました。

「プクリコにソーラ……いったい……」

そのとたん、はっとしました。

（いけない、仏門にはいるんだった！　こうしちゃおれない、早く行かなくちゃ！しかし何だって、ぼくのいどころがわかったんだろう、なんまんだぶ、なんまんだぶ）

ロビンソンは、ソーラのわきをすりぬけました。でも、ぴょんととんだソーラと、ぶわりと下り立ったプクリコに、あっというまに、行く手をふさがれました。

「行かせてください！　行かせてください！　罪ぶかいぼくは、どうしても行かなければならないんです！」

やみくもにふり回すロビンソンの手を、ソーラがやさしくつかむと、

「そうはいかないわ。みんなが待ってるんだもの」

といって、後ろを指さしました。ロビンソンがふりむいてみるとどうでしょう。すぐそこに建っていたのは、ノドドーカ屋敷《やしき》でした。

（ありゃりゃ……！）

ドードー森を出て、ずいぶん歩いたつもりだったのに、とロビンソンは目をぱちくりさせました。二人の方も、ロビンソンがこんな近くにいるとは思ってなかったのでしょう、

「捜索隊《そうさくたい》を二人で組織したのはおおげさだったわね」

とプクリコがいいました。

二人にはさまれて、ロビンソンが屋敷《やしき》にはいると、屋敷《やしき》の客間に集まっていた森のみんなが、いっせいに、「ロビンソン！」とさけびました。ルミーは、すぐにかけよってきて、ロビンソンの手をにぎりました。

客間には、みんなにかこまれるようにして、ベッドが置いてあり、ライスケが寝《ね》ていました。でも、苦しそうにうなるかわりに、にこにこ顔で、「イェーイ！」といい、「悪くないぜ。こうやってみんなに、ちやほやとお世話してもらうっていうのも」といいました。もっともそのあとで、「でも、痛《いた》くないってわけじゃないんだぜ」とつけたしましたが。

「ロビンちゃん、いったいぜんたい、何が何なのか、ちゃんと話してくれるわね？」

と、ノドドーカばあさまがいいました。

「もちろん、話していただかないことには、安心してこの森に住んでられませんわ！とつぜん人にけがをさせて、そのままずがたをくらますネズミのいる森なんて！」

ミセス・クリオーザがプリプリいい、

「まあまあ、そうせめなさんな。わざとしたわけはないのだから」

と、カラスだんながとりなす場面もありました。

ロビンソンは、ライスケのまくらもとに行って、心の底からあやまりました。そして、ぶあつい本を読み終えたところから、正直に話しました。

「ぼくは、ご先祖さまみたいに、網《あみ》にかかって苦しんでるライオンを、助けようとしたんです……」

みんながいっせいに、

「なーるほど！」

とさけびました。ライスケまで、うっかりさけんだので、腰《こし》にひびきました。ノドーカばあさまが、深ぶかとうなずきながら、

「ご先祖さまの血がさわいで、うっかり失敗することって、じっさい、たまにあるのよねえ……」

といって、すまなそうにプクリコを横目で見ました。でもプクリコは、何くわぬ顔で、元気にいったのでした。

「あたしとソーラは、そういう人に、何か、してあげることにしてるの。この前はちょっとした贈《おく》り物《もの》をしたけど、こんどは、字を教えてあげることにするわ。『ち』と『さ』をまちがえちゃ、せっかくのおもおもしい手紙も、ひょうきんになっちゃうでしょ。ロビンソン、教室はここよ。そうすれば、残念ながら学校に行けないライスケくんも、授業に出られるでしょうからね」

そのとたん、ライスケとロビンソンは、顔を見あわせました。すっかり意気投合といった感じのその顔は、まるで、大むかし助け合った、あのライオンとネズミのようでした。

13

「これで何とか仕返ししたわ」

爽子《そうこ》は、ノートを閉《と》じると、わざと背《せ》をそらして微笑《ほほえ》んだ。気位《きぐらい》は高いけれど、ソーラやプクリコには頭の上がらない、ちょっと冴《さ》えないライオンにしたて、さらにはハンモックから落っことす。でも、これが爽子にできる耿介《こうすけ》への仕返しの限度だった。むろんそうしようと思えば、悪漢にすることも、根っからの嫌《いや》なやつにすることもできたし、もっと痛《いた》い目に合わせることだってできたのだが。

昨日と今日の二晩《ばん》を費《つい》やして、『ドードー森』を二話書きあげたことで、爽子はずいぶん気分がよかった。書いている間じゅう、頭の中にドードー森のそよ風が吹《ふ》くのも楽しかったし、ここでやろうと決めたことが、着実に積み上がってゆくのもうれしかった。そして耿介を、自分のノートの中に取り込んだことが、本当はうれしかった。そうとは認《みと》めたくなかったのだけれど——。

学校は、いつものように、どうということもなく過ぎた。

(心ここに在らず、かあ……。私《わたし》もきっとその口だわ……)

机《つくえ》の上にのせた通学カバンにだらしなく両手を預けて、ぼんやりと帰りのホームルームの時間をやり過ごしながら、爽子は苑子《そのこ》さんの言葉を思い出していた。今学期でこの学校を去るから、などということではなく――もしもそうだとしたら、十一月荘《じゅういちがつそう》での暮《く》らしだって、時間潰《つぶ》しの場所ということになってしまうだろう――もっと別の、何か心楽しいものが、爽子の心を占《し》め始《はじ》めていたのだ。

爽子は、何かが不意に頭にのせられると同時に、自分の名を呼《よ》ばれて、我《われ》に返った。担任《たんにん》の教師が、すぐ脇《わき》に立っており、爽子の頭に手のひらをのせていた。

「こおーら。聞いておるのかや! 恋《こい》でもしたんか」

定年間近の、厳格《げんかく》さとひょうきんさが混じった痩《や》せっぽっちの担任《たんにん》が、鼻めがねの上から爽子をのぞいて、キンキン声をはりあげた。爽子は、からかわれることには不慣れだったが、頭を掻《か》きながら、みんなといっしょに笑うくらいの余裕《よゆう》はあった。こうしてみなに遅《おく》れてメモ帳をとりだし、来週末から始まる試験の時間割《じかんわり》を書き取った。考えてみれば、二学期の学期末試験は、十一月のうちから早々に始まるのだった。少しばかり、『ドードー森』から、遠ざからなければならないだろう。

爽子は、昼休みにリツ子に言われたとおり、校門の横で、リツ子を待った。しばらくしてから、大きな紙袋《かみぶくろ》をさげたリツ子が走ってきた。

「ごめん、待った？　アルマジロ、しつこくてさ、今度の試験は入試の内申《ないしん》に影響《えいきょう》するからがんばれ、とかなんとかうるさくてさ……」

「全員、平均点以上をめざしてがんばれ、とか言いそう」

「ハハハ、言いそう言いそう、アルマジロって、ほんとおバカ」

生活指導教諭《きょうゆ》でもあるリツ子の担任《たんにん》が、気に入りのキルトのダウンジャケットを着て、背《せ》を丸めていると、ちょうどアルマジロのように見えるために、二人はひそかにこう呼《よ》んで笑っていた。

「ところで、これ」

リツ子は、紙袋《かみぶくろ》の口にかぶせた薄紙《うすがみ》をよけて、爽子に中をのぞかせた。茶と灰色《はいいろ》の毛のようなものが見えた。

「……ぬいぐるみ？」

「ここで出すの、ちょっとまずいから出さないけど、これ、るみちゃんにあげて」

中に入っていたのは、耳も長ければ手足も長い、灰色《はいいろ》のウサギのぬいぐるみと、茶のタヌキのぬいぐるみだった。どちらも、そう小さな物ではない。

「……どうしたの？」

爽子の驚《おどろ》きは、それがソーラとプクリコを連想させたからだった。

リツ子は、大学生の兄が、ゲームセンターで当てたのだと言った。

「オニイったら、何をしてるもんだか。あげる相手がいないんでしょ、私にくれたの。私もぬいぐるみ好きだけどさ、それより、るみちゃんにあげたほうがいいと思って。あげてもいいわよね？

ゲーセンのわりには、けっこうちゃんとしたぬいぐるみよ」

爽子は、喜んで受けとった。るみちゃんに何か物をあげるということは、爽子が今まで思いつかなかったことだった。わざわざ買ってあげるというのは、たしかにへんかもしれないが、こうしてもらったのなら、かまわないだろう。

「ありがとう、すごく喜ぶと思うわ……。ウサギとタヌキねえ……」

「まるで『かちかちやま』よね」

リツ子は、薄紙《うすがみ》をまたかぶせてくれながら言った。たしかに『かちかちやま』だった。爽子は、そう言われるまで、『ドードー森』しか思いつかない自分に呆《あき》れて、

（ヤマイコーコー！）

と心で叫《さけ》んだ。母がときどき言うせりふだった。

歩き出しながら、リツ子が、ちょっと得意げに言った。

「ウサギの首に、『リリー・ラビット』って紙がぶら下がってたから、とっちゃったの。だって、このウサギ、ラビットじゃなくて、絶対ヘアだと思うもの」

爽子は、リツ子がそんなことを言うのが意外だったが、

「そうよね、野ウサギって感じだもんね」

と答えた。するとリツ子は、爽子の顔をのぞきこんで、

「……爽子ちゃんて、やっぱ英語できるのねえ！　私、塾《じゅく》で習ったばかりだったから知ってたのに！」

と感心した。

「たまたまよお！」

爽子はあわてて否定《ひてい》した。そんなことを爽子が知っていたのは、『グレイ・ラビット』の話が好きだったからだ。主人公の灰色《はいいろ》のウサギのほかに、背《せ》の高い野ウサギが出てくるのだが、そちらは、ラビットではなくヘアなのだ。

リツ子は、バス停まで来て爽子と並《なら》びながら、何かしらおしゃべりして、いっしょにバスを待ってくれた。真っ赤なナナカマドの実が、風に揺《ゆ》れていた。寒い冬がまもなくやって来るのだ。


爽子は、足元に紙袋《かみぶくろ》を引き寄せて座席《ざせき》に座《すわ》りながら、心でつぶやいた。

（お母さん、またまたお母さんの好きなシンクロよ……！）

ロビンソンがいて、カラスだんながいて、カラスの妹がいて……そして今度は、野ウサギとタヌキのぬいぐるみ！　リツ子がたまたま持ってきてくれた物が、いかに奇跡《きせき》的な偶然《ぐうぜん》だったかを、爽子はできることなら、リツ子に教えてあげたかった。でも、あれほど気の合う友人でありながら、爽子は、自分の好きな本やお話のことを、リツ子とのおしゃべりの中で、話題にしたことがなかった。そういったことは、爽子にとって、あまりにも個人的なことなのだった。

（残念ねえ、ソーラ……）

薄紙《うすがみ》の横から飛び出したウサギの耳をながめながら、ついそうつぶやいたとき、このぬいぐるみたちは、その名前でなければならないし、だから、るみちゃんにもそれを伝えなければならないと爽子は思った。自分が勝手気ままに作り出した「作りごと」に、たいそうな価値《かち》を置くようで、やっぱり恥《は》ずかしくはあったのだけれど。

十一月荘の門先で、爽子は、るみちゃんを送ってきてくれたらしい、るみちゃんの友人の親子とすれちがって挨拶《あいさつ》した。

（きっと今の子がシーちゃんだわ。よかった、るみちゃんがいて）

爽子が帰宅《きたく》しても、るみちゃんが遊びに行って、いないことが何度かあった。シーちゃんという子の家に行ったときは、お母さんが送ってきてくれることになっているから、帰りが少々遅《おそ》くなっても安心だと閑《のど》さんが言うのを、前に聞いたことがあった。今日は、すぐにでも、るみちゃんに会いたかった。

まだジャンパーの上にリュックをしょったままのるみちゃんが、駆《か》け寄《よ》ってきて興味深そうに紙《かみ》袋《ぶくろ》をのぞいた。

「あ、なあに、それ？」

何か自分に関係のあるものらしいということが、どうしてすぐにわかるのか不思議に思いながら、爽子は袋《ふくろ》の中のものを出して見せた。手にとって見るのは、爽子も初めてだ。どちらも、リツ子が言ったように、「ちゃんとした」ぬいぐるみだったし、ギャグ漫画《まんが》ふうの、わざとふざけた表情はしていなかった。ソーラとプクリコにぴったりだ。

るみちゃんは本当にうれしそうな顔で笑って、二つのぬいぐるみを一度に抱《だ》き締《し》めると、

「のどかさあーん！」

と叫《さけ》んで、台所にとんでいった。

爽子は、友人からもらったことを閑さんに話したあと、

「私の部屋に来てもらいたいんだけど、いい？」

と、るみちゃんを誘《さそ》った。

爽子は、『ドードー森』を、今日こそはるみちゃんに読んであげようと、帰りのバスの中で決めたのだった。るみちゃんは、新しい二つのぬいぐるみとロビンソンとを持って、ベッドに腰《こし》をおろして、爽子の言葉を待った。すぐ近くには、カラスだんなとカラスの妹が転がっている。爽子は、引き出しからノートを取り出すと、電気スタンドを灯《とも》し、椅子《いす》をるみちゃんの方に向けて言った。

「今、ベッドの上にいる人みーんなが出てくることにしたの。最初は、ロビンソンとカラスだんなの話よ。聞いてね？」

「やったあ、ずっと待ってたんだよ、読んで読んで！」

るみちゃんは、手のひらにロビンソンをくるむようにして可愛《かわい》い声をあげた。

爽子ははじめて、自分の書いたものを声に出して読んだ。小学一年の子には難《むずか》しいかもしれないと思われるところには、言葉をいくらか補《おぎな》い、筋《すじ》の込《こ》み入《い》っていそうなところには説明を加えた。飽《あ》きるのではないか、というのが、実のところ一番大きな心配だったが、るみちゃんは辛抱《しんぼう》強く——ひょっとすると、引《ひ》き込《こ》まれて、なのかもしれなかったが——耳を傾《かたむ》けていた。ときどき笑い声をたててくれたり、ルミーが出たとたんに、小さくキャッと言って、恥《は》ずかしそうに肩《かた》をすくめ

ながらも身をのりだしてくれたりしたことが、爽子を勇気づけ、安心させた。

こうして爽子は、これまでに書いた四話すべてを一度に読み上げたのだった。暗い部屋の中、二人とぬいぐるみたちだけが、白熱灯の明りに包まれていると、まるでそこに、『ドードー森』がそっと重なっているような気がしてくるのだった。


「ねえ爽子ちゃん、来て来て、お願い！　いいものがあるの、来て来て！」

読み終わると同時に、るみちゃんはベッドから立ち上がり、爽子の手をとって引っ張った。

「ねえ、入って！」

るみちゃんが、廊下《ろうか》を隔《へだ》てた、自分たち親子の部屋へ爽子を引き入れようとするので、爽子は叱《しか》る調子で言った。

「だめだめ、お母さんのお留守に、お部屋に入るわけにいかないのよ、るみちゃん」

るみちゃんは残念そうに、

「じゃ、ここで待っててよ！」

と言って、何かを取りに急いだ。

開け放されたドアの前で、爽子は、見るともなしに、はじめて馥子《ふくこ》さんたちの部屋を見た。

「私たち、二部屋分を占領《せんりよう》してるの」と馥子さんから聞いていたとおり、爽子の部屋にはない広がりを感じる。ドアから真《ま》っ直《す》ぐのところには、箪笥《たんす》と並《なら》んで、腰高《こしだか》のサイドボードが見えた。その上には写真立てがいくつか置かれている。中で一番大きな写真は、眼鏡《めがね》をかけた男の人だった。優《やさ》しそうな、感じのいい人――。爽子は、はっとした。

(るみちゃんのお父さんだわ……。亡《な》くなったんだ……)

そのとたん、

「ほら見て、ライスケだよ、爽子ちゃん!」

るみちゃんが、ライオンのぬいぐるみを抱《かか》えてあらわれたのだった。


夕食のあいだじゅう、爽子とるみちゃんは、大人たちの会話に加わらずに、「子供《こども》同士」のように、二人で話した。二人だけの秘密《ひみつ》ができたことで、親密《しんみつ》さがいっそう増したことはたしかだった。るみちゃんは、面白《おもしろ》かったとも、つまらなかったとも言わなかったが、何の疑《うたが》いもなく、はなから、『ドードー森』を受け入れてくれているのが爽子にはわかった。

(そうよ。るみちゃんの前で照れるのはやめよう)

そう素直《すなお》に思った。

その時苑子《そのこ》さんが、

「明日、るみちゃん、森本《もりもと》くんとこに行く日でしょ。私、同じ方向に用があるから、車で送ってってあげるわ」

と言うのが聞こえた。そのとたん、るみちゃんはすばやく大人たちの方を向き、

「あ、明日お父さんのとこ行く日だっけ? やった!」

と、うれしそうに声をあげたのだった。

「あら、いいの？」

と閑さんが言い、馥子さんもお礼を言った。そのあとで馥子さんは爽子に向かい、

「第三土曜は、るみ子は、父親のところで過ごすことになってるの」

と、さらりと教えてくれたのだった。

14

土曜日だった。学校から帰り、閑《のどか》さんとるみちゃんとの三人で昼食をとって少したったころ、苑《その》子《こ》さんが、事務所の車でるみちゃんを迎《むか》えにきた。るみちゃんは、用意のできていたボストンバッグに、ソーラとプクリコを押《お》し込《こ》み、ロビンソンをジャンパーのポケットに忍《しの》ばせてから、にこやかに出ていった。

「るみちゃんの、月に一度の一泊《ぱく》旅行よ。でも、いないと、どうもさびしくてね！」
爽子《そうこ》といっしょに、車に向かってしばらく手を振《ふ》ったあと、家に入った閑さんは、玄関《げんかん》のドアを

勢いよくしめながら言い、「お父さんとだって、同じように仲よくしていかなくちゃならないものね。それに、森本さんて、馥子《ふくこ》さんのだんなさんだった方ね、とってもいい方だしね」と付け足した。そして閑さんは、爽子と二人で食卓《しょくたく》の上を片付《かたづ》けながら、ぽつりぽつりと、馥子さんたちの事情について話してくれたのだった。

森本さんと馥子さんは、高校の同級生だった。――だから苑子さんが「森本くん」と呼《よ》ぶのはいいとしても、馥子さんも、ときどきそう呼《よ》ぶあたりに、問題があったのかもしれないと、閑さんは言った。――結婚《けっこん》してみると、友達でいたあいだはとっても気が合っていたのに、どうしてか、だんだんぎくしゃくし始めたのだという。るみちゃんが生まれても、馥子さんのそんな気持ちは募《つの》るばかりで、少しのあいだ別居してみようかということになり、一歳《さい》のるみちゃんを連れた馥子さんが、苑子さんのいた十一月荘《じゅういちがつそう》にやって来たのだった。森本さんは、ときどきここを訪《おとず》れて、るみちゃんを可愛《かわい》がり、みんなとくつろいだりもしていった。しっかりした、いい人だということは苑子さんからも聞いていたし、閑さんにもすぐにわかったから、閑さんとしては、二人がまたいっしょに暮《く》らし始《はじ》めることを、るみちゃんのためにも望まずにいられなかった。遠くに住む馥子さんの両親からも、説得してくれるように頼《たの》まれもしたそうだ。ところが馥子さんは、離《はな》れて暮《く》らしてみて、今まで、いかに無理をしていたかがしみじみわかったという始末で、もどる気配はさらさらないし、森本さんの方も、ときどき会えればいいような雰囲気《ふんいき》なのだった。苑子さんは、「困《こま》ったもんだわねえ」と言いながらも、「でも、もどるのが本当にいいのかどうかわからない」と言って、少しもせき立てない。結局、二年半くらいたって別れることになり、森本さんは、まもなく別の人と結婚《けっこん》したのだという。

「新しい奥《おく》さんも感じのいい方でね、るみちゃんは、月に一回、森本さんの家に泊《と》まりに行くんだけど、親しい叔母《おば》さんというふうに思ってるみたいで、楽しそうなの。……こういう関係もあるのだなあって、私《わたし》もだんだん、思うようになったわよ」

と、関さんは言った。

爽子もまた、そういうこともあるのだなあと思うばかりだった。小学校の時のクラスメイトが、両親の離婚《りこん》に悩《なや》んでいるらしいというのを、間接的に聞いたことがあった。それ以来、離婚《りこん》というのは、暗くて辛《つら》い話としか思えなかったのだ。

「るみちゃんが赤ちゃんだったから、悲しい思いをしなくてすんだのかもしれませんね。最初から、こういうものだって思って大きくなったのでしょう?」

爽子は、そのクラスメイトのことを思い出しながら感想を口にした。

「そういう点はあると思うわ。でもね、お父さんが別の家に住んでるのは普通《ふつう》じゃないってことくらい、わかるわけでしょう?　るみちゃんに、いつちゃんと話そうかってことは、馥子さんの悩《なや》みだと思うわ」

と、関さんはちょっと首をかしげて言った。「世間的な体裁《ていさい》のために無理をするのは、馬鹿《ばか》げたことだし、ここで私たちと暮《く》らしていて何の不都合もなく快適ならば、人の言う事なんか、本当にかまわないと思うの。父親との関係だって、るみちゃんにとって、けっして不幸せなものじゃないと思うしね。でもねえ、多くの人たちが、普通《ふつう》だと思ってやってきたことと違《ちが》うことをやるのは、気楽なものではないし、それ相応の覚悟《かくご》もいるものなのよね。……でも、それくらいのこと、とも言えるのかもしれないけど」

閑さんは、洗《あら》ったお皿を水切りカゴに伏《ふ》せながら、爽子をちらっと見て、

「爽子ちゃんには、多少わかるんじゃないかしら。ここに下宿しようって考えた人だもの」

と言って眼鏡《めがね》の奥《おく》できらりと目を光らせて笑った。

「……あ……たしかにそうですね……」

お皿を拭《ふ》きながら、爽子は、うなずいた。ただそうしたいというだけで、下宿させてもらう中学生は、たぶん普通《ふつう》ではないだろう。あえてそうしたために、背負《せお》わなければならなかったことはいくつもあった。通学の大変さや、衣服の洗濯《せんたく》や管理といった具体的な事柄《ことがら》はもちろん、だらしなさを抑《おさ》えた緊張感《きんちょうかん》、住人たちへの気づかい、そして、ちゃんとやらなければという責任の重みと……そして、わがままなことをしているという、ときどき心をよぎる後ろめたさ……。たしかに、気楽ではないし、覚悟《かくご》だって必要だった。でも、快適で、自由だ。だから、それくらいのこととも言えるのだ。馥子さんもきっと、たくさんのことを背負《せお》いながら、結局は、快適で自由に暮《く》らしているのではないだろうか……ほんとうのところは、わからないけれども……。

するると閑さんが、

「しかし、一歳《さい》の赤ちゃんが、突然《とつぜん》ころがりこんでくるとは、思わなかったわねえ！　だって、そもそも、下宿屋さんをするつもりで、この家を建てたわけじゃなかったんだし」

と、おかしそうに言い、ガス台を磨《みが》き始《はじ》めながら、十一月荘の「始まり」を話してくれたのだった。

「私、学生時代からずっと親しくしている友達が数人いるんだけど、その人たちと集まるたびに、年とったら共同生活をしたいねって話してたの。私みたいな独り者とか、だんなさんに先立たれた人とかで集まって、自分たちの老人ホームが作れたら楽しいわねえって、すごく盛り《も》上《あ》がってしゃべってたのよ。でも、そう言いながらも、現実には難《むずか》しいだろうなって、みんな思ってたはずよ。いくら仲がよくても、年とればとるだけ、どうしてもいろいろになっていくでしょう？　元気で海外旅行に行くような人もいるだろうけど、病気になる人や、病人の世話をしなきゃならない人もいるでしょう。子供《こども》や孫が立派《りっぱ》になって自慢《じまん》したい人がいるかと思うと、そうじゃない人もいたりね。そんなふうに、みんな違《ちが》ってくると思うの。その上、住んでる地域《ちいき》も全国ばらばら。だから、とてもとても、年とってからの共同生活なんて、無理なのよ。お金の問題だってすごく大きいし。それでも、たまに会っておしゃべりするたびに、必ず、その夢物語が話に出るの。日曜ごとに、世界一おいしいシュークリームを作ってあげるっていう人がいたり、シェークスピアの劇《げき》を自分たちでやろうよっていう人がいたり、商売を始めて一儲《ひともう》けしよう、なんて人もいて、楽しい計画がいっぱい。……そうやって明るい計画を立ててると、無理と知りつつ、やってみたい気も、やっぱりするのよね」

関さんは、いたずらそうに、爽子にちょっと笑いかけると、「それで私、うちの古い家を壊《こわ》して、さっさと勝手に大きな家を建てちゃったの」と言った。

関さんは一人娘《ひとりむすめ》で、両親とともにこの土地に住んで、結婚しないまま、ずっと高校の英語の先生をしていたのだった。退職するころ、両親を亡《な》くし、本当の独《ひと》り暮《ぐ》らしになった関さんは、思いきって、大きな家を建てることに決めたのだという。

「この家、段差《だんさ》も少ないし、二階建てだけども、階段《かいだん》はゆるやかでしょう？　本当に自分たちの老人ホームになってもいいようにこしらえたの。もちろん、みんなの意見を出し合えば、もっといいものができたんでしょうけど、民主的なことは一切やめて、私の好きなようにしたの。住み始めて不便が出てきたら、その時に考えればいいと思って。でね、すっかり老人になる前に、ときどき合宿して、共同生活に慣れておいた方がいいと思って、友達に声をかけたわけ。食費と家賃《やちん》を払《はら》い、家事もちゃんとやるって条件で来てちょうだいって。そうすれば来る方も気兼《きが》ねなく来れるし、私も、お客さんをもてなして、へとへとってことにならないでしょう。実際、ずいぶん来たわ。命の洗濯《せんたく》とかって二人が示し合わせて家出してきたり、夏の別荘《べっそう》がわりにしたり、息子さんの家族と同居してる人なんか、ときどき留守にする方が喜ばれるからって、しょっちゅう来てたりね。だから、苑子さんが、下宿とまちがえて訪《たず》ねてきた時まで、知らない人にお部屋を貸すことなんて、考えてもいなかったの」

「まあ、苑子さんがまちがえたんですか？　でも、十一月荘の看板《かんばん》が出ていたから、下宿屋さんだと思ったのでしょう？」

爽子は、食器を片付《かたづ》けていた手を休めて、目を大きくしてたずねた。

「はじめから、将来《しょうらい》の老人ホームのために名前をつけたの。この家ができたのが十一月だったし、人生の黄昏《たそがれ》に入った人たちが暮《く》らすのに、十一月って合ってるでしょう？　……ま、この名前には、もっとほかの理由が、あるにはあるんだけどね……。苑子さんのこと、はじめはもちろん、お断りするつもりだったの。ところが、話しているうちに、気が変わったのよ」

友人たちとの共同出資で建てたのなら、もちろんこうはいかなかったが、関さんが一人で勝手に始めたことだったから、この時も勝手なことができた。この人にならー部屋を貸して、いっしょに暮《く》らしてもいいという気がしたのだ。この判断が失敗だったと感じたことは、これまで一度もなかった。若くてしっかりした苑子さんが来てくれたことで、何かと安心だったし、楽しいこともずいぶん増えた。面白《おもしろ》い映画《えいが》をたくさん教えてもらえたし、何より、しゃべっていて楽しかった。

「本当にいい友人ができたのよ」

と関さんは言った。その人の親友が、一歳《さい》の赤《あか》ん坊《ぼう》を抱《かか》えて、少しの間、暮《く》らす所を探《さが》していると
なったら、引き受けるほかない。

「るみちゃん、保育園には行ってたけど、まだ小さいから、風邪《かぜ》ひいたり、夜中に熱を出したりするでしょう? 馥子さんだって仕事を休めないから、あれよあれよというまに、おばあさんがわりになっちゃった」

常識的な側面から見れば、森本さんも馥子さんも、非難轟々《ひなんごうごう》の目にあって当然の行いをしたことになるだろう。両親が協力して育児を乗り切らなければならない時期に、ちゃっかり他人を頼《たよ》り、自分たちのわがままを優先《ゆうせん》させたわけだから。

「そういうふうに見る人は、まるでなってないわねって、軽蔑的《けいべつてき》だし腹《はら》も立てるの。そんな甘《あま》えた筋《すじ》の通らないことに対して親切にするのは、本当の親切じゃないって。本人たちのためにならないって。親しい友人にそう言われると、たしかにそうかもしれないなあって、私も揺《ゆ》れたわねえ、

はじめのうち」

けれど、外側から見た事実はたしかにそうくることができたとしても、目の前にいる人達がそうだと言われると、まるで見当ちがいのことを言われてる気がするのだった。

「それに私、子供を育てたことがなかったから、面白《おもしろ》くて可愛《かわい》くて。自分に孫がいる人は、よくまあ、よその子を可愛《かわい》がれるって思うみたいだけど、さいわい、いないからねえ。それに馥子さんて、とってもいい人でしょう。心を鬼《おに》にして、いっさい手は貸さないなんてできないのよ。そこで意地悪にすることが、馥子さんのためになるとも思えなくて。いくらお人好《ひとよ》しって言われても。――そんなわけで、六十近くなって、予想もしなかった展開《てんかい》になったけど、私のことだけで言うなら、大変どころか、楽しませてもらってるの」

そこに転《ころ》がり込《こ》んだのが自分だったのだと思うと、奇妙《きみょう》な感じがした。どうして置いてくれたのだろう……。でもそれには触《ふ》れず、関さんの友人たちのその後の滞在《たいざい》についてたずねると、関さんは、ちょっと考えてから言った。

「うん、ぽつぽつ。私の隣《となり》の部屋があいてるのと、あと爽子ちゃんのお部屋があいてたでしょう、だからそこに泊《と》まってもらってたの。前みたいに四人一度に来るなんてことはできなくって、定員二名になっちゃったけど。……馥子さんに批判的《ひはんてき》だった友人は、何となく足が遠のいたわねえ……。でも、いいのよ。いろんなことって、流動的だもの、その時その時、いいと思うことをやっていればいいんじゃないかしら。馥子さんにしろ苑子さんにしろ、ずっとここで暮《く》らしてくれるかどうかもわからないけど、少なくとも、今は幸福な日常といっていいと思うわ。だから、老人ホーム『十一月荘』の方がどうなるのかも、さっぱりわからなくなっちゃったけど、いいのよ」

二人は、台所の片付《かたづ》けがすんでしまってからは、流しに寄りかかり、窓《まど》に吊《つ》り下《さ》げられたポトスの鉢《はち》を、見るともなく見ながら、立ち話をしていたのだった。たいていはるみちゃんがいたから、爽子が閑さんと二人で、こうしてゆっくり話すのは、初めてだった。

――十一月荘は、爽子にとって、双眼鏡《そうがんきょう》の中にふっと立ちあらわれたという始まりからして、どこか非現実的な空間だった。住人たちも、全体に生活感がなく、さらりとしていた。けれど、その人たちが、爽子の目にとまった瞬間《しゅんかん》に忽然《こつぜん》と湧《わ》いて出たわけではない以上、それぞれの背後《はいご》にいろんなことを抱《かか》えていて当然なのだった。それを知ったことで、がっかりすることがあるかというと、一つもなかった。ここの人たちは、本当にみな気持ちがいい。みな、好きなように、でもお互《たが》いに少しばかり気をつかいながら、一日ずつを丁寧《ていねい》に生きているのではないだろうか、そんな気がした。

「ところで爽子ちゃんは、そろそろ試験でしょう？　わからないところがあったら、遠慮《えんりょ》なく聞いてね、英語に限るけど」

閑さんはそう言いながら薬罐《やかん》を火にかけた。閑さんも、爽子に負けず、がぶがぶと紅茶《こうちゃ》を飲むのだ。

「今日は耿介《こうすけ》くんが来る日だから、私も少し予習しておかなくちゃ。るみちゃんがいない日は、さびしいけど、やっぱり落ち着いていろんなことができるわね」

二人は笑って、マグカップの用意をした。

試験が近づくと、何となく心が重くなる。中学に入ったばかりのころは、日程も出題範囲《はんい》も決まっているなんて、小学校に比べてずっといいと思ったが、ありがたみはすぐになくなった。ほっと一息つくのも束《つか》の間《ま》、追い立てられるように、次の試験が来てしまう。そんな時に限って、ほかにしたい事が持ち上がるのだ。ＣＤを聴《き》きながらマフラーを編んでみたくなったり、ミステリーを読みたくなったり……。それをするわけにはいかないと思っただけで、束縛《そくばく》された気分になってしまう。爽子が今したかったことは、『ドードー森』の次のお話を考えることだったが、もちろんこれも、我慢《がまん》しなければならなかった。爽子は溜《た》め息《いき》をつき、『科学』の教科書を開いた。

15

その日の夕食も、閑《のどか》さんと二人だった。馥子《ふくこ》さんは、るみちゃんが森本さんの家に行く第三土曜日を、何かの資格を取るためのスクーリングに当てていたし、苑子《そのこ》さんも、友人と会う約束があるといって、いなかった。

「前はるみちゃんのいない土曜日に、三人で外でピザ食べて、そのあと映画《えいが》見たことなんかもあったのよ。でも、馥子さんに用ができたし、耿介《こうすけ》くんが来るようになったから、最近は、御無沙汰《ごぶさた》」と、閑さんは言い、「でも今月は、爽子《そうこ》ちゃんのおかげで、久しぶりに食べられてうれしいな」と、うきうきした様子で、次のピザに手をつけた。

今日、二人は、頭を突《つ》き合《あ》わせて、宅配《たくはい》のピザ屋さんのメニューを検討《けんとう》し、注文したのだった。その時の閑さんときたら、まるで、父親が出張するたびに、ピザを取りたいと騒《さわ》ぎだす弟のように夢中なので、爽子はおかしかった。

「おやおや、そろそろ、耿介くんが来る時間だわ……」

食事を終えて時計を見ると、七時近かった。耿介が来るまで、ここでぐずぐずしているなんて、格好の悪いことはしたくなかったから、爽子はあわてて立ち上がり、食器を下げはじめた。

「今日は、洗《あら》いものが少なくて、らくちんらくちん！」

そう言いながら、閑さんが立ち上がったとき、呼《よ》び鈴《りん》が鳴ったので、爽子は残りの食器をシンクに入れ終えると、そそくさと台所を出た。ところが、インターホンをもどしながら、閑さんが、

「たいへん。鹿島《かしま》さんなんだけど、耿介くんの自転車とぶつかるか何かしたらしいの！」

と言うなり、転がるように玄関《げんかん》へ駆《か》けていったので、爽子も、驚《おどろ》いて後に続いた。

蛍光《けいこう》オレンジのスポーツウェアで、全身をすっぽりくるんだ鹿島夫人が、門灯《もんとう》に照らされてピカピカ光りながら、自転車に鍵《かぎ》をかける耿介に手を貸そうとして、所在無げに立っていた。見たとこ

ろ、誰《だれ》かが怪我《けが》をしたというようでもなさそうだったが、夫人は、家の中の二人に顔を向けると、

「そこの角で、転んだのよ」

と痛《いた》そうな顔で言い、やがて、耿介を抱《かか》えるようにして、入ってきた。耿介は、ゆがめた顔で笑い、

「平気です、平気です」と言い、言ったあとで、「イテッ！」と肘《ひじ》を押《お》さえた。

十一月荘《じゅういちがつそう》の角のところで、ジョギング中の鹿島夫人と、自転車で走ってきた耿介とが、衝突《しょうとつ》しかけたのだった。

「無灯火の自転車が音もなく突然《とつぜん》走ってくるのって、ほんとにこわいのよ！　気の毒だけど、自業《じごう》自得《じとく》よ、耿介くん！」

鹿島夫人は、紫色《むらさきいろ》の大きな痣《あざ》のできた耿介の肘《ひじ》を、気の毒そうに見やりながらも、言うべきことをしっかり言った。

「ライトが壊《こわ》されてるの、走り出すまでぜんぜん気がつかなくて。すみません」

耿介は、閑さんに貼《は》ってもらった湿布《しっぷ》の上から、そっと袖《そで》をかぶせて、ぺこりと頭を下げた。

「で、あなたは、どこを痛《いた》くしたの？」

閑さんが鹿島夫人の方を向いてたずねると、

「あら私《わたし》は無傷《むきず》よ。だって耿介くんだけが転んだんですもの」

と、夫人は、すまし顔で答えた。そして、「私がね、こっちの方から、こう、エッサエッサって走ってったのよ。そしたら、突然《とつぜん》ビュッと何かが飛び出てきたから、キャーッって言ったら、キーッてブレーキが鳴って、自転車が、がくっとかしいだとたん、塀《へい》にガーンってぶつかって、よ

ろっと反対側に傾《かたむ》いて、ドターンって倒《たお》れて、耿介くんが転んだのよ。もうあたし、心臓《しんぞう》がとまるとこだった！　ねえ耿介くん、そうだったわよね、今の事故」と、身振《みぶ》りをまじえて、事故のあらましを語った。耿介が、

「まあそんなところでしょうかね」

と、苦笑いをしながら答えた。閑さんが、

「それはまあ、鹿島さんの寿命《じゅみょう》も、さぞ縮《ちぢ》んだことだわね。それにしてもあなた、その頭、何なの、いったい？」

と、オレンジ色のフードに包まれた鹿島夫人の頭を指差してたずねた。夫人は、さっきから、フードをしっかりかぶったままだったが、頭の部分がやけに大きくゴツゴツしているのだった。夫人は、フードを少しずらして、

「今日はもう、さっさと巻《ま》いちゃったのよ。明日、早く出かけるから」

と言って、銀色のカーラーをちらっと見せた。そして、

「さ、残りのジョギングやらなくちゃ。耿介くん、早いとこ、あかり、直しなさいよ。肘《ひじ》もね！　じゃ、おやすみなさーい」

と元気に言って玄関《げんかん》を出ていった。

爽子は、その後の戸締《とじ》まりをしたあと、少しためらったが、居間にちょっと顔を出してみた。耿介が、腰《こし》をさすりながら、本とノートをカバンから取り出しているところだった。

「痛《いた》そうね……あちこち……」

爽子が声をかけると、耿介は意外そうに爽子をちょっと見てから、

「あの人の、あのキンキン声が、打ち身にはこたえるんだよなあ」

と言ったので、爽子が思わずふき出すと、耿介もクスッと笑い、すぐに「イテッ！」と顔をゆがめた。

部屋からテキストを取ってきた閑さんが、

「爽子ちゃんもいっしょに読めるといいのに試験があるからだめよね。終わったら仲間に入る？」

と話しかけた。

「いいですいいです、私は！」

滅相《めっそう》もないというように爽子は手を振《ふ》り、「じゃ」と言って居間を出た。


爽子は、部屋に戻《もど》るなり、ベッドにどさりと座《すわ》って、そばに転がっていたカラスだんなをむやみに抱《だ》きしめた。気持ちは高ぶり、頭は混乱《こんらん》していた。

「なんでこうなっちゃうのよ！」

爽子は、『ドードー森』の中のライスケに、打撲《だぼく》を負わせたことを思い出さずにはいられなかったのだ。「ああは書いたけど、何もほんとに痛《いた》い目に合わせるつもりなんか、なかったのよ、ごめんなさい、耿介くん！」

そんなことをつぶやきながらも、爽子は耿介を気の毒がるよりは、この騒《さわ》ぎに乗じて、耿介と自然に言葉を交《か》わせたことで、心が弾《はず》んでいるのだった。

「キンキン声が打ち身にこたえるって、おかしいなあ、耿介くんて！　それに、鹿島さんの、あの

ほど、あからさまにはしゃいでベッドに倒《たお》れこんで笑った。人が見ていたら鼻白《はなじろ》むにちがいない格好、おかしいなあ！」

『ラピス』での屈辱《くつじょく》も、いつのまにかすっかり消え、爽子は、人が見ていたら鼻白むにちがいない

十二月に入った。期末試験のせいで、せっかくの祝日も土曜休日も、勉強に追われて過ぎてしまったが、ようやく今日で終わった。「転校しちゃうんだから、ここの期末なんか気楽よねえ」と、リツ子は、羨《うらや》ましそうにもさびしそうにも聞こえる口調で言ったが、爽子としては、そうもいかなかったのだ。一人でちゃんとやってみせる、という気負いがあったし、それを両親に示さないわけにもいかなかったから。たぶん、そこそこの成績は取れるだろう。

バスを降《お》りた爽子は、雪の降《ふ》る前の身にしみる冷気の中、晴ればれとした気持ちで十一月荘へと急ぎながら、『ドードー森』のことを考えた。そのことだけを安んじて考えられるというのは、なんと幸福な時間の流れだろう……！　葉を落とし、すてきなシルエットをあらわにし始めた遠くの木々を眺《なが》めて歩いていたときに、爽子は、突然《とつぜん》そう強く思った。そして、今思ったことは、ずっとずっと忘《わす》れないのではないか、また、それを思い出すときには、決まって、あの切り絵のような木々のシルエットが目に浮《う》かんでくるのではないかとも思った。

給食のない試験期間中のお昼まで、閑さんのお世話になるのは気がひけたから、サンドイッチやお弁当を買ってきて食べることにしていた。爽子は、着替《きが》えをすませると、机《つくえ》の上で大急ぎでコンビニの「ランチ・ボックス」を掻《か》き込《こ》み、早くも『ドードー鳥』のノートを取り出した。

ドードー森の物語
第五話　ふしぎなUFOの話

ある朝のことです。ロビンソンは部屋の窓《まど》から首をだし、青空を見あげてはウームとうなり、また首を引っこめてはうでぐみをして、部屋のなかを歩きまわりました。

「しかしなあ……」

と、ロビンソンは、つぶやきました。「ぼくは、ついこの前もヘマをやらかしたばかりだし、また見まちがいだったりしたら、こんどこそ、けっていてきに、ものわらいのたねにされてしまう。うーむ。だけどもぼくは、この目でたしかに見たんだ……。これはやっぱり、だれかに相談してみなくちゃならないな。よし、ノドドーカばあさまのところに行こう！」

こうしてロビンソンは、ノドドーカ屋敷《やしき》に向かって、朝の森を歩いていきました。ルミーに「おはよう」だけをいって、ばあさまのところへ行こうと、台所をのぞくと、ルミーは、ちょうど、お盆《ぼん》の上に、十時のおやつをならべているところでした。

「まあロビンソン、いいところに来たわ。あなたもばあさまのところで、いっしょにおやつをいただきましょう?」

と、ルミーがいいました。


ノドドーカばあさまの、おもおもしい雰囲気《ふんいき》の部屋のなかで、十時のおやつを食べはじめながら、ロビンソンは、さっそく切り出しました。

「ばあさま、ユーホーってごぞんじですか?」

「ユーホー……? ああ、UFO《ユーフォー》のことね」

ばあさまは、そういいながら、ビスケットを持っていない方の手をのばし、もうさっそく、ぶあつい本を棚《たな》から取り出して開くと、声に出して読みました。

「アンアイデンティファイドフライングオブジェクトの略で、未確認飛行物体《みかくにんひこうぶったい》のこと。一九四七年にワシントン付近で、二十三マイルの彼方《かなた》を時速千二百マイルで飛んでいった、九つの円盤型《えんばんがた》の物体が見られたことに始まる……。このことね?」

ロビンソンは、ぽかんとした顔でそれを聞いていましたが、いそいでつづきを話しました。

「ぼく、見ちゃったのです、ゆうべ。九つじゃなく、一つなんですけど、円盤型《えんばんがた》の物体が、スーッて飛んでいったんです……。あ、やだな、またまたって目つきして。ほんとなんだったら！　だから相談に来たんじゃありませんか。ＵＦＯ《ユーフオー》なんて、ほんとにいるのかどうか、聞こうと思って」

ロビンソンは、口をとがらせてノドドーカばあさまをにらみながら、お皿からビスケットをぎゅっとつかみとりました。ルミーが、いそいでとりなしました。

「うたがってるわけじゃなく、それって、プクリコじゃなかったのかしらって、そう思ったのよ、ねえ、ばあさま」

「そうですとも、そうですとも。それ、プクリコちゃんじゃなかったの？」

と、ノドドーカばあさまが、助かったというように、いいました。

「ぜったいちがいます！　プクリコなら、スーッとじゃなくて、ふわふわ飛ぶし、第一、タヌキの形じゃなく、ＵＦＯ《ユーフオー》の形をしていたんだもの！」

ロビンソンの真剣《しんけん》なようすに、二人は、

「もしそうだとしたら、ロビンちゃん、それはあなた、すごいことだわ！」

「ほんとほんと、私《わたし》も見たいわ！」

と、身をのりだしました。それでロビンソンは、やっと気分がよくなって、経験者らしく、ゆうべのことをもう一度くわしく話しました。そのうちに話はどんどんはずみ、三人は、今晩《こんばん》、UFO《ユーフオー》見物に出かけることになったのでした。

その夜、ノドドーカばあさまとルミーは、ロビンソンに案内されて、丘《おか》を登っていきました。

「今くらいの時間だったの？」

ノドドーカばあさまが、ストールの前を寒そうに重ね合わせながら、ささやくようにたずねました。ロビンソンはうなずきながら、

「あらわれなかったとしても、ぼくをうそつきだと思わないでくださいよ」

とねんをおし、月がのぼった夜空をにらみました。

そのときです。オレンジ色の円盤型《えんばんがた》の物体が、東の空からきゅうにあらわれて、西の空へと、スーッとま横に飛び去ったのです。

「い、いまの、見ましたか!?」

「見たわよ見たわよ！」

「見た見た、見たわ、ロビンソン！」

ルミーは、ロビンソンにぎゅっとだきつき、ノドドーカばあさまは、その後ろからルミーにだきつきました。

「たしかにあれは、プクリコちゃんじゃない、UFO《ユーフォー》よ、UFO《ユーフォー》！　ああ、これは、たいへんなニュースですよ、森のみんなにもおしえてあげなくちゃ！　私たちだけの秘密《ひみつ》にしておくわけにはいかないわ！」

ノドドーカばあさまは、羽をばたばたさせて、はしゃぎました。

「やっぱりそうですよね！　第一発見者はぼくだってことも、しらせましょう！」

三人は、心を一つにして喜び合いながら、踊《おど》るような足どりで、夜の丘《おか》をおりたのでした。


次の日、三人は、森のはずれの『にせふたご館』をおとずれました。ソーラとプクリコにまず知らせ、順じゅんに歩いて、反対がわの水車小屋まで行くつもりでした。

ソーラとプクリコも、UFO《ユーフォー》の話に、たちまち夢中になりました。

「今晩《こんばん》七時に、ドードーが丘《おか》に集まるのね、わかったわ」

と、ソーラはいったあと、ちょっと首をかしげて考えながらいいました。「ばあさまは、鳥でも鳥目じゃなく、夜もちゃんと見えるのでしょうけど、カラスさんたちは、どうなのかしら？」

「そうだわねえ……。私の場合は、両用めがねっていって、夜でも見えるレンズのめがねをかけてるけど、あの人たちはどうなのかしら。カラスだんなは、めがねかけてないし……」

「もし見えなかったら、ミセス・クリオーザは、さぞ泣いたりさわいだりするんでしょうねえ」

プクリコがため息まじりにそういったとたん、だれもが、誘《さそ》うのをやめたくなりました。キンキン声で泣いたりさわいだりするところを想像したからです。

こうして、その夜、腰《こし》のなおったライスケを入れた六人だけが、わいわいがやがや、ドードーが丘《おか》に集まったのでした。


そのころ、ミセス・クリオーザの家には、カラスだんなが来ていました。

「夜のジョギング飛行とは、あんたもまったく、流行によわいねえ」

椅子《いす》にすわってカラス向けの婦人雑誌《ざつし》をながめていたカラスだんなが、妹にむかって、あきれたようにいいました。その雑誌《ざつし》には、『新しいタイプの痩身法《そうしんほう》、夜のジョギング飛行がひそかに流行』と書いてありました。ミセス・クリオーザは、ピンを口にくわえて、せっせと頭をカールしながらいいました。

「あら、いいことなら、やってみるべきよ。中年太りなんてごめんですもの。それに、こうやってカーラーをまいていくと、帰ってくるころには、すっかりカールできていて、一石二鳥なの。おっと、いやなことばだこと。さあできた」

ミセス・クリオーザは、コロコロと頭にのっけた金属のカーラーの上からオレンジ色のネットをかぶると、とんとんと手でととのえました。

「何というかっこうだろうねえ！　ぶつかるんじゃないよ、鳥目なんだから！」

「なれたコースを、気がるに飛ぶだけだからだいじょうぶ。それに私、ビタミンAは、しっかりとってますから、ひどい鳥目でもないし。じゃ、兄さん、よろしく。サマーちゃん、いい子でね！」

ミセス・クリオーザはそういうと、天窓《てんまど》から、ぱっと飛びたったのでした。

「UFO《ユーフオー》だ！」

丘《おか》の上の六人が、いっせいにさけびました。東から西へと、オレンジ色に光った円《えん》盤型《ばんがた》の物体が、スーッとよぎっていったのです。新しく参加した三人も、きのうのルミーたちのようにはしゃぎ、(プクリコとライスケが、手をとりあって喜ぶなんて、ちょっとないことでした)六人は、ああだこうだとUFO《ユーフオー》に関する知識を交換《こうかん》しながら、丘《おか》を下ったのでした。

ないしょにしているつもりでも、UFO《ユーフオー》のうわさは、たちまち広がり、あっというまにミセス・クリオーザの耳にもはいったのですから、人の口に戸は立てられないというものです。

「兄さん、森のみんなはもう見てるらしいの。ああ、流行におくれるなんてたえられない。私、今晩《こんばん》はジョギング飛行はやめて、UFO《ユーフオー》見物に行くわ! いっしょに行きましょう!」

ミセス・クリオーザは、粉をとどけにきてくれたカラスだんなに向かって目を輝《かがや》かせていいました。

「ううん、だが、ぼくらに見えるかねえ……」

「ちょっとは鳥目だとしても、光ってる物くらい見えますとも!」

ミセス・クリオーザは、元気にいいました。

その夜、ドードーが丘《おか》に、カラスだんなたちがあらわれたときには、だれもがどきっとしましたが、「いざとなったら、私のめがねを貸してあげればいいわ」という、ノドドーカばあさまのことばに安心して、みな、いつものようにわくわくと、東の空を見つめたのです。でも、待てどくらせど、もちろんUFO《ユーフォー》は、あらわれませんでした。

ロビンソンが、専門家《せんもんか》きどりでいいました。

「今までが、あらわれすぎたというべきで、ほんとうは、そうちょくちょくとは見られないものなんです。今晩《こんばん》は出ませんでしたが、あまりらくたんしないでください」

「ほんとうにUFO《ユーフォー》なのかどうだか、あやしいもんだわね」

ミセス・クリオーザは、負けおしみのようにいい、「ま、そのうち、また来てみるわ」といって、さっさと帰っていきました。


さて、次の日とその次の日は、ミセス・クリオーザがジョギング飛行をしたのでUFO《ユーフォー》があらわれ、その次の日は、見物に来たのであらわれませんでした。その次の日は、ジョギング飛行をしたのであらわれ、その次の日は、見物に来たのであらわれませんでした。その夜、家に帰るとちゅうで、ミセス・クリオーザは、

「ねえ、兄さん！」

と、半泣きになってさけびました。「私たちが出かける夜にかぎってあらわれないって、どういうわけかわかったわ！」

「どういうわけなんだい？」

「あらわれてるのよ、ほんとうは。でも私たちが見えたっていわないから、みんなも調子を合わせてるのよ。そうに決まってるわ、じゃなけりゃ、あまりおかしいじゃないの！」

そして、半泣きだったのが、本泣きになって、ワーワーカーカーと、泣きさわいだのでした。

「そんなことはないさ、たまたまだよ」

みんながうそをついてるにしては、うそがうますぎるように思えてならないカラスだんなは、そういって妹をなぐさめましたが、一方では、たしかに、たまたますぎる気もして首をかしげたのでした。

さて同じころ、『にせふたご館』のまる屋根《やね》の家、プクリコのところにちょっと立ち寄ったソーラも、やっぱり首をかしげていました。

「あのUFO《ユーフォー》、どうも、げせないわ」

「ミセス・クリオーザをさけてるんだって思えば、げせるけど」とプクリコがすましていいました。もっともそのあとで、「でもほんとうは、かなり変よ。調べてみたほうがよさそうね」とまじめにいいました。

「そうね。二人で調査隊を組織しましょう」

こうして、次の晩《ばん》、二人は、ひそかに『UFO《ユーフオー》のなぞ調査隊』を組織したのでした。

調査隊の二人が頭をなやませたのは、UFO《ユーフオー》のなぞが、あっさりとけた、そのあとでした。その正体がわかったときには、ソーラもプクリコも、おかしいやらあきれるやらで、すっかり力がぬけました。自分たちでさえそうなのだから、あんなに喜んでいる人たちは、どんなにがっかりするかと思うと、胸《むね》が痛《いた》んだのです。

ロビンソンなどは、「ぼくもやっと何かの専門家《せんもんか》になることができた」といって、自分に自信をもちはじめたのですから、あれがミセス・クリオーザの頭だと知ったら、なさけなさのあまり、またしても仏門にはいりたくなるでしょう。しかしだからといって、何も手を打たずにそっとしておく、というわけにもいかないのでした。なぜなら、ミセス・クリオーザが、何が何でもこの目でUFO《ユーフオー》を見るのだといって、目をきたえ始めたからでした。ニンジンやレバーはもとより、通信販売《はんばい》でブルーベリーエキスをどっさり注文し、一日交替《こうたい》で、ジョギング飛行とUFO《ユーフォー》見物にはげんだのです。(ですからロビンソンは、このところ、『最近のUFO《ユーフォー》は四八時間周期なのです』などと、知ったような解説をするのでした)

二人は頭を寄せあって、ああでもないこうでもないと、相談し、何とか方法を考えたのでした。

その夜、ドードーが丘《おか》には、プクリコをぬかしたみんなが、ぞろぞろと集まりました。

「周期から考えると、今晩《こんばん》は、出ない可能性が強いのですが、UFO《ユーフォー》くんも、なかなか気まぐれでね」

と、ロビンソンが大人っぽい口ぶりでいいました。

「私は、何となくあらわれる気がするわ」

と、ソーラがいいました。「だからプクリコも誘《さそ》ったんだけど、おなかが痛《いた》いんですって」

「まあお気のどく、食べすぎたんだわね、きっと」

ミセス・クリオーザが、夜空を見上げながら、いかにもおざなりにいいました。

UFO《ユーフォー》が気になって、それどころではないといった感じでした。

　そのときです。東の空から、ついにUFO《ユーフォー》があらわれました！　いつもよりもずっと大きめで、いつもより、のろめでしたが、とにかく、円盤型《えんばんがた》のオレンジ色に光る物体が、スーッとま横に飛んでいったのです。

「見えたわ、見えたわ！　UFO《ユーフォー》だわ、UFO《ユーフォー》だわ！」

　ミセス・クリオーザが悲鳴のような声でさけび、

「おお、見えたぞ見えたぞ！」

と、カラスだんなが、がらにもなくわめきました。サマーは、

「ユッホー、ユッホー、ヤッホー！」

と、手をたたいて、くるくる回りました。

　ロビンソンも、目をまるくして、

「接近したのかもしれない……」

と、つぶやきました。ほかのみんなもとりわけ喜び、その晩《ばん》、丘《おか》の上は、さながらお

まつりのように、にぎわったのでした。

さて、プクリコが、ぴっちりした黒装束《くろしょうぞく》に身をつつみ、蛍光塗料《けいこうとりょう》を塗《ぬ》ったオレンジ色のボンネットをかぶって、できるだけまっすぐスマートに夜空を飛んだことは、ソーラとプクリコだけの秘密《ひみつ》になりました。

でも、まもなく、誰《だれ》一人としてUFO《ユーフォー》を見ることができなくなり、やがてUFO《ユーフォー》熱もさめていきました。もちろんそれは、ミセス・クリオーザが夜のジョギング飛行をさぼりだし、やがて、ぜんぜんやらなくなってしまったのと、ぴったりかさなっていたことは、いうまでもありません。

16

翌日《よくじつ》、学校から帰ると、母から手紙が来ていた。

これまでに、電話なら数回かかってきたが、手紙は初めてだった。もっとも、電話でも長話をしたことはなかった。電話口で、誰《だれ》かとひとしきり話したらしい閑《のどか》さんが、爽子《そうこ》を呼《よ》んではじめて、それが母からの電話だったのを知るという具合だった。母は、閑さんの報告と――それがどんな内容なのかはわからなかったが――爽子の声の調子を聞けば、楽しくやっていそうな見当はつくと言って、多くを聞き出そうとはしなかったし、爽子もまた、思いのたけを話す気分には、なかなかならないのだった。ここに来てからの溢《あふ》れるような思いを、あっさりとしたおしゃべりで語ることは到底《とうてい》できなかった。第一には、身内が十一月荘《じゅういちがつそう》の空間に入ることへの、違和感《いわかん》と鬱陶《うっとう》しさがあった。でも一方には――というよりは、それを超《こ》えたところに、身びいきともいえる、当の母をめぐる思いがあり、それが、なめらかに口にできるようなことでも、また仮に口にしたとして、十全《じゅうぜん》に受け取ってもらえそうなこととも思えないために、いっそう語れないのだった。もし何かのはずみ

で、たががはずれることがあるとしたら、こう言うだろうか。

――お母さん、十一月荘ってすごくいいよ、家もだけど、住んでる人達も。私にも合ってたけど、お母さんにもすごく合ってたと思う。他人と暮《く》らすなんて、わざわざ気疲《きづか》れするようなものだって思うでしょ。ところが、とても楽なの。お互《たが》いにちょっと気をつかえばいいだけで、言いたいことが言えるし、みんな、冴《さ》えてて面白《おもしろ》いの。ちょっと辛辣《しんらつ》だけど、粗野《そや》じゃないのよ。そうそう、隣《となり》のおばさんを陰《かげ》でからかうのを聞いたら、お母さんうれしくなっちゃうと思うな。でも、みんなそのおばさんが大好きなのよ。そしてね、きっと、いつのまにか素直《すなお》な気分になると思う。つまり、本を読んだりビデオを見たり世間に文句つけたりするのもいいんだけれど、それだけじゃなくて、自分が何かをやって、楽しく暮《く》らすってことに、ひとりでに気分が向いたと思う。世の中バカばっかりでいやになるなんて言って、高をくくってるなんて、傲慢《ごうまん》で早とちりよ――。

おっと、こういう母親非難《ひなん》の展開《てんかい》になるのは、まったくまずいのだった。爽子は、ここに来て以来、なぜか母親のことをたびたび思った。かなり批判的《ひはんてき》な気持ちと共に――。あの人には嫌《いや》なところがいっぱいあった……。だがそう思いながらも、何だかもったいなく、それに可哀相《かわいそう》にさえ思われて、はっぱをかけたいような気分に、しばしばなったのだ。

それなのに爽子は、封筒《ふうとう》を手にしたまま、喜ぶよりも憮然《ぶぜん》とした。

「何の用事かしら……」

母親からの手紙なんて、心が弾《はず》むわけもなかったし、何だか仰々《ぎょうぎょう》しくて気恥《きは》ずかしくもあった。

「電話でいいのに……」

他人に対しては、礼儀《れいぎ》正しく振《ふ》る舞《ま》うことができるのに、母親となると、きゅうに邪険《じゃけん》な気持ちが湧《わ》きおこるのは、今に始まったことではなかった。離《はな》れて暮《く》らしてから鳴りを潜《ひそ》めていたそんな心持ちが、母の字の封筒《ふうとう》を手にしているうちに、うごめいた。不機嫌《ふきげん》になった。

「ほっといてほしいのに」

そう口に出してつぶやいたとたん、爽子は、さすがに恥《は》ずかしくなって、心で謝《あやま》った。

封筒《ふうとう》から取り出した便箋《びんせん》には、サンタクロースの服を着た、雪だるまの絵がついていた。季節はずれどころか、旬《しゅん》の絵柄《えがら》なのだろう。もう、そんな時季なのだ……。かすかな抵抗感《ていこうかん》とともに、爽子は、母からの手紙を読んだ。

『爽子ちゃん、元気かな？　寒くなったでしょうねえ。勉強、ちゃんとやってますか。遅刻《ちこく》しないで学校に行ってますか。まあとにかく、好調に暮《く》らしているらしいから、安心してます。

さて、こちらの三人も、やっと落ち着きました。お父さんは、忙《いそが》しそうだけど、今の部署《ぶしょ》の方が楽しいとみえて張り切ってるし、タックも、張り切って学校に通ってるので、ほっとしてます。社宅《しゃたく》に、高岡周《たかおかしゅう》くんという、同じクラスの男の子がいて、その子とすっかり意気投合して、毎日のように、行ったり来たりしてます。すごい早口でまくし立てる理屈《りくつ》っぽい子で、ほら、いっしょに見た《ブラジルの少年》の男の子を連想させるけど、もちろん独裁者《どくさいしゃ》どころか、愉快《ゆかい》な面白《おもしろ》い子です。それにね、わざとゲームのことなんかたずねると、「いえいえ違《ちが》います、頭の大きいことです、頭の大きいのがえらいんです」なんて説明するんだけど、これがまるであの、《どんぐりと山猫《やまねこ》》

の朗読《ろうどく》テープにそっくりなので、爽子ちゃんに聞かせたくてたまりません』

（やけにトーンが高いじゃない。それに、高岡周くんが何だっていうの）

『この周くんにはお姉さんがいて、中学二年だから、うちとそっくりの構成です。爽子ちゃんのことを話したので、久美《くみ》ちゃんというその子は、今からもう楽しみにしています。本が大好きなんだって。そうそう、言うの忘《わす》れてたけど、社宅《しゃたく》のすぐそばに図書館があるの。木に囲まれた、大きな新しい図書館です。だから、あんたが来たら、いっしょに行きたいんだって。久美ちゃんから、中学のことをいろいろ聞きましたが、厳《きび》しい校則がいっさいないことで、注目されてる学校だそうです。襟《えり》なしブレザーの制服はあるけど、その下に着るものは自由で、久美ちゃんも、真っ赤な縞《しま》シャツ着てたし、ひらひらブラウス着てくる子や、とっくりセーター着てくる子や、いろいろいるらしい。やかましいところじゃなくて、よかったわね』

（今度は、周くんのお姉さんですか）

爽子は、よそ者の気分で手紙を読み進んだ。校則の話には興味がわいたが、何となく不愉快《ふゆかい》になっていた。

『タックのおかげで、私《わたし》も、この子たちのお母さんと親しくなりました。（何と映画雑誌《えいがざっし》の編集をしてる人で、つい盛《も》り上《あ》がっちゃった）で、昨日は、この高岡さんと上野の美術館に行って来ました。絵をたくさん見て、美術館のレストランでお昼を食べて、久しぶりにあのあたり散歩したら、学生にもどったみたいで、私はめずらしく、本当に楽しい気分になりました。東京ってやっぱり好きだなあと思いましたよ！　高岡さんて、年下だとばかり思ってたら、二歳《さい》年上だったのでびっくり。すっきりしてるから若《わか》く見えたのだと思う。だから私もダイエットしようと決めました。でも、下手《へた》に痩《や》せると皺《しわ》が増えるし……ウーム、ムズカシイ』

「何がウームよ！」

爽子は、声に出して言い放つと、残りの文章をざっと読み流し、便箋《びんせん》と封筒《ふうとう》を束にして雑巾《ぞうきん》のようにぎゅっと捩《ね》じった。そのまま屑《くず》カゴに放《ほう》り込《こ》みそうになったが、少しためらってから引き出しに突《つ》っ込《こ》んだ。今では、完全に不愉快《ふゆかい》で、ふてぶてしい勢いで、ベッドに倒《たお》れ込《こ》まずにはいられなかった。母親は、いつになく舞《ま》い上《あ》がっていた。爽子の近況をたずねてくれたのは、わずか最初の二、三行だけ、それも、興味があってのことではなく、ただいちおう儀礼的《ぎれいてき》に書いたらしいのも明らかだった。——要するに、タカオカさんとかいう親子に夢中で、それを誰《だれ》かに話したくてたまらずに、私に書いて寄越《よこ》したってわけなのね。「すてきな出会いと心のふれあい」があって、よかったわネーお母さん！　お母さん、社宅《しゃたく》はたくさん、なんじゃなかったっけ？　私、少しは心配してたのよ、でも損《そん》しちゃった、だってほんとは、近所づきあい、けっこう好きだったのね、知らなかったワー。ついでにダイエットとは、すばらしい！　がんばってね、輝《かがや》いてるお母さんが、一番ステキ！　ああヘドが出る！——腹立《はらだ》たしさのあまり、目尻《めじり》にツッと涙《なみだ》が滲《にじ》んだ。

激《はげ》しい不機嫌《ふきげん》さや不愉快《ふゆかい》さは、以前からしばしば爽子を襲《おそ》い、その感情をどう処理《しょり》することもできないために、あとでは必ず自己嫌悪《じこけんお》に陥《おちい》った。なぜなら、不機嫌《ふきげん》も不愉快《ふゆかい》も、その素《もと》は自分の中にあり、神経に触《さわ》る何かしらの対象によって、それが呼《よ》び覚《さ》まされるのだということを、常に知っていたからだった。激しい感情の渦《うず》の只中《ただなか》にあってさえ、爽子はそのことに気づいていた。

家族が、東京で辛《つら》い思いをすることなく暮《く》らせますようにと、祈《いの》ってさえいた自分が、この手紙を喜べないのはなぜか。家でくすぶっていないで、生き生きと暮《く》らしてと望みながら、母がその方向に向きつつあることを喜べないのはなぜか。手紙が少々無神経なものであったにしろ、つまるところ、自分の卑《いや》しい焼《や》き餅《もち》のせいにちがいなかった。家族が、爽子の不在をさびしがるでもなく、新しい楽しみを享受《きょうじゅ》していること、十一月荘に漂《ただよ》う気配を母が知ることによってこそ、母は本来性を回復すべきであるのに、別の回路をたどって、それがなされつつあることへの不満……。何と自《じ》己《こ》中心的で、甘《あま》えた心だろう。

けれど、それだけではなかった。「私は十一月荘の暮《く》らしにだけ浸《ひた》っていたいしそれで手《て》一杯《いっぱい》だし大満足だしそれ以外の暮《く》らしのことに耳を傾《かたむ》ける余裕《よゆう》はないし興味もないの、だから何も話さないで！」と、言いたい思いだったのだ。裏返《うらがえ》せば、それは、一月《ひとつき》もたたないうちに確実に訪《おとず》れる新たな日常を、眼前に突《つ》き付《つ》けられたことによって引き起こされた恐怖《きょうふ》だった。サンタの服を着た雪だるまが、そもそも脅威《きょうい》だったのだ。ここを去らなければならない！　今いるこの現実は、交換《こうかん》不可能の、絶対的な現実なのに、これがたちまち幻《まぼろし》になってしまうなんて！　この建物、この部屋、このベッド、この机《つくえ》……朝夕のバス通学……ここのみんな……。そして耿介《こうすけ》……。だから、好きになるのは、いやだったのに。

不機嫌《ふきげん》と不愉快《ふゆかい》が、いつのまにか苛立《いらだ》ちと悲しみに取って変わった。爽子は、枕《まくら》に顔を押《お》し付《つ》けて泣いた。

悲しみを、力まかせに掻《か》き消《け》すのではなく、悲しみの種を一つ一つ拾い集め、一つ一つのために泣き続けていたら、泣く材料はついに尽《つ》きた。「二学期が終わるまで」という限定された日々だということを、目を逸《そ》らさずにいつかは見つめなければなるまいと、心のどこかでわかっていたことを、今、すませたと爽子は思った。

「もういいわ。もう、これで大丈夫《だいじょうぶ》……」

ぐったりしながらも、爽子は、つぶやいてベッドから起き上がった。そして、引き出しの中の捩《よ》じれた手紙の皺《しわ》を伸《の》ばし、「お母さんごめんなさい」と低く言った。

17

バスを降《お》りた爽子《そうこ》は、重いカバンをさげ、十一月荘《じゅういちがつそう》をめざして一人歩き出した。横殴《よこなぐ》りの雨が、風の勢いにのって、傘《かさ》とコートの背《せ》を激《はげ》しく叩《たた》くたび、ぐうんと押《お》されて小走りになる。雪に変わる前の雨の夜は、何と冷えびえとして寒いのだろう。バスを降《お》りてからの道のりを、爽子は初めて辛《つら》いと感じ、泣きたくなった。

十一月荘を去って、新しい暮《く》らしを始めなければならないという現実を、しっかり見すえてさびしさを克服《こくふく》したつもりだったのに、どうしても心は晴れなかった。

（あんたはバカよ。いやだいやだって言いながら過ごしてたら、せっかくの残りの日々が台無しになっちゃうじゃないの！　これじゃ、あとの日々を全部捨《す》ててしまうのと同じことじゃないの！）

そうやって心を奮《ふる》い立《た》たせ、笑ってみても、心の芯《しん》は冷えきったままで、あの胸《むね》の内から湧《わ》き上《あ》がってくるような喜びが、同じこの自分の心から生まれたのが信じられない思いだった。

ここに来てから、まもなく一月《ひとつき》がたとうとしていた。これまでは、何もかもが新しく、ぴんと張《は》

り詰《つ》めた気持ちで、脇目《わきめ》も振《ふ》らずにやってきた。要するに、今までは「始まり」だったのだ。そしてこの先は、まっしぐらに「終わり」に向かう……。そう考えると、いったい何のために好《す》き好《この》んでがんばってきたのか、それがにわかにわからなくなり、虚《むな》しさに襲《おそ》われた。お話を書くため？……それが何だというのだろう。るみちゃんは喜んでくれたかもしれないけど、それがすべてじゃないか。それとも、もの書きめざして文章修業《しゅぎょう》してるのだ、とでも？　そうだとしたら、いったい、いつそんな修業《しゅぎょう》が役に立つっていうの？　自分を待っているのは、東京の中学生になることでしかないというのに。そして来年は受験生になって、それからどこか知らない高校へ行って、またそのうち受験生になって、大学に行って……。ああ、そのあいだにしなければならない勉強の量はどれほどだろう……！　大人になるのは、それがみんな終わってからだなんて、くらくらとめまいがするようではないか……！　ならば、ひとっ跳《と》びに大人になるのがいいのか？　まさか！　それじゃつまり、そのどちらからも逸《そ》れていたいばかりに、十一月荘に逃《に》げ込《こ》み、しがみついているのか……？　私《わたし》にとっての十一月荘の日々の意味は、そういうことだったのだろうか。お母さんの手紙は、「もう観念して、次の段階《だんかい》に進め」って、つまりそういうことだったのだろうか？　頭の中が勝手に暴走し、あらぬ想念が渦《うず》を巻《ま》くが、爽子は、わけもなく、ただ虚《むな》しくて虚《むな》しくてたまらないのだった。爽子は歩くのをやめて、立ち止まった。激《はげ》しい雨が、バラバラバラッと傘《かさ》を叩《たた》いたとき、爽子は思いきって後ろを向くと、頰《ほお》を雨にさらして、

「イーイーイーッだ！」

と思いきり叫《さけ》んだ。そのとたん、傘《かさ》がバッと反り返った。爽子はあわてて向き直ると、今の子供《こども》じ

み《ふ》た振《ま》る舞いを見た人がいたら恥《は》ずかしいと咄嗟《とっさ》に思い、一目散に駆《か》けた。

部屋で人心地ついたあと、居間に下りていくと、馥子《ふくこ》さんがお盆《ぼん》を手に台所からあらわれた。

「大変だったわね、爽子ちゃん、風邪《かぜ》ひかないでよ」

さっき、爽子が玄関《げんかん》に入るなり、先に帰宅《きたく》していた馥子さんが、タオルを二、三枚《まい》持って駆《か》けてきて、閑《のどか》さんやるみちゃんといっしょに、爽子の濡《ぬ》れた頭やコートを拭《ふ》いてくれたのだった。ズック靴《ぐつ》に新聞紙を丸めて詰《つ》めてさえくれた。そんなことをしてもらっているあいだの爽子は、遠慮《えんりょ》がちでにこやかな、感じのいい少女だ……。

「爽子ちゃんて、ほんと偉《えら》いわね。雨にも負けず、風にも負けず、でさ。こら、お行儀《ぎょうぎ》悪い！」

だらしなく片足《かたあし》を立てて絵本を見ているるみちゃんの膝小僧《ひざこぞう》を、ぽんと一つ叩《たた》き、馥子さんが配《はい》膳《ぜん》をしながら言った。爽子も手を貸しながら、笑ってそれに答えた。

「偉《えら》くなくたって、バス停からここに来るあいだに、雨風にやられて死ぬ人っていないと思うな」

笑ってはいても、本気で言ったことだった。雨の中に立《た》ち尽《つ》くしていたいと思ったところで、人は結局、どこかに帰ることしかできないのだ。馥子さんは、歯を出してハハハと笑ってから、

「そりゃそうだけど、私なんか、さっき雨の中を歩きながら、だんだん落ちこんだ気分になっちゃったの。不況《ふきょう》続きで会社も厳《きび》しいし、いろいろいろ考えると、不安でいっぱいになっちゃって。でも何とかして元気出さなくちゃいけないでしょ。どうやって出そうかって考えててね、爽子ちゃんも、この雨の中を帰ってくるんだなって思ったら、私もがんばらなくちゃって気に

なったのよ。爽子ちゃんて、字のとおり、ほんといつも爽《さわ》やかなんだもの、見習わなくちゃ」と言った。爽子は、それを言われるたびにそうするように、恥《は》じ入《い》って否定《ひてい》した。とりわけ今の爽子は、どうにもこうにも虚《うつ》ろになってしまった心に手を焼いていたのだから。

「私だって、元気が出なくて困《こま》ってたんだけどな……」

そう爽子がつぶやいたとき、関さんがお皿を手にあらわれて、

「期末試験がすんだあとこそ、楽しい時じゃない！　先生の方は採点で忙《いそが》しいけど」

と、割《わ》って入った。そしていたずらっぽく、「それとも爽子ちゃん、出来が悪かったとか？」と付け足した。

爽子は、ウーと唸《うな》った。授業のたびに返ってくるテストは、どれもちょっとしたミスのせいで、思ったよりも振《ふ》るわなかった。その上に、アルマジロときた日には、「計算まちがいというのは、実力のない者のすることなんです」と、傷口《きずぐち》に丁寧《ていねい》にカラシを塗《ぬ》るような解説までしてくれるではないか。ああ、絶対百点だと思っていた英語だって、スペルを一つ落として九十九点だった。百点の子がクラスに三人もいたのだから、きっと「5」からはすべり落ちる……。試験のことを考えると、たしかに気は晴れなかった。ふと爽子は思った。――ひょっとしたら、これが原因だったのか？　何もかもちゃんとやりぬこうと気負って、集中して勉強したというのに、下宿したとたん勉強がおろそかになったと言われかねない点数のために、糸がぷつんと切れて、落胆《らくたん》してしまったのではないだろうか。

「爽子ちゃん！」

関さんが、目を丸くして、真《ま》っ直《す》ぐに爽子を見ながら声をかけた。

「テイキッㇳイーズィーよ！」

「あ、はい」

爽子は、我《われ》に返ったように、からだをぴくっとさせた。

「そうそう、それよ。カッカしない、くよくよしない。気楽にいかなくちゃね！」

と、馥子さんが明るく言った。

その時、玄関《げんかん》のあたりでヒイヒイ言うような声がした。苑子《そのこ》さんが、同じように雨に打たれて帰って来たのだった。馥子さんが、それっというようにキャビネットの中からタオルを取り出すと、爽子とるみちゃんにそれぞれホイッ、ホイッと放って、居間を飛びだした。

「行こう、爽子ちゃん！」

るみちゃんがはしゃいで爽子の手を引き、二人も後に続いた。

（"Take it easy!《テイキッㇳイーズィー》" そうそう、それよ！ ああそれに、この気分の原因が、期末の点ってことならば、なあんだって言えるじゃないの！）

爽子は、何だか本当にうれしくなりながら、ずっしり重たい苑子さんのコートを、自分のコートの横に掛《か》けた。

ざんざんに降《ふ》る雨も、みんながそろい、あたたかい部屋に集《つど》ってしまえば、家全体をすっぽりと包む、厚くやさしい帳《とばり》に変わる。テーブルを囲む今日の五人は、いつもより親密《しんみつ》だった。まるで、地中にランプを灯《とも》し、肩《かた》を寄せ合って食事する、お話の中のモグラの一家のように。

「あ、そうそう！」

と、閑さんが、だいじなことを思い出したというように、切り出した。

「なあになあに？」

みんなが、首を伸《の》ばした。

「お昼に、鹿島《かしま》さんが来たの」

閑さんのその言葉に、苑子さんなどは、わざとらしく、バタンと倒《たお》れるふりをしたが、

「それで？」

と、また首を伸《の》ばした。この静かな十一月荘を活気づけるのに、一番貢献《こうけん》している人物は、何と言っても鹿島夫人に違《ちが》いなかった。

閑さんは、立ち上がって、キャビネットの上から封筒《ふうとう》を取ってくると、

「この方に、どなたかいい人いませんかって、写真をもってきたのよ。ほら、馥子さんにどうかって、前にちょっと話に出た人がいたでしょ」

と言いながら、苑子さんの方にわたした。

「あらやだわ。ぜんぜん興味ありませんって、私、ちゃんと言ったと思うけど」

馥子さんが、口をとがらせて、ぴしゃりと言うと、

「今度は馥子さんにって言うのじゃなく、心当たりの方がいませんかってことだから、馥子さん、気にしなくていいのよ」

と閑さんがなだめた。

「あらあ、いい感じの人じゃない。この帽子《ぼうし》は何なのって気がするけど」

苑子さんの大きな声に、どれどれと馥子さんものぞきこみ、

「ふうむ。たしかにその帽子《ぼうし》は何って感じよねえ……」

などとつぶやいた。

とたんに、るみちゃんが、

「見せて見せてー！」

とうばい取り、「見よう見よう？」と爽子にからだを寄せた。

何という名の帽子《ぼうし》なのか知らないが、シャーロック・ホームズのような帽子《ぼうし》をかぶった、だがホームズというよりはワトソンに近い、温厚《おんこう》そうな人物が写っていた。たしかに今どき見ない帽子《ぼうし》だったが、案外似合ってたから、るみちゃんなどは、つまらなそうに「ふうん」と言っただけだった。

その人は、鹿島さんが習いごとで知り合った、「それはそれは品のよい年配の奥《おく》さん」のご子息で、農業試験場に勤《つと》めており、八年前に奥《おく》さんを病気で亡《な》くして以来、独《ひと》り暮《ぐ》らしをしている、今年四十歳《さい》の人なのだという。

「『そういう方の頼《たの》みだから、私も力になりたくて』って、鹿島さん、いつになく神妙《しんみょう》な顔するもんだから、私も断りにくくて預かったの。あなた方のお友達で誰《だれ》かいないの？」

閑さんが言いながら、ようやく写真を封筒《ふうとう》にもどそうとした時になって、履歴書《りれきしょ》らしい紙もいっ

しょに入っていることがわかった。

「あら、なかなか味のあるいい字よ」

と閑さんが言い、また、「どれどれ」と、それが食卓《しょくたく》の上を引き回された。苑子さんたちと同じ高校の卒業生だということもわかると、またちょっと賑《にぎ》やかになった。

「ふうん、趣味は、音楽鑑賞《かんしょう》と写真か……。全国写真コンクール入賞の経験ありだって。すれてないのねえ！　こういうものを、ちゃんと書いて、自分の親にわたすなんて」

「ほーんと。あの学校の男の子たちって、ふざけたのと、真面目《まじめ》なのの落差が大きかったもんねえ。マジメ系の人って、変わらないもんなのねえ」

苑子さんと馥子さんは、言いたいことを言っていたが、特にからかうような調子でもなく、おしなべて好意的だった。そのうち、「身長はどれくらいだろう」と苑子さんが言ったり、何の根拠《こんきょ》もないのに、「百六十九ぐらいかなあ……」と馥子さんが答え、「曖昧《あいまい》なわりに厳密《げんみつ》だねえ」と苑子さんが混ぜ返したり、二人でもう一度写真をじっくり見ながら「帽子《ぼうし》かぶってないと、どんな具合かしら」と言ったりした時には、閑さんも半ば呆《あき》れて、

「鹿島さんに、詳《くわ》しい資料を請求《せいきゅう》します？」

と言ったほどだった。そこで二人は、やっと現実に引きもどされたように、あわてて首を振《ふ》って断ったのが、爽子にはおかしかった。

再び食事を続けながら、苑子さんが、

「鹿島さん、夏実《なつみ》ちゃんのタイプじゃないとか言ってたけど、だめなのかしらねえ……」

と言いながら、白菜のお漬物《つけもの》をハリハリと噛《か》んで、「あら、これおいしい」と、また手を伸《の》ばした。馥子さんもつられてハリハリと噛《か》みながら、

「そうよねえ。音楽鑑賞《かんしょう》が趣味《しゅみ》なら夏実ちゃんにぴったりだし、年だって、それくらい離《はな》れてる人たち、けっこういるじゃない。まあ夏実ちゃんが嫌《いや》ならそれまでだけど、案外、鹿島さんがブロックしてたりして。鹿島さんの理想と違《ちが》うから。あら、ほんとにおいしい」

と言って、また食べた。

「あり得《う》るわね」

と苑子さんも言いながら、また食べた。爽子とるみちゃんまで、おいしいおいしいと言って食べたから、鉢《はち》は、またたくまに空になった。

「鹿島さんに言っとくわ。お漬物《つけもの》、大好評だったって」

閑さんが言ったとたん、馥子さんと苑子さんが、「あらま」というように、顔を見合わせた。

紅茶《こうちゃ》をもって机《つくえ》に向かった時、爽子は、雨に打たれていた数時間前とは打って変わって、平静で満ち足りた気持ちになっていた。心とは何と不思議だろう。あれほど虚《うつ》ろで、もうどんな希望も生み出さないだろうと思っていたのに、今はまた新しい喜びの芽が育っている。――あんな気分の時、もしそこによこしまな扉《とびら》が開かれていたら、ためらうことなく入っていったのではないか。促《うなが》す言葉があれば、他人をも自分をも破壊《はかい》したいようなやり場のない衝動《しょうどう》は、たやすく暴発したのではないか。同じ年頃《としごろ》の多くの少年や少女たちがしたように――。平静な心を取りもどすたびに、そ

うならずにやって来られたことに安堵《あんど》する。でも、心は本当に危《あぶ》なっかしい。だから、今また顔を出した、この何とも言えない喜びの芽をちゃんと育てていかなくては……。でも、どうやって？　それは明らかだった。爽子にとっては、『ドードー森』を書き綴《つづ》ることなのだ。

爽子は、両手でしっかりとカップを持って、ダージリンをゆっくり味わい、次の話に思いをめぐらせた。

（次々と新人が登場するんじゃ、まるでスプロール現象になっちゃうな……）

街の周辺に建物が建ち、街が無秩序《むちつじょ》に膨脹《ぼうちょう》していく現象について、地理の時間に教わったことがあった。それが、こんな時にふと頭をよぎる。

（でも、よその人が、ちょっとやって来るっていうのなら、どうかしら……。行商人とか、旅人とか……。そうだわ、ちょっと考えてみよう……）

爽子は、引き出しからノートを取り出した。現実世界はすうっと後退し、額のあたりに、ぼんやりとドードー森があらわれる。爽子は夢中で、その像を追いかけ始めた。

ドードー森の物語
第六話　なぞのアナグマ・ハット氏の話

　ある日のことでした。水車小屋の屋根の上でのんびりしていたカラスだんなは、道の向こうからこちらに向かって進んでくる、何者かのすがたを発見しました。外の人がこの森にやって来ることは、そうしょっちゅうはありませんでしたが、遠路はるばる、だれかの友人がたずねて来たり、大きな風呂敷《ふろしき》をしょった行商人が来たり、道に迷った旅人が来たり、ということが、年に何回かはありました。

（ムム？　あれはだれだ？　見たことがないぞ）

　その人が近くに来るまで待っているのがじれったくなったカラスだんなは、ぱっと飛び立ちました。

（フム。奇妙《きみょう》な帽子《ぼうし》をかぶったやつだなあ。マントまではおっているからには、旅人だろうか。しかし旅人にしては、あの銀色の四角い箱型のカバンはいったい何だ？）

カラスだんなは、よくよく見ようと、道ばたの木にとまりました。

すると、その見知らぬ者が、足をとめて、カラスだんなをふりあおぎました。とんがりめの鼻の横から、耳にかけて、黒いしまが二本ついたその顔は、はじめて見る顔でしたが、アナグマなのはたしかでした。カラスだんなは、ドキッとしました。アナグマというのは、賢《かしこ》くて正直者である一方、気むずかしやだと、いっぱんにいわれていたからです。カラスだんなは、鼻歌を歌って、どこか遠くの方をながめました。

「おたずねもうします」

静けさをやぶって、太くて低いアナグマの声がよびました。「この道のさきは、何という森ですかな」

「ド……オホン……ドードー森ですが」

と、カラスだんなは緊張《きんちょう》して答えました。アナグマの話し方に、何ともいえない威厳《いげん》がそなわっていたせいもありましたが、そればかりではなく、アナグマがかぶっている帽子《ぼうし》に、どうも見おぼえがあり、それは何となく、おまわりさんに関係があるよう

な気が、だんだんしてきたからでした。

「ドードー森というのは、のどかな森ですかな？」

と、アナグマが聞きました。カラスだんなは、これはひょっとすると、「ききこみ」というやつではあるまいか、などと考えながらも、胸《むね》をはっていいました。

「そりゃあのどかですとも。ノドドーカ公爵《こうしゃく》というりっぱなドードー鳥が治めていた森ですから。今も百代目の子孫のノドドーカばあさまが住んでいます。森は、まったくのどかです」

するとアナグマは、満足そうにうなずいて、

「よしよし。では、宿をとるとしよう。ひとつ、宿を紹介《しょうかい》してもらえまいか」

といいました。カラスだんなは、またドキッとしました。ドードー森には宿屋がなかったので、ゆきずりのものの場合は、水車小屋を宿がわりにするのがならわしになっていたからです。カラスだんなが、そうした事情を話すと、アナグマは、たいへん喜び、

「これはさいさきがよろしい。最初に出会ったのが、宿屋のあるじだったとは」

といって、目を細めて、はじめて笑いました。こうして、なぞのアナグマは、水車小屋の泊《と》まり客《きゃく》になったのです。

アナグマ・ハットと名のる、なぞのアナグマを水車小屋に案内したあと、カラスだんなは、おおいそぎで、ノドドーカ屋敷《やしき》をたずねました。何か、ふだんとちがうことが起きたときには、だれもがまっさきに、ノドドーカばあさまに報告にいくくせがついていたのです。

「これこれしかじか、こういうわけなのです」と、カラスだんなは、見たこと聞いたことのほか、自分が考えたことも、いっさいがっさい、ばあさまに話しました。

「ふうむ……。アナグマ紳士《しんし》の帽子《ぼうし》を見て、あなたが、おまわりさん関係だと思ったのは、こういうわけかしら？」

ばあさまはそういうと、本棚《ほんだな》に手をのばして、一冊《さつ》の本を取り出しました。その表紙の絵を見たカラスだんなは、ぽんと手をうちました。

「これです、これです！　ああまったく、おまわりさんどころじゃなかった！　名探《めいたん》偵《てい》ホームズです！　もちろん、顔はにていませんが」

「なるほど。それでこそ、銀色の箱が何なのか、はっきりしました。探偵《たんてい》にはかかせない道具、カメラがはいっているのですよ」

そして、ぐっと身をのりだし、まるで探偵《たんてい》のようなするどい目でいいました。

「のどかな森かどうかを気にしていたという点が、すこぶるあやしいと私《わたし》は見ます。

よくいうでしょう。『一見平和な村におこった、いまわしい事件』とね」

「……じゃ、何か事件が……」

カラスだんなが、声をつまらせていうと、ばあさまは、こくりとうなずきました。


ふだんは、人かげもそうなく、そよ吹《ふ》く風や小鳥のさえずりばかりが聞こえるドードー森では、このところきゅうに、外に出る人がふえました。

——「あら、ばあさま、手帳なんかもって、今日はどちらへ？」「……あ、これ？　なにちょっと俳句《はいく》をつくってたのよ。あなたこそ、耳にえんぴつなぞはさんで、どうなさったの？」「あらいけない。さっきまで、家計簿《かけいぼ》をつけてたもんだから、おほほ」というぐあいに、ミセス・クリオーザとノドドーカばあさまが、ばったり出会ったり、「自然観察は楽しいなあ！」とわざとらしいひとりごとをいいながら、虫めがねを手にしたロビンソンが、ひょこひょこと歩いていったり、そうかと思うと、ノドドーカ公爵《こうしゃく》学校の生徒三名が、きゅうにそれぞれで、ボランティア活動のゴミひろいなどをはじめたり、というように——森のなかが、どことなくにぎやかになったのでした。

その理由は、もちろん、アナグマ・ハット氏でした。名探偵《めいたんてい》が森にやってきたというわさは、もうたちまちひろがり、そのとたん、われこそが名探偵《めいたんてい》の助手となって、事件解決の役に立ちたいと、みながひそかに思ったのでした。ただ、サマーだけは、そんなことにはちっとも興味がなく、ふだんと少しもかわらずに遊んでいましたけれどね。

さて、アナグマ・ハット氏の銀色の箱のなかみは、ノドドーカばあさまがいったとおり、カメラでした。しかも、大きなフラッシュや、三脚《さんきゃく》までそろった、なかなかおおげさなものでした。そういうものを、えいっとかかえて、ハット氏は、あちこちうごきまわり、バシャバシャとシャッターをきったり、あるいは、じいっとけしきをにらんだりしたのです。

ひとびとは、すきをうかがっては、「いい天気ですこと」などと話しかけるのですが、事件のヒントになることを聞き出そうとすると、いつのまにか、かならずだれかがあらわれて、聞き耳をたてるので、それいじょう聞いてみることが、できないのでした。そんなわけで、アナグマ・ハット氏が、どんな事件を調べ、どんな証拠《しょうこ》が集まったのか、また、どんなことをすれば解決の役にたつのか、だれも知ることができないのでした。

そして、何日かがすぎたある日のこと、アナグマ・ハット氏は荷物をまとめて、「カラスさん、たいへんお世話になりました。あなたがおっしゃったとおり、ここはたしかに、のどかな森でした。おかげで、さがしていたものを、ついに手に入れることができました。それがどのようなものであったかは、いずれ、お目にかけようと思います。ではごきげんよう」

というと、多くのなぞをのこしたまま、あっというまに、森をさっていったのでした。

さて、それからまた何日かがすぎたころです。大きめの封筒《ふうとう》が水車小屋にとどきました。宛名《あてな》は『カラスだんなと森のみなさん』で、差出人はアナグマ・ハット氏でした。カラスだんなは、からだが粉だらけなのもわすれて、ノドドーカ屋敷《やしき》に向かいました。『森のみなさん』と書いてあるいじょうは、自分ひとりで、あけてみるわけにもいきませんからね。ばあさまも、もちろん、森のみんなを屋敷《やしき》にまねき、まもなく、全員が集まりました。

「贈《おく》り物《もの》かしらねえ」

ばあさまは、さもなんでもないという調子でいいながら、封《ふう》を切りはじめましたが、その手もとは、ちょっとふるえているようでした。

出てきたものは、「アマチュア写真クラブ発行　アナグマ・ジャーナル」という雑《ざっ》誌《し》でした。しおりがはさんであるページをあけたとたん、手紙が一枚《まい》ひらりとすべり落ちました。でも、だれも、手紙をひろおうとはしませんでした。雑誌《ざっし》にのった一枚《まい》の写真に、みな、くぎづけになったのです。白黒でとられた、それはそれはのどかで美しい写真、森のなかで、ひとりであそぶ、あどけないサマーが写ったその写真に！ それには、『幸いの風景』という題がついていました。

そして、カラスだんなが、ようやくひろいあげた手紙には、こう書いてありました。

『私は長いあいだもとめつづけてきたもの、すなわち、私にとっての「幸いの風景」を、みなさんの森で、ついに見つけました。これがその写真です。私は、ドードー森のことを生涯《しょうがい》わすれません』

たしかにそれは、心がうっとりするような『幸いの風景』でした。みなは、感にたえず、ホーッと深いため息をつきました。それから、便箋《びんせん》に印刷された文字を見て、アッと短く声をもらしました。

『名探偵《めいたんてい》と共に歩んで一世紀。名探偵御用達《めいたんていごようたし》・アナグマ・ハット帽子店《ぼうしてん》』と、店名がはいっていたのです。

「んまあ、帽子屋《ぼうしや》さんですって……！ だれですいったい、探偵《たんてい》だの事件だのとさわいだ人は！ 助手になろうなんて思って、そんしちゃったわ！」

ミセス・クリオーザがキンキン声をあげました。が、すぐにはっとして口をおさえました。そんなことを考えていたなんて、ぜったいに知られたくなかったのです。けれど、そっとみんなの顔をうかがうと、みんなはたまたま、天井を見るか、鼻歌を歌うかしているところでした。

(よかった、きこえなかったんだわ、ほっ)

そこでミセス・クリオーザは、安心して雑誌《ざっし》を手にとると、娘《むすめ》が写った『幸いの風景』をほれぼれとながめていいました。

「私は、見たしゅんかんにピンときましたよ。あの人は、センスのいいアマチュア写真家にちがいないって。思ったとおりだったわ。目のつけどころがいいじゃありませんか、サマーをとるなんて!」

するとみんなも、こんどはきこえていたとみえて、

「ええ、ほんとに!」

「ぼくも同じことを思ってたんですよねえ、じつは」

などと、しきりとあいづちをうったのでした。

18

土曜休日だった。爽子《そうこ》は、るみちゃんといっしょに、廊下《ろうか》や階段《かいだん》を掃《は》き、そのあとでは雑巾《ぞうきん》がけをした。開け放した窓《まど》を、ようやく閉《し》めようとして近寄ると、小さな雪が、ほんの少し舞《ま》い始《はじ》めていたのがわかった。いくひらかの雪は、モミの木の上に、そっととどまりはしたが、地に落ちたものは、みなすっと姿《すがた》を消してゆく。

「降《ふ》っても降《ふ》っても、みんなすうっって消えていくでしょう？　どうしていつかは積もるのかなあ……」

爪先立《つまさきだ》ちで窓《まど》の外をのぞきこみながら、るみちゃんが、ささやくように言う。

「ほんとに不思議よねえ……」

爽子は、自分も小さい時に、そう思っていたことを思い出しながら、雪の消えていったあたりの地面を見、それから、ずっとずっと上の方、その雪が生まれ出るあたりの白い空を見上げた。冬が始まる時の、清冽《せいれつ》な気配を感じるたびに、天上の調べが聴《き》きとれそうな気がして、空を仰《あお》ぎ、耳を傾《かたむ》けたくなる。今年も、とうとう冬になった。

「オソージ、アリガトー……」

不意に低い声がし、すぐそばのドアが静かにあいて、今起きたところらしい苑子《そのこ》さんが、すまなそうな様子であらわれた。

「ゆうべ遅《おそ》くまで仕事しちゃって……うっさぶい！　……きゃあ雪……！　悪いけど先に下に行くね」

肩《かた》をすぼめて、両腕《りょううで》を抱《だ》くようにして駆《か》けていく苑子さんの後をるみちゃんが追って行った。

爽子は急いでガラス戸を閉めながら、自分もまたゆうべ遅《おそ》くまで本を読みすぎて今朝は起きるのが辛《つら》かったことを思い出《し》した。掃除《そうじ》をしているうちに眠気《ねむけ》はまぎれてしまったけれど。この一週間、爽子は、勉強はいっさいせず、『ドードー森』も書かずに、本ばかり読んで過ごしたのだった。お金を使わないように本を買いひかえていたし、図書室から借りた本をベッドに持《も》ち込《こ》むのは嫌《いや》だったから、居間にそろった文学全集に手を伸《の》ばすことになる。自分のような子供《こども》には縁《えん》のないものとして遠ざけていた堅苦《かたくる》しい背表紙《せびょうし》の並《なら》びが、十一月荘《じゅういちがつそう》に来たとたん、親しいものに変わったのは、爽子にとってうれしいことの一つだった。それを後押《あとお》ししたもう一つの要因は、むろん耿介《こうすけ》にあったのだけれど――。

午後、紅茶《こうちゃ》を入れたマグカップを持って、部屋に入りかけたとき、廊下《ろうか》の反対側からチェンバロの音が流れ出したと思うと、ドアから苑子さんが顔を出した。

行った。

苑子さんが手招きしたので、爽子はけげんに思いながらカップを持ったまま、苑子さんの部屋へ
「あ、それならよかった」

「ううん、さっき遊びに行って、いないの」

苑子さんが、小声できいた。

「るみちゃん、下なの？」


「こういう行動って、何となく、おばあさんぽい感じがするけど、二つしかないんだもの」

苑子さんは、恥《は》ずかしそうに笑いながら、ケーキの箱を見せた。そういうことかと、爽子もクスッと笑った。

苑子さんの部屋の中を見るのは、はじめてだった。きちんと片付《かたづ》いた印象の部屋の中央に、パソコンがすえられており、小さな冷蔵庫《れいぞうこ》も隅《すみ》に置かれていた。

苑子さんは、ここでケーキを食べていかないかと遠慮《えんりょ》がちに誘《さそ》った。閑《のどか》さんも馥子《ふくこ》さんもいったいにそうなのだが、自分の私的《してき》な領域《りょういき》にやたらと踏《ふ》み込《こ》ませないためというよりは、極力、爽子の邪魔《じゃま》をすまいと、気にかけているようなところがあった。

「することがあったなら、ごめんね。でも、たまにはいいでしょ？　一時間前だったらとても招待できなかったけど、ちょうど部屋を片付《かたづ》けたところだから」

苑子さんは、壁《かべ》に取り付けられた、ガラス扉《とびら》のついた小さな食器棚《しょっきだな》から小ぶりの皿を取り出して、彩《いろど》りのきれいなケーキをのせた。それから電気ポットのスイッチを入れ、プレーヤーのボ

リュームを少し下げ、パソコンを置いた机《つくえ》の下から、キャスター付きの小机《こづくえ》を出した。折《お》り畳《たた》んである天板部分をさらに開くと、なかなか広いテーブルに変わる。

丸いパイプ椅子《いす》に腰《こし》かけた爽子は、そうした苑子さんの一連の所作のスマートなのに見とれたり、あまりきょろきょろしては悪いように思いながらも、建築関係の雑誌《ざっし》がびっしり詰《つ》め込《こ》まれた、モダンな棚《たな》や、白い額に入った幾何学的《きかがくてき》な抽象画《ちゅうしょうが》をながめやったりした。机《つくえ》に積まれた数冊《すうさつ》の本の山の上に、開かれたままのグラビア雑誌《ざっし》が無造作にのっている。何となく、何もかもセンスがいいような気がする……。仕事をするセンスのいい女の人……。

事務用の椅子《いす》にすわり、テーブル越《ご》しにやっと爽子と向き合った苑子さんは、細い指でフォークを使いながら、

「私《わたし》ね、ゆうべ、髪《かみ》が真っ白になるかと思うほど、バカなことしたの」

と話し始めた。微笑《ほほえ》みながらも、二度と嫌《いや》だというようにゆがめた顔をしている。「雑誌《ざっし》にのせる、明日締切《しめきり》りの原稿《げんこう》を書いてたの、このパソコンで……。考えて考えて、やっと十一時頃《ごろ》できあがって……それから資料を見たくなって、別の画面を出したのね……そんな細かいことはどうでもいいんだけど、要するに、操作《そうさ》しているうちに、書いた原稿《げんこう》を消しちゃったの！　サーッて血の気が引くとか、手足がわなわな震《ふる》えるって、本当のことなのね。一瞬《いっしゅん》にして消えちゃったの。何時間もかかって書いたのに……」

「で、どうしたの？」

フォークを持った手を宙《ちゅう》にとどめたまま聞いていた爽子は、息を詰《つ》めてたずねた。

「うん。バクバクした心臓《しんぞう》を押《お》さえて、対策《たいさく》を練《ね》ったの。そのまま寝《ね》て今日やるか、それともすぐに書くか。で、やっぱり記憶《きおく》の新しいうちがいいって思って、でも心が乱《みだ》れてるから、がむしゃらに一時間だけ寝《ね》て、それから起きて書いたの。四時に終わったときは、思わず、私ってエライなんて言っちゃった！　エライどころか、バカだからヘマしたんだけど。ああ、あれは悪夢だった……。こればっかりは経験した者じゃないとわからないだろうなあ。でも、がんばったおかげで、今日は爽子ちゃんと、こうしてアフタヌーンティーが楽しめてうれしい！」

苑子さんは、そう言い放って紅茶《こうちゃ》を飲んだ。

爽子にとっては、書いたものが一瞬《いっしゅん》に消える、ということはたしかに想像外のことだった。でも、そのショックの大きさを理解することならできた。おそらく、ほかの誰《だれ》かがこの話を聞くよりは、ずっと深く……でもこれは、思いあがりだろうか、苑子さんの場合は、締切《しめき》りのある「仕事」をしているのだから。

「文明の利器の非情なことったらないわね！　紙に書いてる限り、たとえまちがって破《やぶ》り捨《す》てても、希望があるじゃない、ゴミ箱を漁《あさ》るっていう」

苑子さんはそう言って、開いてあったグラビア雑誌《ざっし》に手を伸《の》ばすと、

「ほら、こんなふうにね……」

と、溜《た》め息《いき》をつきながら爽子に示した。

パリのカフェだろうか、くつろぐ客たちの中に、焦《こ》げ茶《ちゃ》の服をまとった若《わか》い娘《むすめ》が足を組み、テーブルで書き物をする姿《すがた》がある。片肘《かたひじ》をつき、うつむきかげんの難《むずか》しい表情で。娘《むすめ》のいるテーブルだ

けが、緊張《きんちょう》した美しい空気に包まれている。苑子さんが首を伸《の》ばして写真を見ながら、
「だけど、その人が希望に燃えてゴミ箱漁《あさ》りする姿《すがた》って、ちょっと想像つかないわ」
と言ったので、写真の娘《むすめ》にみとれていた爽子は、思わずふき出した。

苑子さんの部屋からもどってから、爽子は久しぶりにノートを出し、次の『ドードー森』のことを考え始めた。——苑子さんの部屋には、あとから、眼鏡《めがね》を作ったという馥子さんもやって来たのだった。最近どうも字が見えづらいと思ったら、老眼だというのでショックだったと言いながら、鼈甲《べっこう》もようの細い縁《ふち》の眼鏡《めがね》をかけてみせ、一・五か、すごい時には二・〇などという視力《しりょく》を維持《いじ》していたのが仇《あだ》になったと嘆《なげ》いたあとで、「鼈甲《べっこう》だなんて、年寄りくさかったかもしれない、いっそ縁《ふち》なしにすればよかった、でもお買い得品だったんだもの、ま、眼鏡《めがね》ケースはオマケのじゃなくちゃんとしたのに買いかえるつもり、だって近眼の人と違《ちが》って、人前でしょっちゅう出したり入れたりすることになるでしょ」などと馥子さんは言い、苑子さんに、「けっこう、楽しそうじゃん」と茶化されて、やっと眼鏡《めがね》をしまったあと、三十分ほど、たわいないおしゃべりをしてからさっきそろって部屋を辞したところだった——。

二人のやり取りを聞くと、爽子はいつも、何ということもなく心が弾《はず》んだ。のんびりとのどかで、どこかおかしく、そして密度《みつど》が濃《こ》いような……。

(私が『ドードー森』に吹《ふ》き込《こ》みたいと願うのは、そういう空気だ……)

爽子は、開いたノートの前で頬杖《ほおづえ》をつき、それは何によって実現されるのだろうと考える。むろ

ん言葉の繋《つな》がりによってでしかないわけだけど……。

ソーラやプクリコを思《おも》い描《えが》いて書き続けながら一日を終え、眠《ねむ》りにつこうという時、爽子の閉《と》じた瞼《まぶた》の裏《うら》に、カフェで物を書く若《わか》い娘《むすめ》の姿《すがた》が映《うつ》った。静かな迫力《はくりょく》を秘《ひ》めた姿《すがた》……。かっこよく、サマになってる……などというのではなくて、何かもっと研《と》ぎ澄《す》まされた精神の緊張《きんちょう》があったなあ……ううん、そう見えたのは、つまるところ、かっこよくてサマになってたからなのよ……だって、フライドチキンのお店の隅《すみ》で手紙か何か書いてる女子高生は間抜《まぬ》けで、パリのカフェの子には精神の緊張《きんちょう》があるなんてことが、どうして言えるの？　……そうなんだけど、でもやっぱり何だか違《ちが》うような……。ぷつぷつとした泡《あわ》のような思いが湧《わ》いては消え、やがて爽子は、とろとろと眠《ねむ》りの淵《ふち》に落ちていった……。

そして目覚めた今朝、爽子は天気を確認《かくにん》するなり、外出しようと決めた。焦《こ》げ茶色《ちゃいろ》の服ならある。ウール地に、別珍《べっちん》の襟《えり》とカフスと飾《かざ》りのくるみボタンとが付き、ローウエストで切《き》り替《か》えた、ややシックなワンピース。改まった席に出るような事が、万一出来《しゅったい》したときのために送らずにいた服だった。今日はそれを、普段着《ふだんぎ》のように着る。ピアノの発表会に出る子供《こども》のようであってはならない。だから、肌《はだ》の透《す》けない茶色の靴下《くつした》に、いつもの編み上げブーツを履《は》こう。ダッフルコートも帽子《ぼうし》も手袋《てぶくろ》も同じ。胸《むね》がどきどきした。

爽子はリュックをしょい、冷たく乾《かわ》いた冬の空気に頬《ほほ》をさらして、馥子さんに借りた自転車をこいだ。中学生の喫茶店《きっさてん》の出入りは禁じられているが、十一月荘は学校からずっと遠い。級友に見とがめられる心配はまずなかった。それでも爽子は、丘《おか》の道をさらに上った。喫茶店《きっさてん》ならどこでもいいというわけにはいかないのだ。フライドチキンは論外《ろんがい》だし、けばけばしい店も、常連向けの小さな店も、ジャズを流していそうな暗く陰《かげ》った店も避《さ》けなければならない。人目につかない程度に混んでいて、字を書くのに必要な明るさがあって、なおかつ煙草《たばこ》の煙《けむり》にいぶされることなく長居ができそうなところ。そして何よりも、すてきなところでなくてはならなかった！

　さいわいそのあたりでなら、そんな条件も、無理難題《むりなんだい》というほどではなさそうだった。瀟洒《しょうしゃ》なフランス料理店や洋菓子《ようがし》店や可愛《かわい》いブティックなどが行く先々にふとあらわれる。喫茶店《きっさてん》も、あちこちで見つかった。爽子は、ゆるゆると自転車をこいだまま、探偵《たんてい》じみた目で鑑定《かんてい》する。私ってズレてるかも……という思いも、一方でしないでもない。こうして喫茶店《きっさてん》を物色すること自体もだが、喫茶店《きっさてん》に入るというだけで、こんなに緊張《きんちょう》してるなんて。――後ろの席のエー子は、詩を書く二十歳《はたち》の学生に熱をあげていたから、その人がよく行く喫茶店《きっさてん》で、しょっちゅう待《ま》ち伏《ぶ》せしていたし、ミハルにいたっては、昼間ちょっと学校に立ち寄った大人といったほうがいいくらいだった。英語の教科書に仮名《かな》をふるという、ミハルに頼《たの》まれた「作業」をする爽子の横で、退屈《たいくつ》そうな大柄《おおがら》なミハルが、マスカラをつけたまつげに力をこめてフッと枝毛を吹き飛《と》ばすと、先生だの校則だのは、いっしょに吹《ふ》き飛《と》んでいく感じがした。サンキューと言いながらミハルがくれるガムが、カバンにたまっている――。エー子やミハルと話す時、爽子は何となく不安になった。その子たちの、情熱的で劇的《げきてき》な「人生」に比べると、自分が壁《かべ》にはりついたヤモリのような「人生」を送っているような気がすることがあるのだ。リツ子といる限り、そんな不安は抱《いだ》かなくてすんだ。

(私が一人で喫茶店《きっさてん》に入ったって知ったら、リツ子ちゃん、さぞ驚《おどろ》くだろうなあ。でも絶対入る。だけど、エー子やミハルとは何の関係もないの。ぜんぜん違《ちが》うんだからね!)

その時、明るいガラス窓《まど》の横を通ると、若《わか》い女性が向かい合ってお茶を飲んでいるのが見えた。柊《ひいらぎ》で飾《かざ》り付《つ》けた看板《かんばん》に、『ケーキと紅茶《こうちゃ》』という字が見える。

(ここにしよう)

爽子はやっと自転車を降《お》りた。


パリのカフェとは少しも似ていなかったが、爽子はその店が気に入った。外から見られる心配があったが、窓際《まどぎわ》のはじのテーブルについた。一人で書き物をするのに、一番都合がよさそうだったから。

慣れた口調で、紅茶《こうちゃ》をポットで頼《たの》み、コートを脱《ぬ》ぐ。ノートとペンケースを取り出して足を組む。ノートはゴム紐《ひも》のかかった、見るからにすてきなノートだけれど、ペンケースはごろんと膨《ふく》らんで、くたびれている。でもこれは仕方がないのだ。尖《とが》らせた鉛筆《えんぴつ》を十本用意しないと、どうも落ち着かない。

爽子は、つんと顔を引《ひ》き締《し》めてノートを開くと、昨日書いたところを読んだ。コチコチになってはいけない。でも弛緩《しかん》してもいけない。あのフランス娘《むすめ》のように真剣《しんけん》に自分の世界に没頭《ぼっとう》し、周りの空気を、ぴんと張《は》り詰《つ》めた侵《おか》しがたいものに変えるのだ。

読み終えると、すぐに続きが書きたくなった。鉛筆《えんぴつ》を持つと、カフスの袖《そで》がどうも窮屈《きゅうくつ》だったが、でもかまわない。爽子は、たちまち、いつものように集中した。店に流れる音楽も、話し声も気にならない……。

やがて運ばれてきた、ティーコゼーをかぶせたポットをしばらくそのままにしたあと、おもむろにカップに注いだ。マスカットに似たダージリンのいい香《かお》りが立ち上った。ガラス窓《まど》の向こうに視《し》線《せん》を移すと、葉を落としたプラタナスの並木《なみき》の下を、毛糸の帽子《ぼうし》をかぶった小さな子が、父親に手を引かれてゆっくり歩いていくのが見える。その子は、木製の犬を引っ張っている。何と可愛《かわい》い光景だろう。晴れた日曜の午後は、本当にのどかだ。紅茶《こうちゃ》カップを唇《くちびる》に当てながら、爽子は、穏《おだ》やかな心持ちで外界をながめやることの喜びを感じ、それは大人になることへの希望へとつながった。……お母さんのような主婦にはぜったいならない。仕事する女の人になるの。自分でお金を得て、好きな時に、一人でお茶を飲む……。そのとたん、小遣《こづか》いでこんな真似《まね》をしていることを思い出し、爽子はぎゅっと肩《かた》をすくめた。

（これは特別。実験なの。一回だけよ！）

爽子は、また居ずまいを正し、ノートに向かった。

ドードー森の物語

第七話　カメマジロ先生のこうらの話

ソーラとプクリコ、それにライスケが、『ノドドーカ公爵《こうしゃく》学校』の生徒だということは、もうお話ししましたね。するとおそらく、じゃあいったいだれが先生なのだ？　森には、まだだれかほかに住人がいたのか？　と思うでしょう。もっともです。まずその疑問《ぎもん》にお答えしましょう。森には、ほかの住人はいませんでした。でも、先生はちゃんといました。『森の外』に住んでいたのです。

公爵《こうしゃく》学校ただ一人の先生は、カメマジロという名のカメでした。年をとっているわけではけっしてないのに、若《わか》わかしさのまったく感じられない頭のかたい人で、心がせまく、ひがみっぽくて、説教がましく、疑《うたぐ》りぶかく、ただ、自尊心《じそんしん》だけがべらぼうに強いという、ずいぶんねじくれた人でした。そういう人だったので、みんなといっしょに、ドードー森に住むのをきらい、水車小屋のまだ先に、棒《ぼう》で地面にがっちり線を引き、『森の外』という立て札を立てて、その横に一人で暮《く》らしていたのです。（ソーラは立て札について、「自分のいる方を『外』って書いちゃうところが先生の限界ね」と小声でいいましたが、これは鋭《するど》い批評《ひひょう》というべきでしょう。孤高《ここう》に生きよう、というくらいの人ならば、せめてドードー森の方を、『森の外』にするくらいの気がいがなくては、なさけないじゃありませんか）

さて、そんな先生が教えている学校なら、さぞいやなところだろうと思うでしょう。ところがあんがいなことに、ソーラもプクリコも――それにライスケだってときどきは――けっこうおもしろく通っていたのです。なぜなら、カメマジロ先生は、授業をしたあとでは、きまって「偏頭痛《へんずつう》」におそわれて、頭と手足をこうらにしまいこんでうずくまったので、次の時間は、自習になるからでした。生徒たちは、「偏頭痛《へんずつう》」にひびくことさえしなければ、何をしてもよかったので、絵をかいたり、本を読んだり、手紙ごっこをしたりして過ごし、そんなことに少しあきるころ、先生の「偏頭痛《へんずつう》」も去ったので、また、授業を受けるという調子でした。これは先生にとっても生徒にとっても、悪くな

い学校生活といえるでしょう。などといえば、カメマジロ先生は、こめかみをヒクヒクさせて、「あなたは、わたしが偏頭痛《へんずつう》に苦しむのを知っていて、悪くないなどとおっしゃるのか」とつめよるかもしれませんが、寝息《ねいき》をたてる「偏頭痛《へんずつう》」病《や》みの人に、あまり同情はできないというものです。

さて、ある日のことです。算数の授業が終わり、「うっ……あ、頭がっ……」と一声うめいて、カメマジロ先生がいつものようにこうらのなかに消えたあと、ライスケが、三角定規の先で二人の頭をつつきました。

「イタッ！　ちょっとあんた、つつくのは六十度の角までにしてくんない？　三十度の角って痛《いた》いのよね！」

プクリコが後頭部をさすりながら、ほんとうに怒《おこ》ってプリプリふり向くと、何とライスケは、丸めがねをかけて笑っていました。

「まあ、あんた近眼になったの？」

プクリコがおどろいてたずねても、ライスケはすましたまま何もいいません。プクリコは、すばやくめがねをうばって、ためしにかけてみました。はっきり見えるでも、ゆがんで見えるでもありません。

「なにこれ、ダテめがねじゃないの！　あんたってしょうがないわねえ、小物ばっかりほしがって」

ライスケは、そんなことをいわれても、すましてニコニコしているだけでした。物置をかたづけていて見つけた、おじいさんかだれかの物らしい、そのめがねが、うれしくてたまらなかったのです。そのようすをじっと見ていたソーラが、

「あっ、私《わたし》、いいもの持ってたんだ！」

といって、カバンをごそごそやりました。そして、「こういう行動って、なんとなく、おばあさんぽいわね」といいながら、プクリコとライスケに、こっそり飴《あめ》をくばったのでした。

それは、茶色くすきとおった、ぺったんこのまるい飴《あめ》で、棒《ぼう》がついていました。透《とう》明《めい》の包み紙には『べっこう飴《あめ》』と書いてあります。ノドーカばあさまにもらったのを、すっかりわすれていたのに、今きゅうにそのことを思い出したのは、ライスケのめがねの縁《ふち》が飴《あめ》と似ていたからでした。ライスケがかけていたのは、べっこう縁《ぶち》のめがねだったのです。

三人は、自習のあいだじゅう、べっこう飴《あめ》をなめて過ごしましたが、飴《あめ》はなかなかへりませんでしたから、カメマジロ先生が、むずむずと動きだしたときには、もとの

包み紙に、あわててくるんで、机《つくえ》の中にしまわなければなりませんでした。「偏頭痛《へんずつう》」がすっかりなおったカメマジロ先生が、口の横のよだれをそっとぬぐいながら、教卓《きょうたく》の前に立ったときでした。

「き、きみ！　そ、それは何だ！」

と、先生が声を裏返《うらがえ》してさけびました。「きみ」といわれたのは、ライスケでした。ライスケは、めがねをかけたままでいたことを思いだし、いそいではずしました。何しろ、おしゃれのためのダテめがねでしたから。

ところが、今のそそくさとした態度が、かえっていけなかったのです。カメマジロ先生は、目をきゅうっと細めて、猜疑心《さいぎしん》たっぷりの視線《しせん》をライスケに注ぎました。みつめられたライスケは、きまりが悪くなって、たてがみのなかをワサワサとかきました。すると、たてがみに押《お》し込《こ》んでおいたくしつきボールペンが、カツンと床《ゆか》の上に落ちたのでした。――柄《え》がボールペンになっているおしゃれなくしを、ライスケが耳の横にはさんでいたことは、前にいいましたね？　めがねをかける都合上、今はそれをたてがみのなかに押《お》し込《こ》んでいたのですが、耳の横にはさんでいるときにも、たてがみにかくれて、くしがはっきり見えることはありませんでした。それが今、カツンと落ちたのです。ところで、このくしが何でできていたか、みなさんは覚えていますか？　そう、べっこうでした！

「き、き、きみい～きみい～っ！」

カメマジロ先生は、ヨーデルを歌う、少年合唱団員のように声をふるわせて、ふたたびさけびました。立てつづけにおしゃれ道具をみつけられたライスケは、またあわててひろいました。ここであわてたのが、またいけませんでした。カメマジロ先生のこめかみには、ぴくぴくした静脈《じょうみゃく》がうきあがり、息づかいがいっそうあらくなりました。怒《おこ》っているというだけではなく、おびえてもいるようでした。まるでライスケが、めがねやくしつきボールペンではなく、亡霊《ぼうれい》をちらつかせたとでもいうように。

「いったいどうしちゃったのかしら？」

プクリコが、ひそひそ声でソーラにささやきました。ソーラも首をひねりました。

何が何だか、二人にもさっぱりわかりませんでした。

そのとき、ライスケが――まったく心にもなく――また新たに先生を刺激《しげき》したのです。しかも今度のは、致命的《ちめいてき》でした！　何となく机《つくえ》のなかをごそごそやっているうちに、べっこう飴《あめ》を、ポトーンと床《ゆか》に落としたのでした。

「ヒーッ！」

と先生が息を吸《す》いました。そしてしばらく息を止めたと思うと、それを吐《は》き出《だ》しながら、一気にわめきました。「きみは、このぼくが偏頭痛《へんずつう》で苦しむたびに、ぼくのこうらをけずりつづけていたのだろう！　知っているぞ、表面をはいで、熱で溶《と》かして細工をしたんだろう！　そこに落ちているのが、その残りだろう！　色つやを見れば、高級なべっこうかどうかはすぐわかる。それはぼくのこうらだ。ああ、こんなことになるんじゃないかと、ぼくはおそれていたんだ。どうもこのごろ、背中《せなか》のあたりが寒いように感じていたら、そうか、やっぱり、そういうことだったのか！」

カメマジロ先生は、ガバとつっぷし、こぶしで教卓《きょうたく》をたたきながら、身も世もなく泣きじゃくったのでした。

泣き続ける先生のそばで、ライスケとソーラとプクリコの三人は、三人ともが、口をポカンと大きくあけて、顔を見あわせていました。「鳩《はと》が豆鉄砲《まめでっぽう》食ったよう」とはこんな顔をいうにちがいありません。カメマジロ先生のうすよごれたこうらでべっこう細工をつくる！　これは、想像を絶するアイデアでした。そんなことは、ただの一度も、ちらっとも、冗談《じょうだん》にも、考えたことがありませんでした。

カメマジロ先生は、いいだけ泣いたあと、むっくりと顔をあげました。その顔はまるで、からだじゅうの水分をぜんぶ涙《なみだ》にして流しきったような、ひからびた灰色《はいいろ》だったので、さすがの三人も、思わず息をのんで見まもりました。やがて先生は、死人のようなその顔をライスケの方に向け、重おもしいひくい声でいいました。

「取り返しのつかないことゆえに、きみのおかした罪は重い……」

ソーラとプクリコは、ぞくっとしながらも、ちょっと、ふき出しそうになりました。べっこう飴《あめ》を自分のこうらとまちがえているというのは、やっぱりこっけいでした。でも、先生はライスケに、どんな罰《ばつ》をあたえるつもりだろうと考えると、笑ってばかりもいられませんでした。先生は、目をぎゅっとつりあげると、判決を読みあげる裁判官《さいばんかん》のようにいいました。

「目には目を！　歯には歯を！　そしてこうらにはたてがみを！　明日の一時間目を刑《けい》の執行《しっこう》とする。今日の授業はこれまで。解散！」

そして先生は、あっというまに教室を飛び出していきました。その速いことといったら、カメとも思えないほどで、だれかが何かいうひまもありませんでした。

「めちゃくちゃじゃないか……」

三人で並《なら》んで帰る道みち、ライスケは、深いため息とともにいいました。「あの調子じゃ、ぼくがいくらほんとうのことをいったってだめだろう。ああ、あいつは、さぞかしでかいハサミを持ってやってくるんだろうなあ。たてがみの短いライオンてのは、どんなぐあいだろうか……」

「まあ、もうその気なの？　なさけないわねえ。百獣《ひゃくじゅう》の王なんだから、耳もとでガオーッて吠《ほ》えてやればいいのよ。あの人、ちぢみ上がって一目散に逃《に》げてくわ」

　プクリコが、残りの飴《あめ》をなめなめいいました。

「でも、それはあまりいい方法じゃないわ」

と、ソーラがいいました。「先生のことだもの、いつまでもうらみつづけて、ますますひがみっぽくなるだけよ。……といっても、ライスケくんのいうとおり、無実をうったえても、信じてくれるとは思えないしね……」

「信じたがらないわよ、とんでもないかんちがいだったなんて、みっともないもの」

とプクリコ。

「だから、上手に切りぬける方法を考えなくちゃね」

とソーラ。プクリコはペロッと飴《あめ》をなめて、

「だけどさ、ちょっと仕返しもしたいわね」

といいました。それなのにライスケが、おどおどと、

「……たてがみなら、三センチくらい短くたって、オレべつにいいよ、さっぱりするかもしれないし……」

などというものですから、二人にしかられました。

「冗談《じょうだん》じゃない。あんたをカメマジロのばかばかしい妄想《もうそう》の犠牲《ぎせい》になんか、ぜったいさせないわよ！」

「そうよ、あんなうぬぼれガメの横暴を、だまって許しておくつもり？　あのうすよごれたこうらが、これと同じ色かどうか、一度じっくり鏡で見てほしいわ！」

プクリコはプリプリいいながら、べっこう飴《あめ》を手鏡のように顔の前にかざして、みつめました。

そのときソーラが、ポンと手を打ったのです。

「そうだ、これよ！『取り返しがつかないことゆえに罪が重い』っていうのなら、取り返しがつくことにすればいいのよ。ちょっと聞いて！」

ソーラは、ひらめいたアイデアを二人に話したのでした。


三人は、ザラメをたくさん買い（買ったところは水車小屋です。カラスだんなは、粉のほかに砂糖《さとう》もあつかっていたのです）、ソーラの家に集まりました。そして大きなお鍋《なべ》に湯をわかし、ザラメをザーッといれました。ぶくぶくと泡立《あわだ》つのを、そのままにしておくと、少しずつ黄色くなり、それからだんだん色濃《いろこ》くなって、茶色っぽくなりました。それを、油をぬった大きなたらいに流しいれ、冷えるのを待つ……。ほら、パカンとはがすと、巨大なべっこう飴《あめ》のできあがり！


次の日、カメマジロ先生は、あんのじょう、大きなハサミをもってやって来ました。

「目には目を、歯には歯を、そして、こうらにはたてがみを！　風来《ふうらい》オン・ライスケ、前へ出なさい。取り返しのつかない罪の罰《ばつ》として、きみのたてがみを切ることにする。それをもって、ぼくのこうらのつぐないとしたまえ！」

カメマジロ先生は、舞台俳優《ぶたいはいゆう》のように気分を出して、口上《こうじょう》をのべると、ハサミをふりかざしました。

そこでライスケは、さっと立ちあがっていいました。

「先生、こうらは取り返しがつきます。ぼくは、めがねとくしを、もう一度どろどろに溶《と》かし、残ったべっこうもいっしょに混ぜて、もとの形にもどしてきました。これがそれです」

ライスケは、大きなお盆《ぼん》のようなべっこう飴《あめ》を、机《つくえ》の下から取り出すと、だいじそうにささげもって、しずしずと前にすすみました。

カメマジロ先生は、目をぐうっと見開いて、べっこう飴《あめ》を見つめました。

（ぼくのこうらがきれいなのは知っていたが、まさかこれほどとは思わなかった！なるほど、これなら人のきもちをまどわしてもむりはない……）

「これをこうらにのせてこうらぼしをすると、ちょうどよく溶《と》けて、もとのようにこうらになじむそうです」

ライスケは、練習してきたとおりのことを、まちがえずにいいました。

カメマジロ先生は、刑《けい》の執行《しっこう》のことなどすっかりわすれて、パチパチとまばたきしながら、

「で、では、きみたち、しっかり自習をしたまえ。ぼくは、一刻《いっこく》もはやく日なたに出て、失ったこうらを取りもどさなくてはならないから。きみ、ちょっといっしょに来て、それをこうらにのせるのを手伝ってくれたまえ！」

というなり、ライスケをしたがえて、教室を飛び出したのでした。

陽《ひ》のさす庭に、丸くうずくまったカメマジロ先生のすがたを、三人は教室の窓《まど》からながめました。べっこう飴《あめ》はこうらの上でべっとり溶《と》けて、きらきらと輝《かがや》いています。甘《あま》いにおいに誘《さそ》われた小さな虫たちが、うっかり止まって足をとられ、苦しげにもがいてからおとなしくなるのも見えました。

「化石入りのコハクってところね」

「こんどはほんとに、密猟者《みつりょうしゃ》にねらわれるかも」

ソーラとプクリコは楽しそうにしゃべったあとで、こう付け足しました。

「ライスケくん、先生にいってあげてね。こうらをなじませるために、あとでこうらをよく洗《あら》って、棒《ぼう》タワシでしっかりこすって下さいって」

「そうすれば、飴《あめ》といっしょに、もとのよごれも落ちて、前よりずっときれいなカメになること、うけあいよ！」

（やれやれ、こわくてやさしいこの二人には、まったく、だれもかなわないや！）

ライスケは、カメマジロ先生の光り輝《かがや》くこうらを見ながら、たてがみをゆらして、にっこりうなずきました。

19

ノートを閉《と》じて、ゴム紐《ひも》を回す。ティーコゼーにおさまったポットの中には、色濃《いろこ》く不透明《ふとうめい》になった紅茶《こうちゃ》が、いくらか残っていた。しみを作らぬようノートを脇《わき》によけ、先程運ばれてきた熱い湯とともにカップに注ぐ。そうしてやっとソファーにもたれた。別の世界に在った心と指とを程よい賑《にぎ》わいの中に引きもどし、息をつくのは、気だるく心地よかった。「だからそれは少しちがうんじゃないのって、あたし、言ってやったの」……力のこもった言葉の切《き》れ端《はし》が、隣《となり》のテーブルをとびこえて耳にとびこむのも、いかにもこちらの世界の台詞《せりふ》のようで微笑《ほほえ》ましい。喫茶店《きっさてん》で書き物をする、これはまったく悪くない……。

爽子《そうこ》は、『ドードー森』をどのように終わらせたらいいだろうと考えた。あるいは終わらせる必要なんてあるのだろうか、とも。ノートが半分も残っているのだから、いつまでもそばにおいて、ずっとずっと書きついでいったっていいのかもしれない……。

(でも、十一月荘《じゅういちがつそう》にいる時に書いたもの、というふうに、ちゃんと終わらせたほうがやっぱりいい

わ……）

そのとき、プラタナスの並木《なみき》をこちらに向かって歩いてくる、夫婦らしい二人づれが目に入った。頭をひっつめにして眼鏡《めがね》をかけた意地悪そうな女の人と、灰色《はいいろ》の……。

爽子は、いきなりカップを置き、立ち上がりながらノートとペンケースを無造作にリュックに押《お》し込《こ》むと、ダッフルコートを着た。ボタンなんかかけない。帽子《ぼうし》とミトンも同様にリュックに押《お》し込《こ》む。それからはっとして、テーブルの上の透明《とうめい》の筒《つつ》から伝票を抜《ぬ》き取《と》った。七百円。爽子はふたたびリュックの蓋《ふた》をあけ、しきりと中を探《さぐ》ったが、財布を探《さぐ》り当《あ》てることができなかった。かっと熱くなりながら中のものをいったん出す。赤い財布がリュックの底に沈《しず》んでいるのが見えた。振《ふ》り向《む》くと、アルマジロの灰色《はいいろ》のダウンジャケットが、入り口のあたりに見えた。「コーヒー頼《たの》んでおいて」――人々の、くぐもった話し声を突《つ》き抜《ぬ》けて、聞き慣れた、鼻にかかったねばり声が、ひときわ高く聞こえた。爽子の目の片隅《かたすみ》に、ひっつめ髪《がみ》の眼鏡《めがね》の女の人が、がさつな動作でテーブルにつく姿《すがた》がうつった。アルマジロは、たぶん手洗《てあら》いに寄ったのだった。

爽子は、持ち物を掻《か》き集《あつ》めてレジに行き、会計をすませた。

下りだったから、ペダルをこぐ必要はほとんどなかった。手の甲《こう》が冷たかったので、ダッフルの袖《そで》の中に入れて、袖《そで》ごとグリップをにぎる。それだけでも子供《こども》っぽい気がするのに、コートの前をはだけさせ、シックな焦《こ》げ茶《ちゃ》のワンピースの胸元《むなもと》をあらわにしながら、リュックをしょっている。なんとまあ滑稽《こっけい》な姿《すがた》だろうと思いながら、爽子は楽しくて、唇《くちびる》をちょっと噛《か》みながら、ひとりで笑

い、人の姿《すがた》がなくなったとき、

「ねえ、いったいどうしてこんなにシンクロしちゃうわけ⁉」

と、両足を左右に投げ出しながら口走った。

「それにあの人！」

アルマジロのおくさんにちがいない人は、なんてアルマジロにぴったりなのだろうとも思った。あの人もきっと先生なのじゃなかろうか。周りの人を見下すような傲慢《ごうまん》な感じだったなあ……。きっと、「今の子の学力はひどいよ」なんて言い合っているんだろうなあ……。二人で仲よく。いかにもありそうなことに思えて、爽子はクスッと笑った。

(早くリツ子ちゃんに教えたい！ ああ……でも、何をしに喫茶店《きつさてん》に入ったことにする？ 本を読むためにしようかな。……ああ、カメマジロ先生の話を書き終えたら、ちょうどそこへアルマジロがやってきたってことが言えなくてつまらないなあ！)

爽子は、書き終えたきり、まだ読み直していないカメマジロ先生の章を、部屋で読もうと道を急いだ。


爽子は虚《うつ》ろな目でぼんやりと宙《ちゆう》を見た。リュックの中にあったものは、帽子《ぼうし》とミトン、ペンケース、それから赤い財布とティッシュとハンカチ、それだけだった。逆さにしてみるまでもなかった。でも、取《と》り乱《みだ》しはしなかった。苑子《そのこ》さんの言葉がよみがえる。「手で書いている限り、ゴミ箱漁《あさ》りをするっていう希望があるじゃない」と苑子さんは言ったではないか。爽子は、ふき出した。

そんなことは、カフェの娘《むすめ》には似合わないと言って二人で笑った翌日《よくじつ》に、カフェの娘《むすめ》になった自分は、もうさっそくゴミ箱漁《あさ》りする羽目に陥《おちい》っている——。といったって、むろんそれは比喩《ひゆ》にすぎないのだと思いながら、爽子は、再びダッフルコートを着て、外に出た。居間の電話から喫茶店《きっさてん》に電話をかけるのは、まずい気がしたのだ。爽子は電話ボックスめがけて走った。

さいわい、レシートには、電話番号がのっていた。楽観していたつもりだったが、用を告げたあとで、しばらく待たされるうちに、胸《むね》がどきどきし始めた。ノートはたしか、あの時リュックからまた出して、ソファーの上に置いたはずだ。かりに、後片付《あとかたづ》けをするウエイトレスが気づかなかったとしても、あとから来た客が、忘《わす》れ物《もの》のことを、きっと店の者に知らせるだろうし、それが面倒《めんどう》な客ならば、せめて出窓《でまど》に置いておくことだろう。連れ立って来た友人同士ならば、あら面白《おもしろ》いとでも言いながら、ゴム付きのノートをあけてみるかもしれないし、書いてあることを少しは読むかもしれない——ああ、それは恥《は》ずかしい！　でも、悪意がないかぎりそれまでだ。あんなものを持っていく人は、いずれにしろ、たぶんいない。

「もしもし、お待たせしました。あのう……こちらには、そのような物は届《とど》いておりませんし、見て参りましたが、見当たりませんでしたが……」

電話の向こうの声がそう告げたとき、爽子は、文字通り、目の前が真っ暗になった気がした。

十一月荘の電話番号を連絡先として教えたあと、よろめくようにして電話ボックスを出た爽子は、その場にしゃがみこんで、頭をかかえた。

もう一度、行ってみるしかなかった。ウエイトレスなんて、当てにならない。カーテンの陰《かげ》とか、メニューの間に誰《だれ》かが押《お》し込《こ》むとか……。とにかく自分で探《さが》さなくては。

鉛《なまり》を流《なが》し込《こ》んだような心を抱《かか》えて、爽子は、再びペダルをこいだ。なくしたのが別のものだったら――たとえば腕時計《うでどけい》とかすてきなハンカチとか――きっと、「いいふり」をしたことにバチが当たったような、情けない気分になったに違《ちが》いなかった。でも今は、いいふりだろうと罰《ばつ》だろうと、そんなことはどうでもよかった。どうかどうか、ありますように！　誰《だれ》か悪い人が持って行ったなら、どうか捨《す》てるのは待って！　あの『ドードー森』が消えてしまうなどということは、どうしても信じられなかった。ぜったいに、ぜったいに、嫌《いや》だった。

店に着くなり、爽子は用件を告げて、中に入った。アルマジロ夫婦はもういなかったし、爽子のいた席もあいていた。カーテンの陰《かげ》、ソファーの下、メニューの間、テーブルの下、隣《となり》のテーブル付近……。どこにもノートはなかった。

爽子はベッドにすわり、瞬《また》きさえ忘《わす》れたように、じっと前をみつめてからだを固くしていた。涙《なみだ》も出なかった。理屈《りくつ》で考えれば、ノートはあの店にあるはずだった。でもないのだ。誰《だれ》かが持っていった。そういうことだ。ひょっとすると、アルマジロだろうか。むこうも爽子にとっくに気づいていて、校則を破った懲《こ》らしめのために、持ち去ったのだろうか。そうだとしたら、むしろどんなにありがたいだろう！　どれほどしぼられたってかまわない。中を読まれたとしても、これはもう、置《お》き忘《わす》れた自分のせいなのだから我慢《がまん》しよう。ノートがもどりさえするなら、何だって我慢《がまん》する。でも……と爽子は、かすかに湧《わ》いた希望を、否定《ひてい》せずにいられない。アルマジロが爽子に気づいたとは、どうしても思われないのだ。深い深い、真っ暗で冷たい井戸《いど》の底に突《つ》き落《お》とされるような、さびしく恐《おそ》ろしい感覚が、ゆっくりと爽子を襲《おそ》った。

――あのノートは、もう、どこにも、ない――。

こちらを向いたドードー鳥の表紙。ゴム紐《ひも》をはずして厚い表紙をめくる。やがて始まるドードー森の物語……。すべては忽然《こつぜん》と消えてしまった。再現する力など、もう、からだのどこにも残ってはいない。記憶《きおく》をたどる力がもし湧《わ》くようなことがあったとしても、あのノートでなければ、嫌《いや》だ。

爽子は、両手で顔を覆《おお》い、それから十本の指を髪《かみ》の中に突《つ》き立《た》てた。……ひょっとすると自分は、「自己愛《じこあい》の化け物」みたいな人間なのではないか、という思いが、こんな時にさえふとよぎる。自分の作ったものに、こんなにもこんなにも執着《しゅうちゃく》しているなんて。『ドードー森』を書こうと決めて以来、現実の世界を気にかけるのと同じくらい、そのことを気にかけていた。自分の妄想《もうそう》を手塩にかけて慈《いつく》しむなんて、愚《おろ》かなことじゃないか！　無知でからっぽの自分の内面をじろじろと見つめてどうするのだ！　ああ、だから、あんなに夢中になってはいけなかったのだ。さらりと気にかけるくらいにしていたら、これほどの絶望感を味わうこともなかったろうに。バチが当たったというのなら、そのことのために当たったと考えるべきなのだ……。爽子は顔を上げた。やっぱりだめだった。どのように考えようと、あのノートは、「たいせつなもの」というしかなかった。それにあれは、自分の内面を見つめたものなんかじゃない。あれは、喜びだったのだ……それがみな、消えたのだ……。

爽子は、バロック音楽が洩《も》れ聞《き》こえる苑子さんの部屋のドアを叩《たた》いた。

苑子さんは、明らかに驚《おどろ》いた様子だったが、爽子を部屋に招くと、昨日の椅《い》子《す》を爽子にすすめ、プレーヤーのボリュームを下げてからパソコンのスイッチを切った。

「だいじょうぶよ。保《ほ》存《ぞん》したから」

と、苑子さんが言った。

爽子は、大きな大きな息をついた。すると、自分でも驚《おど》いたことに涙《なみだ》が出た。一人で泣くことはあっても、わざわざ苑子さんの部屋にやってきて涙《なみだ》を流すとは何てことだと思いながら、止まるまで、少しばかり時間がかかった。

「ごめんなさい、苑子さん。とてもショックなことがあったので……どうしていいかわからなくて」

そうして爽子は、話を促《うなが》す苑子さんに、今日のことを語ったのだった。ここで見たカフェの写真のこと、だからこそこんな服を着ていること、そして、自分がいったい喫《きっ》茶《さ》店《てん》で何をしていたか、どんなノートに何を書いていたか、ストーリーこそ語らなかったが、爽子は、実に初めて、るみちゃん以外の人に、ドードー鳥のノートと、そこに書かれた「お話」のことを口に出して語ったのだった。

苑子さんは、大きな目で一心に爽子を見つめ、しばらく黙《だま》っていた。金管楽器が、この場にふさわしくないような祝祭的な旋《せん》律《りつ》を奏《かな》でた。しばらくして、苑子さんは喫《きっ》茶《さ》店《てん》の名をたずね、

「ああ、『アプリコット』に行ったのね……」

とつぶやき、頬《ほほ》に指をあてがって考えてから、「希望はあるわよ」と、心のこもった声で言った。

「単純《たんじゅん》に言って、あそこは高いでしょう？　だから、暇《ひま》つぶししてる、お金のない年頃《としごろ》の子は入らない。女子高生だの、まして中学生だの……アハ……ごめん、爽子ちゃん中学生だったわね。もちろん、だからって客層《きゃくそう》がいいことにはならないとしても、いたずらのために、わざわざノートを持っていくような、マメな連中は来ないってことよ。だからね、誰《だれ》かが持っていったには違《ちが》いないんだけど、その人は、きっと返しにくると思うなあ。なぜそんなことをしたかはわからないけど……。ちゃんと名乗って、謝《あやま》って返してくれるかもしれないし、こっそりお店にもどしておくかもしれないけど、そのまま家に置いといたりはしないんじゃないかしら。……きっと連絡《れんらく》があると思うけど、もしないようだったら、何か対策《たいさく》を考えましょう。それにしても、そんな思いは、私だけでたくさんだったのに。辛《つら》いの、ほんとにわかるわ！　だけどほら、ノートは、どこかにはぜったいあるわけだから……ね？」

爽子は、唇《くちびる》を噛《か》んでうなずいた。励《はげ》ましてもらって、ずいぶん元気になった。すると、口にせずにはいられなかった。爽子は、うつむいたまま早口で言った。

「ごめんなさい……。苑子さんみたいに、仕事で書いたものでもないのに、大袈裟《おおげさ》にさわいで。わかってはいるんです。自分で作った話に執着《しゅうちゃく》してるのが、みっともないってことは……」

「まあ、そんなことを言わないでちょうだい！」

苑子さんが呆《あき》れたような調子で叫《さけ》んだ。そして、しばしのあいだ、あいた口を押《お》さえていた苑子さんは、

「……これ、ときどき思い出すことなんだけど……今また思い出したから話すとね……」

と前置きをしてから、言葉を選ぶようにして、静かにゆっくりと話し始めたのだった。

「中学の時、美術部にいた話をしたでしょ。美術の先生って、とても穏《おだ》やかな人だったの。その先生が、あるとき、部室に来るなり、『自分の描《か》いた絵を踏《ふ》まれてニコニコ笑ってるやつはバカだ、怒《おこ》れ』って、目をらんらんとさせて、ぶちまけたことがあったの。部活の前の授業で、絵を踏《ふ》まれたのに、踏《ふ》んだ子といっしょになって笑ってた子がいたらしいのね。先生の剣幕《けんまく》にびっくりしちゃって、その時は何も考えられなかったんだけど、少し時間がたったら、そうじゃない気がしてきたの。つまり、絵を踏《ふ》まれた子は、悲しくて悔《くや》しかったのに、そこでキレちゃうより、踏《ふ》んだ子といっしょに笑う方を選んだんじゃないかって。そうでもしなければ、かえって惨《みじ》めすぎたんだと思うの。だから私、先生はわかってない、その子はふぬけなわけでも、プライドがないわけでもない、むしろその反対なのにって思ったの。今だって、そう思ってはいるのよ。だけどね、踏《ふ》まれた絵をいっしょになって笑う時の心の痛《いた》みって、繰《く》り返《かえ》していくうちに、磨《す》り減《へ》っていくのよ。痛《いた》みを感じるのが辛《つら》いから、感じないように感じないようにしているうちに、いつのまにか、痛《いた》みがなくなっていくの。そうして、たいせつなものが何なのか、しまいに自分でわからなくなって、そうして、人を人とも思わない傲慢《ごうまん》な人間になり変わるんだと思うの。……だからね、先生の言ったことは、やっぱり正しかったって、また思うようになったの。売《う》り渡《わた》しちゃいけないものは、売《う》り渡《わた》しちゃいけないのよ。――爽子ちゃん、そんなノートをなくしたんだもの、ショックで当たり前よ。弁解することは、何もないのよ」

爽子は、冷たい水がはっきりと喉《のど》を通りぬけていく時のような、開いた意識でその言葉を聞いた。

苑子さんが、姿勢《しせい》を変えて椅子《いす》の背《せ》にもたれると、

「爽子ちゃんは、やっぱり何か書いていたのね。そうじゃないかと思ってた」

と言って微笑《ほほえ》んだ。

その時、爽子の部屋のドアを叩《たた》く音と、

「爽子ちゃん、電話よ。あらいないの？　寝《ね》てるの？」

という閑《のどか》さんの声がした。

20

爽子《そうこ》が苑子《そのこ》さんの部屋をあわてて飛び出すと、

「あ、爽子ちゃん、そっちにいたの。電話よ、耿介《こうすけ》くんから！」

と、閑《のどか》さんが言った。

大急ぎで階段《かいだん》を駆《か》け下《お》りながら、爽子は、からだじゅうの血がどんどん頭に上ってくるような感覚を覚えた。まさかノートと関係があるわけじゃないでしょう？　でも、それじゃどうして……？

「もしもし……爽子ですが」

「あ……もしもしあのですね、ドードー鳥のノートを」

「えっ」

「預かっているので、一応、お知らせします」

「……どうして……」

「まあ、偶然《ぐうぜん》に」

よりによって耿介の慇懃《いんぎん》な口ぶりと共にもたらされた朗報《ろうほう》に爽子は混乱《こんらん》し、安堵《あんど》と緊張《きんちょう》とうれしさと恥《は》ずかしさの渦巻《うずま》く中で、上ずった声でたずねた。

「あの……読んだりは……」

「はい、しました。たった今」

爽子は、一方の手のひらで、うっと口を押《お》さえながら、受話器を持ったまま電話台の横でからだをよじった。

「それでなんだけど」

と、耿介が先程よりも慣れた感じの声ですぐに続けた。「明日、学校の帰りに、そこのバス停で降《お》りないで、西の台五丁目ってとこまで乗ってくると、すぐそばに本屋があるから、そこに来てくれないかな。ええ……奥《おく》の方の棚《たな》のあたりに、四時半ごろ……来れるかな」

「……あ、はい」

「では明日」

そうして電話は切れた。

爽子は、胸《むね》を押《お》さえたまま、しばらくは電話台のそばから離《はな》れられなかった。

それでも何とか立ち上がり、苑子さんの部屋を訪《たず》ねると、苑子さんは、ぼうっとした爽子の手を握《にぎ》って振《ふ》り回《まわ》しながら、

「よかったじゃない！　よかったじゃない！」

と叫《さけ》び、自分のことのように喜んでくれた。そして、なぜ耿介が持っていたのかとたずね、「わからない」と爽子がぼんやり答えると、

「ウーム、不思議な少年だなあ！」

と唸《うな》り声《ごえ》をあげたあとで、「でもよかった、拾ったのが耿介くんで。だってあの子って、いいじゃない、ない、なかなか」と言った。


学校では、一日中そわそわして落ち着かなかった。授業に集中しようとするあまり、しばしば手を挙げて答えたので、「今日のってるじゃん」などと後ろの席のエー子にからかわれたり、昼休みに会ったリツ子には、喫茶店《きっさてん》に行ったこともアルマジロのことも言わずにいたのに、「何かあった？　爽子ちゃん」と聞かれたりもした。ようやく下校時間が来たとき、念のために手洗《てあら》いに寄ると、ミハルがたった一人で髪《かみ》を梳《す》いていたので、ブラシを借りた。ミハルはすっかり喜び、「爽子ちゃん

てさあ、可愛《かわい》いんだから、もっとおしゃれしなよお。ちょっと貸して」と言いながら代わって髪《かみ》をとかし、頼《たの》みもしないのにあたりを窺《うかが》い、「ちょっとつけてみなよ」と言って、カバンから取り出したマスカラを、ちょっちょっとまつげにのせた。爽子はクスッと笑ってミハルにさよならし、リツ子に会わなければいいと思いながらバス停に向かった。

力弱い陽《ひ》に包《つつ》まれた冬の午後が、こんなに輝《かがや》いて見えたことはなかった。バスの後部の一段《だん》高い席につき、特別席から舞台《ぶたい》を見下ろす貴婦人《きふじん》にでもなったような優雅《ゆうが》な気分で、道行く人々をながめては微笑《ほほえ》み、まもなく訪《おとず》れる現実に立ち返っては、口をきゅっと結び、からだを固くした。

十一月荘《じゅういちがつそう》にノートを届《とど》ける方が、ずっと簡単《かんたん》なのではないか、水曜の夜にでも、と思いながら、そうしないでくれてうれしかったのは言うまでもなかった。十一月荘で話をすることなんてできない。本屋さんで会うということは、話をするということだ。——「会う」という言葉を心で発しただけで、どきんとした。だが、胸《むね》がときめく一方では、不安や屈辱《くつじょく》も、どよどよと心の底でうねってもいたのだ。あの、汚《きたな》い字……たぶん誤字《ごじ》だってあるに違《ちが》いないあの字と、あの文を、こともあろうに耿介が読んだというのだ！　書き直しばかりのあの乱《みだ》れたノートをたどることなんて、出来たんだろうか。幼稚《ようち》だと思ったろうな。ああそれに、十一月荘のみんなとだぶってることには気がついただろうか……。ライスケのこととか……。うう、まずい……。それにしても、どうして耿介くんが持ってるのよ……。爽子は、昨日からずっと思い続けていることを、またぐるぐると思わずにいられない。

西の台五丁目のバス停は広い駐車場《ちゆうしやじよう》の前にあり、その向こうに郊外型《こうがいがた》の大きな書店があった。左右に開く自動扉《じどうとびら》から、クリスマスの飾《かざ》り付《つ》けがされた妙《みよう》に明るい店内を、真《ま》っ直《す》ぐに奥《おく》に向かった。青いジャンパーの背《せ》の下から、学生服の黒いズボンをのぞかせて、少年が棚《たな》の前で本を読んでいた。

「こんにちは」

爽子が横から声をかけると、耿介はちらっと爽子を見て、

「あ、ご苦労さま」

と言いながら、棚《たな》に本をもどし、代わりに、床《ゆか》にあったズックのカバンをあけてノートを取り出した。いつもいつも引き出しからそっと出し、その精巧《せいこう》な作りを慈《いつく》しんだ宝物のようなノート！　それが、このように自分以外の人の手で扱《あつか》われるのを見るのは変な気持ちだった。

「昨日返しに行けばよかったね、はいこれ」

耿介は爽子にノートを差し出した。爽子はお礼を言って受け取り、緊張《きんちよう》しながらカバンにしまった。もどってきた。本当に、本当に、よかった……。少しの沈黙《ちんもく》を破り、

「あのね、書き足そうかという気を起こしたわけ」

と、不意に耿介が言ったので、意味を計りかねて見上げると、耿介は腕《うで》を組んで微笑《ほほえ》みながら、嘆《たん》息《そく》するような調子で続けた。「だってねえ、僕《ぼく》は狙《ねら》っていたのですよ。そのノートがラピスに入った時から、ずっと。それが、先月の初めごろに、突然《とつぜん》消えちゃったんだな。それをついに見つけたんだから、せめて、一章くらい書かせてもらおうかと考えたわけ。ま、それくらいの権利はあるで

しょう、拾い主ですしね！」

耿介は、そこでちょっと言葉を切ると、「しかし、権利《けんり》はともかく、持ち主のような創作《そうさく》能力がなかったので、一日預かる意味はなかったってわけ。ごめん」と、自嘲《じちょう》気味に言って、笑った。

爽子は、つい、まじまじと耿介を見ずにいられなかった。書き足そうとしたですって？　ドードー森の物語を……一章？　ああ、それにやっぱり、あのノートが、欲《ほ》しかったんだ。

「だからといって」

と、まるで爽子の心を読んだかのように、耿介が言った。「僕《ぼく》は何も、ステーショナリーおたくってわけじゃないよ。どこかのライオンと違《ちが》ってね」

その笑った目を見たとたん、爽子は胸《むね》がいっぱいになった。耿介はやっぱりちゃんと読んだんだ！

「幼稚《ようち》なことばかり書いてあって呆《あき》れたでしょう？」

爽子はたまらない気持ちで口走った。

「いや。皮肉がきついのには呆《あき》れたけど」

爽子はうっと言葉を詰《つ》まらせた。

「でも、楽しかったよ。拾ったのが鹿島《かしま》さんじゃなくてよかったね。ま、あと一歩ってとこじゃない？」

「……え、何に？」

「何にって？　うーん、ほら、『たのしい川べ』とかさ」

爽子は驚《おどろ》いて耿介を見つめた。同じ年頃《としごろ》の少年の口から、そんな題名が飛び出すことが、よもやあろうとは思わなかった。

「但《ただ》し、巨人族《きょじんぞく》の足で一歩……かな」

耿介は笑いながら言って、床《ゆか》のカバンを持ち上げた。

耿介が立て続けに口にした言葉の中に、爽子を驚《おどろ》かさないものは一つとしてなかった。とりわけ、『たのしい川べ』が飛び出し、「巨人族《きょじんぞく》の足で一歩」などという言い回しがされたときには、爽子はほとんど、感極《かんきわ》まって、冷静ではいられなくなった。こんな少年がいたなんて！　それが、耿介くんだなんて！　爽子は、立ち去ろうとする耿介を呼《よ》びとめるように、

「『たのしい川べ』、私《わたし》、今も机《つくえ》のすぐそばに置いてるの。だからよーくわかるんだけど、だれの足でだって、あと一歩なんて、絶対ほめすぎよ！」

と上ずった声で言った。耿介は、ちょっと驚《おどろ》いたように爽子を見ると、

「じゃあ、十歩に訂正《ていせい》する」

と言って笑った。

爽子も笑って出口に向かいながら、心は舞《ま》い上《あ》がらんばかりだった。何かもっと話をしたい、そう思った時、たずねるつもりだったことを思い出した。

「ねえ、どうして、このノートを拾ったの？」

「ん？　ああ、それは、あの店に行ったからだけど」

そして耿介は、雪が積もる前に、何としても自転車に乗れるようになりたいとがんばっていた母親が、ついに乗れるようになったため、協力者へのお礼と称《しょう》して耿介を伴《ともな》い、あの店に入ったのだという話をし、

「まったく迷惑《めいわく》なお礼だったよなあ。おばさんたちのたまり場に連《つ》れ込《こ》まれちゃってさ。どうしてあんなところに、ノートがあるのか、そっちの方がよっぽど不思議だよ」

と言った。爽子は、ふと、悪ぶってみたい気がし、

「だって、喫茶店《きっさてん》で紅茶《こうちゃ》を飲みながら書き物をするって、ちょっといいじゃない」

と、さも何でもないことのように言ってみると、何だか気分がよくなった。「そしたら、生活指導のやかましい先生がはいってきたから、それでついあわてて、ノートを置いてきちゃったのよ」

そして爽子は首をすくめてみせた。ときどき学校をさぼるという耿介ならば、そんな話を面白《おもしろ》がるだろうという思いがなくはなかった。案の定、耿介は興味を示し、

「で、それが実は、カメマジロ先生……ってわけじゃあ、まさかないよね？」

とたずねた。爽子は、耿介が、あまりにちゃんと読んでいることに驚きながら、

「ところが、そのまさかだったのよ！」

と叫《さけ》び、「ほんとの名前はアルマジロなんだけど」と、付け足した。耿介も驚《おど》いた様子だったが、すぐに、

「でも、ほんとの名前はアルマジロじゃないんでしょ」

と言い、二人はクツクツと笑った。

外に出ると、暗闇《くらやみ》の中を雪が舞《ま》っていた。ここで別れることになるだろうと思っていると、「ちょっと待ってて」と耿介は言い、入り口の脇《わき》に止めてあった自転車の鍵《かぎ》をはずし、押《お》しながらやってきた。「あっちのバス停まで、おれも行くから」

駐車場《ちゆうしやじよう》を照らす煌々《こうこう》とした白い光の中を、並《なら》んで横切りながら、爽子は、いつまでもバス停に着かなければいいと思った。耿介が話し出さないので、何か話さなければと思った時、自転車に貼《は》られたネームプレートが目に入った。

「あれっ？」

爽子は、一瞬《いつしゆん》足を止めた。書かれていたのは、「早坂耿介《はやさかこうすけ》」という名ではなかった。爽子は、言おうかどうしようかと迷ったあと、気づまりな沈黙《ちんもく》から逃《のが》れようとして打ち明けた。

「私、耿介くんて、早坂耿介っていうんだと思ってた」

そのとたん、耿介が、びくんと硬直《こうちよく》したのがわかった。ブレーキをぎゅっと握《にぎ》って立ち止まり、爽子にちらっと目をくれてから、あらぬ方に視線《しせん》を投げた。爽子を見た目も、遠くに向けた目も、鋭《するど》く光り、表情は険しかった。相当な失言をしたらしいことに気づいてはっとした時、ブレーキから手を放して歩き始めた耿介が、

「最悪の人違《ひとちが》いじゃん。すげえゲス野郎《やろう》！」

と吐《は》き捨《す》てるように言った。爽子は気が動転し、気取りもはにかみもかなぐり捨《す》てて、訴《うつた》えるように必死でまくし立てた。

「ごめんなさい、友達に、耿介くんのことを話したら、西中《にしちゅう》に早坂コースケって人がいるらしいってその子が言ったの。ときどきさぼるけど勉強のできるカッコいい人らしいって、その子が言ったから私、あなたのことだと思ったのよ、ごめんなさい、早坂って人のことは、友達も私もちっとも知らないの。変なこと言って、ほんとにごめんなさい！」

爽子の勢いに気圧《けお》されたのか、耿介は、しばらく爽子を見ていたあとで、すっかりもとの表情にもどって、クスンと笑った。ひとまずほっとしたものの、まだ胸《むね》がどきどきしていた。

押《お》しボタン式の信号が変わるのを待ちながら、

「おれ、西中じゃないし」

と、耿介が口を開いた。「それに、言っとくけど、断然カッコいいからね、おれの方が」そうして耿介は、唇《くちびる》を嚙《か》みながら、わざと高慢《こうまん》に笑ってみせた。爽子は、言葉を失ってただ笑い、耿介の機《き》嫌《げん》が回復したことに、ようやく安堵《あんど》した。そして、どさくさに紛《まぎ》れて、ほとんどあけすけなことを言ったのに違《ちが》いないという、早くも芽生えていた新たな悔《く》いも、耿介のそんな発言によって、和《やわ》らげられたのだった。

二人の歩行者だけのために一斉《いっせい》に停車した車のライトの前を歩きながら、爽子は、はたから見れば、今の自分と耿介は、きっと今までフンと思っていた中学生のカップルの一つに過ぎないのだろうな……などとぼんやり思った。だが、今ここにいる耿介、ドードー森の唯一《ゆいいつ》の読者となってしまった耿介がいる、という圧倒的《あっとうてき》な自分の現実の前に、外界のすべては、取るに足りないことのように遠のいた。

バス停に着くと同時にバスが来たので、爽子はほっとした。

「ノート、ありがとう、じゃね」

と爽子は言って、乗《の》り込《こ》んだ。早くも走り出したバスの窓《まど》から外を見ると、暗闇《くらやみ》を背景《はいけい》にした耿介が、爽子に向かい、ちょっと微笑《ほほえ》んで手を振《ふ》った。爽子もそちらに首を向けて同じようにした。


夕食後、爽子はきちんと机《つくえ》についたきり、何をすることも出来なかった。ノートのページを、読むでもなく繰《く》り続《つづ》けながら、同じようにページを繰《く》っていっただろう耿介のことを考える。そして、今日のことを振《ふ》り返《かえ》る。早坂コースケという名を挙げたことが悔《く》やまれる一方で、「断然カッコいい」と言ったときの耿介の表情を、好ましさと共に思い出さずにいられない。――いったい、早坂コースケって、何だったのだろう……。ああ、それにしても、耿介くんが、早坂コースケじゃないのなら、ライスケは、風来《ふうらい》オンではなかったのだ。でもいい。お話のライスケは、もはやライスケ以外のものにはなれないのだ……。爽子は、ふと、ライスケの出る、短くて美しい調子のお話が何か一つ書けたらいいと思った。早坂コースケがいったい何だろうと、もういい。爽子は、ノートの新しいページをあけ、お話を思いめぐらせた。でも、その夜、爽子がしたことといったら、こっそり笑うことと、溜《た》め息《いき》をつくことだけだった。

21

耿介《こうすけ》のことをリツ子に話さずにいることで、爽子《そうこ》は、何となくうしろめたかった。もちろんリツ子は、十一月荘《じゅういちがつそう》に引《ひ》っ越《こ》した当初ほど、さまざまな質問をしなくなったから、触《ふ》れずにすますのは難《むずか》しいことではなかった。でもリツ子は、試験が終わった何日かあとのこと、「絶対にオフレコなんだけど……」と前置きして、秋元《あきもと》くんから誕生日《たんじょうび》のプレゼントをもらったという話を、爽子に伝えたのだった。まるで困《こま》ったことのようにぼそぼそと話し出したのに、「すごいじゃない、リツ子ちゃん」と爽子が言ったとたん、リツ子は顔を輝《かがや》かせ、安心しきったように、初めて自分の思いを打ち明け、素直《すなお》にうれしさを表した。そういうリツ子に何かを聞かれて、本当のことを言わずにいるのは心がとがめた。しかも、もうあと何日かで、リツ子とも別れなければならないというのに。こんなに大好きな友達なのに……。だから放課後、「塾《じゅく》の宿題やってないから、急いで帰るね！」と言ってリツ子が忙《いそが》しそうに走って行ったとき、爽子はほっとした。

十一月荘に着くと、下駄箱《げたばこ》の上に、また母からの手紙が置いてあった。あの後、爽子は返事を書かなかったし、母も電話を寄越《よこ》さなかった。爽子は、もやもやするような気持ちで階段《かいだん》を上りながら、母親の自転車の練習に手を貸す耿介に比べて、自分はずいぶんつれない娘《むすめ》ではないだろうかと思った。

そんな耿介のことを思い、何が書いてあっても寛容《かんよう》に受け止めようと、爽子は大仰《おおぎょう》な心がまえをして封《ふう》を切った。

『爽子ちゃん、お元気ですか。十一月荘の暮《く》らしも、あと少しになりましたね。

この前出した手紙、ひょっとして気に障《さわ》ったんじゃないかしらと、あとから心配になりました。初めて出す手紙だというのに、こっちの調子のいい話ばかり書いたような気がします。それも気になるし、ちょっと報告もあるので、今日は、正直に書こうと思います。あのね、爽子ちゃんの今回の行動に、私《わたし》は、実は、たいへんショックを受けました。家を出て行ったことにではなくて、そこで暮《く》らしてみたいと、ただもう強く望んで、本当に飛び出して行くという、爽子ちゃんの憧《あこが》れの力みたいなものに驚《おどろ》いたのです。

あの日、十一月荘の部屋を見てすぐ、あっさりOK《オーケー》したように見えたかもしれないけど、爽子ちゃんが話を持ち出した時から、これはもう、要求を聞き入れることになるんじゃないかと、ひそかに、かなり濃厚《のうこう》に思っていました。（とは言っても、怪《あや》しげな所だったら、もちろん反対したけども）

先回りして思《おも》い煩《わずら》わず、ただまっすぐに「これこれがしたい！」と思うことって、何というか、すごくいいですね。

それにしても、十一月荘がいい所で、本当に本当によかった。もしも期待がはずれて幻滅《げんめつ》することになったとしても、それはそれでいいじゃないかと思ってたのですが、幻滅《げんめつ》どころか、とっても楽しい生活だったわけでしょう？　本当によかった。（だからね、いらないお金を使わせるって、爽子ちゃん、気兼《きが》ねしてたけど、それは気にしなくていいのです。だってほら、バレエの発表会にいくらかかったっていうようなこと、うちの場合は一度もなかったんだもの。その分だと思えば、ちっとも無駄《むだ》じゃありません）

そんなわけで、私も目からウロコが落ちたみたいに、気持ちが、ずいぶん変化しました。そういう背景《はいけい》があったところに高岡《たかおか》さんが登場したものだから、この前は、ややはしゃぎすぎのまま、そこだけを前の手紙に書いてしまったのです。ごめんなさい。

そ、れ、で、なんですが、実は私も、ついに重い腰《こし》をあげようかなと本気で考えているのです。（高岡さんが仕事を勧《すす》めてくれてるのです。面白《おもしろ》そうだし、やれそうだとも思うのですが、怖《こわ》くもあります）こっちに来たら、相談にのってください。

そうそう、閑《のどか》さん宛《あ》てに、お歳暮《せいぼ》（紅茶《こうちゃ》とお菓子《かし》）を送りました。もう届《とど》いたかもしれません。みなさんでどうぞ。では、くれぐれも元気でね！』

（へえ……！　重い腰《こし》をついに上げるって？　高岡さんてことは、映画雑誌《えいがざっし》……？　いいじゃない、大好きなことだもの！　お母さん、よかったじゃない！）

手紙の終わりで不意に意外な記述に出会ったので、ついつられて浮《う》き足《あし》立ったが、手紙の内容は、あの母が書いたというのが信じられないほど素直《すなお》だった。サインペンのインクの調子から、考え考え、あちこちで立ち止まりながら書いたこともうかがえた。

爽子は意外だった。自分のしたことが、母にこういう影響《えいきょう》を及《およ》ぼしていたということが。親の影響《えいきょう》は、子供《こども》にとってたぶん不可避《ふかひ》だ。だが、その逆を想像したことはなかった。「あなたに負けないよう、お母さんもがんばります」という言葉が世の中にあるのは知っていても、一種の決まり文句だろうと思っていた。でも、この手紙の言葉はそうではなかった。そして一方では、想像どおりでもあった。お母さんは、やっぱり本当は、面白《おもしろ》いことが好きで、求めていきたい人だったのだ……。それに、この前の手紙が気に障《さわ》ったっていうのも、まったく図星……。

爽子は、手紙を丁寧《ていねい》にたたんで封筒《ふうとう》にしまい、引き出しの中の前回の手紙の、皺《しわ》をもう一度伸《の》ばして、同じようにしまいながら、激《げき》しやすい自分を省《かえり》みて溜《た》め息《いき》をついた。お金についても、あんなふうに言ってくれるなんて、なんとありがたいことだろう。爽子は、今度はちゃんと返事を出そうと思った。

居間に下りると、るみちゃんと並《なら》んで台所で夕食の支度《したく》をしていた閑さんがこちらを向いて、

「ああ爽子ちゃん、さっき、お母さんからすごくいい物をいただいたのよ」

と告げた。「ここの家は、紅茶《こうちゃ》をいただくのが一番助かるから、本当にうれしいわ」

爽子も台所に入ると、ついさっき母の手紙でそれを知り、自分も喜んでいたところだと話した。

そしてさらに、意外だった母の言葉を閑さんにも伝えた。

「私が頼んで下宿させてもらったのに、そのことに母が刺激《しげき》を受けてたなんて、何だか不思議で……」

関さんは、手を動かしながら、ふうんふうん……と爽子の話を聞いていたが、

「子供《こども》だって、大人を変えていくわよ。ほら、パレアナだってアンだってセドリックだって……ちょっと古典すぎたかな」

と言って笑い、「そうねえ、今はなかなか、ないのかもねえ」と考えこんでから言った。「だって、むかしの大人は、何と言うか、そう……立ち向かっていく相手だったのよねえ。それに比べたら、今の大人って、ものすごく砕《くだ》けていて話がわかるから、子供《こども》にとっては、立ち向かうような対象にならないんでしょうねえ。じゃあ対立がなくていいのかというと、子供と同じような大人って、言ってみれば、すれた子供みたいなもので、かえって始末が悪いかもしれないの。はっと立ちどまるべき時にも、ふざけてズルズルしてて、それができないのよ。……あら、話がずれたわね。でも、爽子ちゃんのお母さんは、そういう大人じゃなかったってことよ。それにね、大人をはっとさせるかどうかは、もちろん子供《こども》次第よ。だって、パレアナにしろアンにしろ、すてきな子だったわけじゃない？」

関さんは、そこでふと、耿介の名を出したのだった。

「いろんな生徒をたくさん見てきたから、面白《おもしろ》い子にはずいぶん会ったし、影響《えいきょう》もされたの。でも、耿介くんの場合は、またちょっと別の意味で、びっくりさせられたのよ……」

るみちゃんが子供《こども》番組を見に居間に行ってしまうと、関さんは、とたんに口が滑《なめ》らかになり、

「中学に入ったばかりで私のところに来たころは、耿介くんて、ほとんど何もしゃべらなかったの

よ」と、話し始めたのだった。

ラピスのおじさんを介《かい》して、関さんに会いにやってきた耿介の母親は、そのころの耿介の情況《じょうきょう》を簡単《かんたん》に説明した。五年の途中《とちゅう》で市内の小学校から転校してきた耿介は、転入したクラスにいた一人の少年のために、卒業するまで悩《なや》み暮《く》らしたのだという。その少年は、勉強が出来る上、先生を先生とも思わない不埒《ふらち》な子で、耿介が他の子供《こども》たちのように思いのままにならないことが気に入らなかったのだ。耿介が屈《くつ》せずにいたために、嫌《いや》がらせはエスカレートしたが、若《わか》い先生の手に負えるような少年ではなかった。卒業間近になって、初めてそれを知った耿介の両親は、さらにまた、その子と戦い続けるのは、消耗《しょうもう》するだけで得るところなどないと考えて、別の中学に行くように勧《すす》めたのだった。

「本人もそれを選んだものの、逃《に》げ出《だ》したという敗北感を、どうしても持ってしまったのね……」

そんないきさつがあっての中学入学後、以前からときどきラピスで文房具《ぶんぼうぐ》をながめていた耿介が、次第におじさんと話すようになって、関さんの存在を知ったのだという。

「引《ひ》っ込《こ》みがちの毎日だったから、ご両親は、抜《ぬ》け出《だ》すきっかけになりそうな事が何かないかって、悩《なや》んでらしたのね。だから、『そのおばさんのところに英語を習いに行きたい』って本人が言い出したことがうれしかったそうよ。……私はちょっと緊張《きんちょう》したけど」

こうして耿介は、週に一度、関さんの生徒として習いに来るようになったのだった。

「ほとんど笑わないし、聞いたことにだけは答えるけど、自分から話すことって決してなかったの。でも、本人が望んだことだし、休まずに来るのだから、厭《いや》ではないのだろうなって思ってるうちに、週二回来たいって言って、二回になったのよ」

そして関さんは、耿介が徐々《じょじょ》に話すようになり、簡単《かんたん》に書き直された物語などをテキストにして読み合うなかでの、耿介の発見や感想に、自分の方が楽しさを感じるようになったのだと言った。

「でも、耿介くんが鋭《するど》いとか冴《さ》えた指摘《してき》をするからっていうのは、また別のことでね、打ちひしがれていた子が、初めは少しずつ、それからどんどん、もともとの自分を取りもどしていって、笑ったりふざけたりしながら、習うことに関心をもっていくっていう、その勢いに、驚《おどろ》いちゃったの。枯《か》れそうだった草が、またぐんぐん伸《の》びていくみたいで」

関さんは、そこで思い出したのか、ポトスの鉢《はち》にコップで水を差しながら続けた。「こっちはもういいだけ年をとったから、あとはせめて今の状態を維持《いじ》できればいいと思ってるじゃない？　生物なんだから、いつまでも若《わか》い人に負けないようにがんばるなんて馬鹿《ばか》げてるんだし。それなのに、不思議なことに、耿介くんが興味をもつのに引きずられて、そうだそこを調べてみたいだとか、もう一回読んでみたいとかって……気がついたら、いっしょにわくわくやってたのよ。伸《の》びていくエネルギーって、周りに及《およ》ぼす力まで大きいんだなあって、感心した……」そして最後に、「まあそれも、耿介くんそのものの良さが、やっぱり大きかったかな、とは思うけど。……爽子ちゃん、落とし物を返してもらったんでしょ？　気持ちのいい子よねえ、彼《かれ》は」と言《い》い添《そ》えたのだった。

夕食後、爽子は、さっそくいれた母からの紅茶《こうちゃ》を手に、部屋に入った。食事中は、るみちゃんたちの学校の話題に気が紛《まぎ》れていたが、部屋に入ったとたん、関さんから聞いた耿介の話が、返す波のようにどっと押《お》し寄《よ》せて心に溢《あふ》れた。爽子は、机《つくえ》の上に目を落とし、マグカップを両手で包んで身をすくめた。耿介にそれほどのダメージを与えた少年が誰《だれ》なのか、聞かなくてもわかった。とんでもない名前を挙げたことを心で詫《わ》び、そして耿介のことを、たまらなく愛《いと》おしいと思った。

ノートを取り出したものの、ライスケの出る美しい調子のお話を書こうという昨日の自分の思いつきが、ひどく浅はかで僭越《せんえつ》なことに思え、爽子は、表紙のドードーを見つめて、頭《こうべ》を垂《た》れた。

22

二日後のことだった。帰宅《きたく》した爽子《そうこ》が、玄関前《げんかんまえ》で服に積もった雪を払《はら》い落《お》としていると、トーンの高い賑《にぎ》やかな声がして、まもなくドアがあき、鹿島《かしま》さんが出てきた。

「あら爽子ちゃんお帰りなさい！　ううっ寒いっ！　さ、急いで、ご飯支度《したく》しなくっちゃ、またね」

鹿島さんは、大判のショールを頭からすっぽりかぶって姫《ひめ》だるまのようになりながら、雪の暗闇《くらやみ》の中を、隣家《りんか》のほうへと転がるようにいなくなった。

爽子が玄関《げんかん》の中に入ると、そこにいた閑《のどか》さんが、

「爽子ちゃん、大ニュース！」

と、目を輝《かがや》かせてささやいた。「何だと思う？　当ててみて。ああ、あの二人がどんな顔するか、楽しみだなあ」

「二人って、苑子《そのこ》さんと馥子《ふくこ》さん……？」

爽子は大急ぎで靴《くつ》を脱《ぬ》ぎ、閑さんを追って、オーバーも脱《ぬ》がずに居間に入った。


「ねえ、閑さん、そのニュース、夏実《なつみ》さんのこと？」

「そ！」

閑さんが、テーブルの上の湯呑《ゆの》み茶碗《ぢゃわん》を片付《かたづ》けながら、うなずいた。

「……ひょっとすると、結婚《けっこん》するとか……。もしかして、あの、帽子《ぼうし》の人と」

「あ、た、り……！」

閑さんが、いたずらっぽく言って笑った。

「えっ！　何だって⁉　何が当たったの⁉」

居間の隅《すみ》で、小さな人形を並《なら》べて遊んでいたるみちゃんが、顔を上げて、叫《さけ》びながら走ってきた。おばさん同士のおしゃべりには興味がなかったのだろう、閑さんが教えてあげると、目を見開いて、

「ちっとも知らなかった！　きょう、結婚《けっこん》するの？」

と言ったので、爽子と関さんは声をたてて笑った。

あとの二人が次々と帰宅《きたく》したときも、三人は、約束どおり、そのことに触《ふ》れずにいて、夕食の席にそろったところで、待ちかねたるみちゃんが、にやにやと笑いながら、ようやく口を切った。

「ニュースがあるんだよねえ」

「あるのよねえ」

関さんが、調子を合わせた。

「なあんか変だと思ったら、やっぱりね。ね、なに？　教えて？」

苑子さんが、好奇心《こうきしん》に満ちた目で、三人の顔を順にのぞきこんだ。馥子さんがふざけて、

「大ニュース！『今日、鹿島さんが来た！』」

と、言ったとたん、

「ピンポーン！」

と、るみちゃんが叫《さけ》んだので、二人は、おっとっと、とばかりにつんのめった。だがそのあと、ついに秘密《ひみつ》が明かされたときの二人の表情を見たときには、爽子は、ソーラとプクリコの「鳩《はと》が豆鉄《まめでっ》砲《ぽう》食ったよう」な顔のことを思わずにいられなかった。

「ね、ね、いったいどうしてそういうことになったの？」

「どこでお見合いしたの？　フランス料理？」

「やっぱりあの帽子《ぼうし》かぶってきたって？」

やがて二人は、堰《せき》を切ったように矢継《やつ》ぎ早《ばや》に問いかけた。関さんは、おかしそうに二人を見て、

「とにかく、あなた方、ご飯食べてちょうだい、爽子ちゃんと二人で揚《あ》げた蠣《かき》フライなんだから」

と、もったいぶって戒《いまし》めた。そして、

「この縁談《えんだん》には、すごいおまけがついてるのよ」

と、爽子にも謎《なぞ》のことを仄《ほの》めかし、ニュースの解説を始めたのだった。

「鹿島さん、かれこれ三時間近くいたんじゃないかしら、そのあいだ、私《わたし》はほとんど、置物みたいにしてここにいただけ」

閑さんによると、鹿島さんは、喜んだかと思うとやや不満気で、不満なのかと思うと、ありがたい話だと言って感謝し、したと思うと、でもやっぱり……という具合に、一人でぐるぐるととぐろを巻《ま》き、やがて螺旋状《らせんじょう》に高みに昇《のぼ》って、ぽんっと天高く突《つ》き抜《ぬ》けるようにしてふっ切れたところで、帰っていったのだそうだ。

要するに鹿島さんは、夏実さんの結婚《けっこん》相手は、もっと年が若《わか》く、結婚《けっこん》の経験がなく、一人息子ではなく、「何となくもっと明朗快活《めいろうかいかつ》そうな」人を想定していたから、平野《ひらの》氏――それが帽子《ぼうし》のおじさんの名だった――の話が来たときも、はじめから候補者《こうほしゃ》の対象外に置いていたのだった。

そういうわけで、預かった封筒《ふうとう》を夏実さんには見せずにいたのを、夏実さんが発見し、「たまげたことに」預かった封筒《ふうとう》の中身と同じだけのもの、つまり自分の写真と履歴書《りれきしょ》を、相手方にわたしてくれるよう、鹿島夫人に託《たく》したのだった。「たまげたことに」と鹿島さんが言わずにはいられなかったのは、それまで夏実さんが、結婚《けっこん》に全く興味がなく、母親が娘《むすめ》の写真を手に奔走《ほんそう》することさえ許さなかったからだった。鹿島さんは、そこで改めて平野氏について考えてみると、不適切に思えたことも、娘《むすめ》の言うように、取るに足りないことだと思い始めたのだった。

「じゃあどうして、いまだにぐずぐず煩悶《はんもん》してるわけ？」

と、苑子さんが質問した。閑さんが、いかにもというようにうなずきながら、

「鹿島さんですもの、並《なみ》の人とは違《ちが》うの」

と続けた。

視野の外にあったものが、いったん目にとまるや、鹿島さんは、がぜん張り切った。実物の平野氏を、是非《ぜひ》とも自分の目で見て品定めをしたくなったのだ。そこで鹿島さんは、夏実さんと平野氏の二人が、『プチ・ガルニエ』で、気取らない夕食をとることになったと知るや、下見に出かけ、ここなら計略も実行可能と見て、当日、その計略どおり「変装《へんそう》して」近くのテーブルについたのだった。

「さすが……」

と、苑子さんがつぶやいた。平野氏は、写真と同じと思われる帽子《ぼうし》とコートで先にあらわれたが、席についた姿《すがた》を見ると、品物の良さそうな灰色《はいいろ》のジャケットを着て、緑色の蝶《ちょう》ネクタイを結んでいたのだそうだ。

「ほー」

と、馥子さんが声を洩《も》らした。それから夏実さんがあらわれ、変装《へんそう》した母親には全く気づかずテーブルについて、二人の会話が始まった。「それがね、メヘヘヘ……っていう、面白《おもしろ》い声を出す人なの」と鹿島さんは言ったそうだ。会話はよくはずみ、とくに音楽に関する蘊蓄《うんちく》を傾《かたむ》けて、夏実さん

を感心させたらしい。でも平野氏は、写真の感じより、ずっともったりしていたし、額の後退のせいで、いかにも中年のおじさんめいて見えたのに比べ、夏実さんは小柄《こがら》で「村娘《むらむすめ》のように素朴《そぼく》な子」だったから、「ちぐはぐ極《きわ》まりない」取り合わせに映《えい》じたのだそうだ。しかも平野氏は、帰《かえ》り際《ぎわ》にさっと伝票を取ったのはいいがトイレに寄ろうと思いついたらしく、「伝票を胸《むね》の高さに掲《かか》げ持《も》ったまま」、トイレを探《さが》して、店の方々をずんずん歩いたので、夏実さんが振《ふ》り向《む》くのではないかと冷やひやしたし、その「重たそうなある種の動物のような」平野氏の姿《すがた》ときたら、ちょっと目を伏《ふ》せたくなるほど不様《ぶざま》だったと鹿島さんは語ったのだそうだ。

「ううむ！　そこまで言うのは、かなりだわねえ」

と、苑子さんが言い、

「それは、いちゃもんだわね」

と、馥子さんも同意した。

「ところが、そうでもなさそうなの」

と、閑さんが言った。「スマートじゃないところが、いいような気もするんですって。プレイボーイのはずがないからって」

「おやおや。『村娘《むらむすめ》も安心』ってわけか……。じゃあ、よかったんじゃない」

苑子さんが言うと、

「と思うと、これがまた揺《ゆ》れるらしいの。そう急ぐこともない、もっと誰《だれ》かいるはずだって思えてくるらしいの。でも、夏実さんは、心を決めちゃったんだし、それに、ありがたい話かもしれないって、やっぱり思いもするんですって。……ね？　ここで三時間、自問自答して帰っていったっていうのがわかるでしょ？」

と、関さんが言ったので、みんな、なるほどと納得《なっとく》して笑った。

「でね、ありがたい話って、鹿島さんがしきりと言う理由なんだけど」

と、関さんが、眼鏡《めがね》の奥《おく》で目をぱっと開いた。「お隣《となり》に同居しようって話になってるそうなの。それでね、隣《となり》の家を建て直すんですって。もうかなり古くなってるでしょう？　だから、二世帯住宅《にせたいじゅうたく》にして、それを機会に、夏実さん、本格的に家でピアノを教え始めるつもりなんですって。夏実さん、今は、あちこちのピアノ教室に教えにいってるでしょう。でね、その二世帯住宅《にせたいじゅうたく》を、まるごと、苑子さんに設計してもらえないかしらってことなの」

「わっ……！」

苑子さんが、バネ仕掛《じか》けの人形のように、ぴょんと背中《せなか》を伸《の》ばした。

関さんが、「でね」と、今度は馥子さんの方を向いて続けた。「夏実さんの音大の友人が、海外にずっと行くことになったので、その方のグランド・ピアノを、夏実さんが、預かるか譲《ゆず》ってもらうかすることになったんだって。せっかく本格的に教える以上、グランド・ピアノを二台置きたいので、ちょうどよかったらしいの。ところがそのお友達は、家を引《ひ》き払《はら》うために、すぐにピアノを移したいらしいんだけど、隣《となり》に今、二台は置けないからって、家が建つまで、よかったら、ここに置いてもらえないかっていうのよ。そうなれば、この部屋、半分はふさがっちゃうし、本当ならお金を払《はら》って倉庫を借りなければならないわけだから、例えば、るみちゃんにピアノを教えるというようなことで、お礼に代えられるなら、とてもありがたいっていうの。もちろん、断ったっていいことなんだけど。どう思う？」

「……んまあ！　それはもう、私としては、そんなありがたいことがあるかしらって気持ちですよ！　るみ子にも何か習わせてあげたいと思いながら、送《おく》り迎《むか》えもあるし、出来ずにいたんですから。でもそれじゃ、私……というか、るみ子ばかり、いい目を見ることになっちゃう……」

急に殊勝《しゅしょう》な様子になった馥子さんが、しぼり出すような声で言った。

「そんなことないわよ。第一、私だって弾《ひ》かせてもらうし、ピアノが隣《となり》に行っちゃってからも続けるとなると、今度は買わなきゃいけなくなるのよ、馥子さんが。閑さんは、どう思います？」

と、苑子さんが言った。閑さんは、さらりと、

「そりゃあ、鹿島さんの頼《たの》みですもの、私は何だって置いてあげようと思ってますよ」

と答えた。そして、「これはもう、断然『ありがたいお話』ですよ、ねえ？」と締《し》めくくったのだった。


夏実さんと平野氏の結婚話《けっこんばなし》に、爽子の気分も浮《う》き立《た》った。そのどちらにも会ったことがないというのに、親しみを覚え、祝福したいような気がするのは、アナグマ・ハット氏の求める『幸いの風景』の中に、サマーをすえたこととも関連していた。ああした話を書いたとき、この結婚《けっこん》を予感していたわけはなかったのだが、何となく、どこかで、こういう展開《てんかい》になるのを望んでいたのかもしれない。それこそ、自分とは無関係の、会ったこともない人たちについて、何かを望むというのも

奇妙《きみよう》なことに違《ちが》いなかったが、十一月荘を取《と》り巻《ま》くものすべてに対し好意を持ち、進んで受け入れてきた爽子には、夏実さんも平野氏も、心情的に親しい存在《そんざい》なのだった。

それにしても、なんと急な話だろうとみんなが言うのはもっともだった。『帽子《ぼうし》のおじさん』の写真が食卓《しょくたく》を賑《にぎ》わしてから、十日しかたっていないのだ。あの翌日《よくじつ》、閑さんが写真を返したとたんに、夏実さんがそれを見つけて動きだし、その翌々日《よくよくじつ》にはもう、平野氏のもとに夏実さんの写真は届《とど》いて、二人は電話で会う約束をしたというのだ。――「重大なことって、案外、ダダダダッて雪崩《なだれ》みたいに決まっちゃったりするのよ」と、閑さんが言うと、「十日あれば人生は変えられるのか、よし」と苑子さんが何やら闘志《とうし》を燃やし、「てことは、ジタバタしなくていいってことだわね」と馥子さんがのんびりと言って、苑子さんの出鼻をくじいたのだった。

爽子は、ノートを取り出すと、

「アナグマ・ハット氏の声のイメージ、ちょっと違《ちが》ったみたいねえ」

などと、独り言を言ってクスクスと笑いながら、幸福な気持ちで、新しいお話に思いをめぐらせたのだった。

ドードー森の物語
第八話　ミセス・クリオーザが探偵《たんてい》になる話

その事件は、カメマジロ先生のヒステリックなうったえとともに幕《まく》をあけました。

ある日、学校以外の場所には、めったなことでよりつかない先生が、ノドドーカ屋敷《やしき》をおとずれ、ばあさまを前にして、まず一回くしゃみをしてから、いばった口調で、こう切り出したのです。

「おたくの森のれんちゅうは、どうもいったいに民度がひくいようだが、責任のいったんは、公爵《こうしゃく》の子孫であるあなたの、住民教化の怠慢《たいまん》にもあるということを、ひとこと申し上げたい」

ノドドーカばあさまは、それにたいし、すかさずいいました。

「たいへん威勢《いせい》のいいごあいさつでしたが、ここは、私《わたし》の森じゃありませんから、私には住民教化の義務はないんですのよ。そもそも民度などというものに関するあなたのご感想に、同意するつもりもありませんしね」

ばあさまの、きっぱりしたものいいに、カメマジロ先生はついひるみ、こうらのなかに半分頭をしまいながら、それでも、くやしそうな目つきでいいました。

「ほ、泥棒《どろぼう》がいるというのに、おうようなことですな」

「まあ人ぎきの悪い。いったいだれが何を盗《ぬす》んだっていうんですの？」

「ほおら何もごぞんじない（クション）。さるライオンが、ですな、私の背中《せなか》、つまりべっこうを盗《ぬす》んだのです！　けさ起きたら、背中《せなか》がぞくぞくするので、すぐにぴんときたのですがね、そのライオンが私のこうらを盗《ぬす》むのは、これがはじめてではないのですぞ」

ばあさまは、わけがわからなくなって、目をぱちくりさせました。目の前にいるカメは、どう見てもベッコウガメではなかったし、第一、ちゃんとこうらをしょっているのですから。ノドドーカばあさまが何もいわないのを、ショックを受けているのだと解釈《かいしゃく》したカメマジロ先生は、勝ちほこったようにフフンと笑うと、「人品いやしき

ライオンに、くれぐれもご用心」ということばとくしゃみを一つのこして、屋敷《やしき》をさっていきました。

このうったえが、ちょっとばかり風邪《かぜ》をひいたカメマジロ先生の、被害妄想《ひがいもうそう》だということは、すぐに明らかになりました。この前の事件のことを知っていたルミーが、さっそくばあさまに教えてあげたからでした。

「あらまあ、いたずら娘《むすめ》たちにも困《こま》ったもんだわ。それにしてもバカバカしいこと！」

ばあさまはそういって、ルミーといっしょに大笑いしたのでした。けれど、このこっけいなうったえが、まるで事件の前ぶれであるかのように、へんなできごとがつぎつぎとおきたのです。

ソーラとプクリコの『にせふたご館』では、何者かによって、ほんとうに、べっこう飴《あめ》が持ちさられました。二人は、このまえ以来、飴《あめ》づくりがすっかり楽しくなり、星やハートの型で、自分たち用の飴《あめ》をつくっては、きらきらしたセロハンでくるんで、ボンボン入れにしまっておいたのです。

カラスだんなの水車小屋では、たくさん焼いたパンケーキが、お皿にのせるはしから、つぎつぎと消え、一つのこらずなくなりました。

ロビンソンは、おやつを食べようとして棚《たな》に手をのばし、大好きなクルミクッキーの缶《かん》にぶつかるはずの手が、空気にばかりさわるのを不思議に思って踏《ふ》み台《だい》にのったところで、棚《たな》の上がからっぽなのを見たのでした。

そして、ノドドーカ屋敷《やしき》でも、ついに、お盆《ぼん》に用意しておいた十時のおやつが、きれいさっぱりなくなるということがおこったのです。

森の住人で被害《ひがい》にあっていないのは、ミセス・クリオーザのところと、ライスケだけでした。ミセス・クリオーザは、会う人ごとに得意がっていいました。

「泥棒《どろぼう》に入られるのは、ぼんやりだからです。私をごらんなさい、いちぶのスキもないでしょう」

でもそれでは、ライスケまでもが、いちぶのスキもないことになってしまい、どうもおもしろくないのでした。そこで、ミセス・クリオーザは、「ま、泥棒《どろぼう》さん本人の家も、安全でしょうけれど……」などと、深く考えずに付けくわえたので、ノドドーカばあさまのおしかりを受けました。「人ぎきの悪いことをいうのはおよしなさい。まるで、カメマジロ先生のようじゃありませんか」とね。それは、ミセス・クリオーザには不可解なしかられ方でしたが、とにかく、こたえたのはたしかでした。カメマジロ先生のようだといわれるなんて、最悪でしたからね！

さて、そんな不穏《ふおん》な騒動《そうどう》のなかでさえ、ミセス・クリオーザは、かねてから思案していた居間の改装《かいそう》計画をおしすすめていました。内装《ないそう》を美しくととのえ、愛嬢《あいじょう》サマーが写った『幸いの風景』を額にいれて壁《かべ》にかけたいと思ったのです。額縁《がくぶち》には金のプレートをつけ、『幸いの風景　いとしのサマー・クリオーザ』という題をいれようともくろんでもいました。けれど、壁《かべ》にかけるには、何といっても本物の写真、それも、大きく引きのばしたものでなければ見ばえがしません。そこでミセス・クリオーザは、アナグマ・ハット帽子《ぼうし》店の住所にあてて、ほんものの写真を送っていただきたいというお願いの手紙を、鉛筆《えんぴつ》をなめなめ、やっと書きあげたのでした。

「これでよしと。写真のうでまえをこれだけほめれば、送ってくれないわけはないわ。うちの子がモデルなんだし」

そしていざ封《ふう》をしようというときになって、ミセス・クリオーザは、ふと、別のことを思いつきました。ついでに、探偵帽《たんていぼう》をいれてもらおうかしら、と思ったのです。

（私が探偵《たんてい》になって、今回の事件を解決するってのはどうかしら。前は、名探偵《めいたんてい》の助手になりたいだなんて、ちらっと思いもしたけれど、私にふさわしいのは、助手よりも探偵《たんてい》そのものだわ。だって、頭はこんなにさえてるし、被害《ひがい》にもあってないんですもの、冷静な判断ができるわ。よし、森の平和のために、ひとはたらきしよう。それにはやっぱり、まず帽子《ぼうし》をかぶらなくちゃならないわ！）

それから何日かして、ミセス・クリオーザのところに、アナグマ・ハット氏からの郵便物《ゆうびんぶつ》がとどきました。中には、格子柄《こうしがら》の探偵帽《たんていぼう》と、『大きく引きのばした写真は、金色の額に入れ、後日、私が直接、おとどけに上がります』という手紙がはいっていました。

ミセス・クリオーザは、さっそく、帽子《ぼうし》をかぶって鏡に向かいました。

「まあ、なんてにあうんでしょう！　まさに新しい名探偵《めいたんてい》の誕生《たんじょう》だわ！　森のみなさん、一連の事件の犯人は、かならずやこの名探偵《めいたんてい》クリオーザがあげてみせますわよ！」

そしてミセス・クリオーザは、サマーを助手につけ、虫めがねを片手《かたて》に、さっそく調査にのりだしたのでした。

あんがいなことに、ミセス・クリオーザには、探偵《たんてい》の才能がありました。被害《ひがい》にあった人びとを訪問して、『事件はおまかせ　名探偵《めいたんてい》クリオーザ』と書いた名刺《めいし》をわたし（助手のサマーといっしょに、せっせとつくったのでした）、ねんいりなききこみをし、コソどろが入ったと思われるあたりの地面を虫めがねで丹念《たんねん》にしらべたのです。その結果、いくつかのあやしい足あとと、何本かのあやしい毛をみごとに発見したのでした。

「ふむふむ。少なくともこれは、鳥類のしわざではないわ。中型以上の哺乳類《ほにゅうるい》があやしいわ。となると……」

被害《ひがい》にあっていない中型以上の哺乳類《ほにゅうるい》となれば、それはもうライスケよりほかにいないのでした。でも、そんなことをいおうものなら、またカメマジロ先生のようだといわれかねません。それに、森の仲間のライスケにむかって、「犯人はきみだ！」というのも、たしかに少しかわいそうな気もしました。ミセス・クリオーザは、しばし目をとじ考えました。そして、パチッと目をあけたとき、

「名探偵《めいたんてい》なるもの、真実の前に非情であれ。しかし、名探偵《めいたんてい》なるもの、真実の前に慎重《しんちょう》であれ」

と、自分でもほれぼれするような名ぜりふをはいたのです。名探偵《めいたんてい》クリオーザは、うごかしがたい証拠《しょうこ》をつかむために、より積極的な行動にでようときめ

たのでした。

家に帰った名探偵《めいたんてい》クリオーザは、床下《ゆかした》の食料庫からジャムのびんを一つ取り出して窓《まど》べにおくように、助手のサマーに命令しました。まじりもののはいっていない、お手製のかりんのジャムです。ジャムをおとりにして泥棒《どろぼう》をおびきよせ、あらわれたところを現行犯でつかまえる……というのはこわいので、あらわれたところで証拠《しょうこ》を手にいれよう、とかんがえたのでした。

窓《まど》べのびんは、午後の陽《ひ》をあびて、きらきらと、とてもおいしそうに光っていました。窓《まど》も大きく開かれて、さあどうぞ取ってくださいといわんばかりです。それに、部屋にはだれもいません……というのは、見せかけで、窓《まど》の下には、二羽のカラス──つまり探偵《たんてい》とその助手が、うずくまっていたのでした。一人は、赤いペンキをいれた霧吹《きりふ》きを持ち、一人は、はさみをにぎって。

そうしてしばらくたったころ──。一本のしっぽがするっとあらわれたと思うと、ジャムのびんにさわりました。そのとたん、助手が、しっぽの先にまっ赤なペンキをシュッと一吹《ひとふ》きし、そっと進みでた探偵《たんてい》が、しっぽのはしの毛をちょんと切りました。(手がのびてきても同じようにするつもりでしたが、たいがいの動物の手は、さほど

毛深くないので、しっぽでさいわいでした）

しっぽの持ち主は、それに気づいたのか、気づかないのか、じょうずにブルンとしっぽをはらい、びんを外に落としました。

探偵《たんてい》と助手が、そうっと立ち上がって外をのぞいたときには、泥棒《どろぼう》のすがたはどこにもなく、いつものきもちよい庭がひろがっているだけでした。

その夜、名探偵《めいたんてい》クリオーザは、赤くそまった一束の毛をにぎりしめて、おおげさなみぶりで苦悩《くのう》していました。手のなかの証拠品《しょうこひん》をたしかめるまでもなく、それはあきらかに、ライオンのしっぽだったのです。

「おお、仲間の罪をあばかなければならないというのは、何という責め苦だろう。おお、神よ、この弱きものに、真実をかたる勇気をおあたえください！」

でも、じつをいうと心のそこでは、（やった、やった！）と思っていました。だって、探偵《たんてい》としての初仕事が、こーんなにうまくいったのですからね。これほどの証拠《しょうこ》があれば、ノドドーカばあさまだって、カメマジロ先生のようだとはいわないでしょうし、ライスケだって、悪さをしたいじょうは、罰《ばつ》をうけるべきなのです。でも、あからさまによろこぶのも、さすがに気がひけたミセス・クリオーザは、

「ああ……つらくとも、正義のために、クールじゃなくちゃ……」

などとつぶやいてから、さもしかたなさそうに、机《つくえ》に向かい、ペンを走らせたのでした。そして、まるで映画《えいが》女優《じょゆう》のような、ものうい雰囲気《ふんいき》で頭をかかえ、

「サマー、あしたの朝、これをみんなに配ってきてちょうだい。私はアスピリンを飲んで、休むわ」

とたのんで、数枚《すうまい》の紙をサマーにわたしたのでした。それには、『午後三時、ノドドーカ屋敷《やしき》に集合されたし。一連の甘味《かんみ》事件、ついに解決！　名探偵《めいたんてい》クリオーザ』と書いてありました。

つぎの日の午後、ミセス・クリオーザは、探偵帽《たんていぼう》をきゅっとかぶり、コートを着て、助手のサマーといっしょに、ノドドーカ屋敷《やしき》に向かいました。三時からの発表のことを想像しただけで、ミセス・クリオーザの鼻は、ほこらしげにぴくぴくしました。椅子《いす》にすわったみんなの前を、ゆっくりと歩きながら事件の説明をし、最後にぴたっと立ち止まって、「犯人は、このなかにいます」という。そして、赤くそまった一束の毛をとりだす……。それがきょうのだんどりでした。ああ、なんと、あざやかな運びでしょう！

そのとき二人は、アナグマ・ハット氏と、ばったり出会いました。ハット氏は四角い大きな荷物をかかえていました。約束の額いりの写真をとどけにきたのでした。

「おお、ミセス・クリオーザ、探偵帽《たんていぼう》がよくおにあいですな。いっそ探偵《たんてい》になられてはいかがです？」

ハット氏は笑いながらいいました。それを聞いたミセス・クリオーザは、ぷふんと鼻で笑っていいました。

「今ごろ何をおっしゃいますやら。私はとっくに探偵《たんてい》になって、このとおり、事件を一つ、解決しましたのよ」

そして、カバンのなかから、おもむろに赤い毛の束を取り出したのです。

そのとたん、ハット氏は、「あっ」と声をあげました。そしてカバンをさぐり、新聞を取り出したのです。それから、

「これは、私が住んでいる森の、けさの新聞です」

と、あわてたようすでいうと、新聞と毛の束とを見くらべながら、読みあげました。

『あちらこちらの森をまたにかけて盗《ぬす》みを働いていた国際的甘味《かんみ》コソどろが、昨夜遅《おそ》く、プリンを盗《ぬす》んで逃走中《とうそうちゅう》のところを逮捕《たいほ》された。逮捕《たいほ》されたのは、風来《ふうらい》オン・ライゾウ十五歳《さい》で、プリンを盗《ぬす》んだときに、ちらっと目撃《もくげき》されたしっぽの先の赤い色が、

逮捕《たいほ》のきっかけとなった。当局は、ライゾウのしっぽにこのような目印をつけた人物をみつけだし、表彰《ひょうしょう》したいと発表した』

ミセス・クリオーザは、めがねのおくの目をどこまでも開いて、ハット氏を見つめたあと、一回バタンと気絶しました。それからまたすぐに起きあがって、ハット氏の手をにぎっていいました。

「ああ、ハットさん、あなたは、わたしの名誉《めいよ》の恩人ですわ！」

ハット氏には、それがどういう意味なのか、さっぱりわかりませんでした。でも、同じように、ミセス・クリオーザの手をにぎり、

「あなたはじつにすばらしい探偵《たんてい》ですなあ！」といいました。

というわけで、三時からの集会で、ミセス・クリオーザは、おおまちがいをするかわりに、大絶賛《だいぜっさん》をあびたのでした。真犯人を発表し、その逮捕《たいほ》のきっかけをつくったのがいったいだれであるかという話を、名探偵《めいたんてい》らしく、居間のなかをゆっくりと歩きながら、じつにとうとうとのべたからでした。

その夜、ミセス・クリオーザは、名誉《めいよ》の恩人となったハット氏を家にまねき、額にはいった『幸いの風景』を、とっくりとながめながらいいました。

「『幸いの風景』……ふむ。この写真は、森に平和をもたらした名探偵《めいたんてい》が、自分の居間をかざるのにぴったりだわ。そうそう、ハットさん、私、これをかざるのにふさわしい居間にしようと、改装《かいそう》を計画ちゅうなんですの……」

ところがハット氏は、ミセス・クリオーザのことばはそっちのけで、それはそれは楽しそうに、サマーと遊んでいるのでした。見ると、サマーもまた、これまでにないほど楽しげに笑いころげているのです。

そのようすを見ていたミセス・クリオーザは、ふと、居間の改装《かいそう》はさておき、ハット氏がいつでも来て、泊《と》まれるように、客間をひとつ増築するというのもいいかもしれないわ、なにしろ、私の名誉《めいよ》の恩人でもあるんですもの……などと思ったのでした。

23

第三土曜だった。本当ならば、るみちゃんが森本《もりもと》さんの家に行く日だったが、今月は冬休みに行くのだそうで、るみちゃんは今日、友達の家のクリスマス会へと、いそいそと出かけていった。爽《そう》子《こ》は、ピンクと白のふっくらしたつなぎにくるまって、雪の上を一人でころころと歩いていく、小さな可愛《かわい》い後《うし》ろ姿《すがた》を、門先の雪掻《ゆきか》きをしながら見送ったのだった。

(もうそろそろ、プレゼントを買いに行かなくちゃ……)

時が流れるのを恐《おそ》れていたから、世の中が徐々《じょじょ》にクリスマス気分になっていくのを、ずっと斜《はす》に見ていた。それでも、ここまで押《お》し迫《せま》れば観念するしかなかったし、このみんなに贈《おく》り物《もの》をしようと考えると、やはり心が弾《はず》んだ。

何がいいだろうと考えながら、プラスティックのスコップで、真っ白い雪を力いっぱいすくい上げる。そのうち爽子は、自分が巨人《きょじん》の召使《めしつか》いで、コーヒーに入れるお砂糖《さとう》をせっせとすくっているような気がしてきて楽しくなった。でも「巨人《きょじん》」という言葉を思《おも》い浮《う》かべたとたん、胸《むね》がきゅうっ

と痛《いた》みもした。――あの日、手を伸《の》ばせば届《とど》くところに耿介《こうすけ》は立っていたというのに、あれ以来、顔を合わせることはなかった。水曜の夜には来たはずだが、用もないのに、どうして居間に下りていくことが出来るだろう。もどかしくとも、どうしようもなかった。それでも、今日もまた英語の日だというのを思い出すと、心が浮《う》き立《た》つのだ。爽子は懸命《けんめい》に雪を掻《か》き、門から玄関《げんかん》まで、一本のきれいな道をつくりあげた。

二階に上がろうとしていた爽子を、閑《のどか》さんが、部屋から出てきて「爽子ちゃん、ちょっと」と呼《よ》びとめた。

閑さんの部屋は明るくあたたかかった。そしてなぜか、この部屋だけ築年数が違《ちが》うかのように、古びて見えた。相変わらず雑然としていて、物がぎっしりと詰《つ》まっている。かなり狭《せま》くなったテーブルの上に、紙袋《かみぶくろ》や本や鋏《はさみ》などといっしょに、火のような色のアンゴラ毛糸で途中《とちゅう》まで編まれた手《て》袋《ぶくろ》がのっていた。

熱い紅茶《こうちゃ》を入れたマグカップを二つ持って、台所からもどってきた閑さんが、

「雪掻《ゆきか》きありがとう、ほんとに助かった」

と言って「ねえ、これ見て。るみちゃんの。内緒《ないしょ》で編んだの」と、紙袋《かみぶくろ》から同じ火の色の帽子《ぼうし》を取り出した。大黒様《だいこくさま》がかぶっているような、たっぷりと波うつ円形の帽子《ぼうし》には、同じ色の丸い小さな玉が、ところどころに、ころんころんと付いていて、とても贅沢《ぜいたく》でおしゃれな感じに見えた。

「わあ……すてき……」

きれいなものを見ると、ぐうっと吸《す》い込《こ》まれていくような感覚に襲《おそ》われる爽子のくせが、この時もあらわれた。

「ほら、爽子ちゃん、いつも可愛《かわい》いベレー帽《ぼう》かぶってるでしょう？　ミトンとおそろいの。それで思いついて作ったんだけど、爽子ちゃんも、別のそろいがあってもいいかなって、ひょいと思ったの。どっちの色がいい？」

閑さんはそう言って、紙袋の中から、新しい毛糸の玉を二つ取り出した。きれいな若草色《わかくさいろ》と辛子《からし》色《いろ》のアンゴラ毛糸だった。爽子はびっくりしたが、うれしくてたまらず、夢中で、出来たところを想像した。若草色《わかくさいろ》に目がうばわれるが、辛子《からし》色《いろ》はきっと服に合わせやすい……。爽子はそちらを選び、閑さんに何度もお礼を言った。

「だって、爽子ちゃんには、ずいぶんお世話になったもの、雪掻《ゆきか》きしてもらったり、お掃除《そうじ》してもらったり、るみちゃんと遊んでもらったり……。もうちょっとで、爽子ちゃんがいなくなるなんて、ほんとにさびしいわ」

閑さんが、そうしみじみ言うと、爽子もつい胸《むね》が熱くなって、何も言えずにうつむいた。十一月《じゅういちがつ》荘《そう》で暮《く》らせて、どんなに楽しかったか、出ていくのがどんなにつまらないか、言葉にしなければ伝わらないとは思っても、出来なかった。

するとと閑さんが、遠くを見るような目で、

「私《わたし》もね、爽子ちゃんよりは年が上のときだけど、ある家に、下宿したくてしたくてたまらなくて、とうとうさせてもらったことがあるのよ」

と、話し始めたのだった。

　爽子は興味をもち、じっと耳を傾《かたむ》けた。

「独《ひと》り暮《ぐ》らしの伯母《おば》が、女学校の近くに住んでいたの。小学校が終わったら受験して行く、中学と高校がいっしょになったような、旧制の女学校で、私の母も、その伯母《おば》もそこの卒業生だったのね。だから伯母《おば》は、私が伯母《おば》の所に下宿して、その学校に通えばいいいって、小学校の三、四年生くらいから言ってたの。でも、その家、私には何だか怖《こわ》い所に見えてねえ、親と離《はな》れてそこで暮《く》らすなんて嫌《いや》だなあって思ってたのよね。ところが、小学五年の時が敗戦で、中学に入る時に、学校制度が変更《へんこう》になったのよ。それで、女学校は共学の高校になっちゃうし、中学生は、みんな今みたいに、近くの中学に通うことになったから、その話はなくなったわけよ。それでも、たまに遊びに行くと、ああここに住むはずだったんだなあって思うじゃない。するとね、小さい時は怖《こわ》かったのに、何だか不思議な面白《おもしろ》い所のような気がしてきたの。だって、ペチカがあったり、ドアをあけると地下に下りていく階段《かいだん》があったり、地下には古いランプがあったりして……。そのうち、だんだんだんだん、ここに住みたかったなあって思うようになったの。それが、高校に入るころ、その伯《お》母《ば》がちょっと調子悪くなって、独《ひと》り暮《ぐ》らしで大丈夫《だいじょうぶ》だろうかっていう話になったの。そこで何と私が思いきって、いっしょに住んであげるって名乗りをあげたのよ。両親は、近くに高校があるのに、私がそこまですることないって反対したけど、母さんや伯母《おば》さんが出た学校を私も出たいの、とかなんとか、うまい口実をつけたわけよ。ほんとはそんなこと、どうでもよかったんだけど。そしてとうとう、そうなったの。……いろんな点で、とっても面白《おもしろ》い経験だったの。家も面白《おもしろ》かったし、伯母《おば》としゃべるのも面白《おもしろ》かったし、おさんどんをしたり、人に頼んでしてもらってた力仕事を私がやったりね。それにね、すごく解放された気分だったの。一人っ子だったから、小さい子がうるさいとか、一人になれないっていうような不満は、もともとなかったんだけど、でも逆にね、両親が年とってたから、何かとやかましかったわけ。スキーも危《あぶ》ない、橇《そり》も危《あぶ》ない、川に泳ぎにいくのも危《あぶ》ないっていうふうで、むかしの子供《こども》だっていうのに、その辺で泥《どろ》んこになって遊ぶってことが、私の場合、まずなかったんだもの。いつも達磨《だるま》みたいに、服を何枚《なんまい》も着せられてねえ。……こんな贅沢《ぜいたく》なこと言ったらバチが当たりそうだけど、ある意味では、私は私で不自由だったんでしょうね。でも、不自由だったなんてこと、下宿するまで自分でも気がつかなかったのよ。親元を離《はな》れてみて、ふたりの親の目がけっこう鬱陶《うっとう》しかったんだなあって、しみじみ思ったのよ」

高校二年になってすぐ、その伯母《おば》さんは入院し、やがて亡《な》くなった。閑さんは家にもどり、離《はな》れた学校まで電車で通学したのだそうだ。結局、下宿生活は、一年間だけのことだったのだが、その一年間の記憶《きおく》は鮮《あざ》やかだった。

「中年過ぎてからの時間って、べったりのしたお餅《もち》みたいに、一年も二年も三年も、みんなくっついてて、どれがどれだかわからないんだけどね、その年頃《としごろ》の一年間といえば、くっきりしてるし、すごく濃密《のうみつ》。と言われても、当事者の爽子ちゃんにはぴんと来ないだろうけど、そうなのよ。……伯母《おば》の面倒《めんどう》までみながら、地下室でみつけた蓄音機《ちくおんき》で古いレコードをかけて聴《き》いたり、スタイルブック見てスカートの形をちょっと変えてみたり、夜中にそっと枕元《まくらもと》の電気をつけて本読んだりさ、よくまあ一人でわくわく、いろんなことをやったもんだわねえ……」

そして閑さんは、

「爽子ちゃんが、お母さんといっしょにここを見に来た時ね、ここは下宿屋じゃないんですって言ってもよかったの。……でもあの時、突然《とつぜん》、伯母《おば》の家にいた時のことを思い出したのよねえ」

と言って、微笑《ほほえ》んだのだった。

閑さんは、マグカップを置くたびに編《あ》み棒《ぼう》をつかみ、しゃべりながら手を動かした。爽子は、こまごまと動く二本の棒針《ぼうばり》の下で、少しずつ伸《の》びていく赤い手袋《てぶくろ》をじっと見つめながら、閑さんの言葉を聞き、言葉がとぎれると、それを反芻《はんすう》した。

爽子は、家族との暮《く》らしに不自由さを感じたことはなかった。それなのに、閑さんの言葉を聞いた時、不自由という言葉は少し強すぎるにしろ、身内間に働く特有のかせのようなものが、たしかにあったこと、そして今、それがないところで暮《く》らしているということに改めて気づいたのだった。――そもそも家では、さめざめと泣くということがなかった。そんなことは、弟との喧嘩《けんか》のような、具体的で公開可能な理由がある時にできるだけで、自分自身の深いところでの悲しみのためには堪《こら》えなければならなかった。家族が日常の延長上《えんちょうじょう》から、どうしたの、と問いかけてくるのが、場違《ばちが》いで煩《わずら》わしかったから。その連続は、その都度うっちゃらかしてきた悲しみの堆積《たいせき》となって心に残った。爽子は、十一月荘の自室で、泣きたい時に泣くうちに、心に積もった悲しみの山が、少しずつ突《つ》き崩《くず》されてきたことを、今知ったのだった。……そしてたぶん……たぶん……どこかで母親を疎《うと》んじていたのだ、本当は。あの覚めたような、冷笑的《れいしょうてき》な気配から、逃《に》げたかったような気がする……。でもそれさえ、母のこの前の手紙を読んだ今は、過ぎ去ったことに思える……。

閑さんが、手を動かしながら、また続きを話した。

「でもねえ、何十年も前に私が面白《おもしろ》い経験をしたからといって、それこそ下宿屋さんでもないのによ、見ず知らずの中学生の女の子を預かって、それが果たして、その子にとっていいことなのかどうか、本当はわからなかったわね。その子が、どうしても残らなきゃならない立場にあって、ほかに行く所がないというのなら別だけど、爽子ちゃんの場合は、どう見ても、そうじゃなかったしね。私がきっぱり断れば、お母さんを悩《なや》ませることも、散財させることもなく、それなりに事が運んでいくだろうことも、わかってたのにね」

全くそのとおりだったろう、この、賢《かしこ》くてしっかりした閑さんが、そのように考えないわけがないのだ。閑さんは、編み物から顔をあげてにっこりすると、

「それなのにそうしなかったのは、そうしたくなかったからだわね。……その第一の理由は、爽子ちゃんのことが、いっぺんで好きになったってこと以外ないんだけど」

と言ってから、壁《かべ》の方を向いて、「あの飾《かざ》り棚《だな》の中に、ガラス玉があるの、見える？」とたずねたのだった。

好きと言われたことに不意をつかれたまま、爽子は、あわてて、壁《かべ》のほうを見た。ガラス扉《とびら》のついた飾《かざ》り棚《だな》のはしに、座布団《ざぶとん》にのったピンポン玉くらいのガラス玉が置いてあるのがわかった。咄《とっ》嗟《さ》に、以前、苑子《そのこ》さんから聞いた話を思い出した。閑さんは、紙袋《かみぶくろ》からスッスッと毛糸を引き出しながら、

「第二の理由は、実はあのガラス玉なのよ。なーんて言ったら、水晶玉《すいしょうだま》をのぞく占《うらな》いばあさんみた

いで、びっくりするでしょ」

と言って、いたずらそうに笑い、「爽子ちゃん、あれちょっと持ってきてくれる?」と頼《たの》んだ。

爽子は立ち上がり、どきどきしながら飾《かざ》り棚《だな》をあけ、座布団《ざぶとん》ごとそのガラス玉を手に取った。閑さんが小学生の時、早退して帰る道の途中《とちゅう》で、黒装束《くろしょうぞく》の『亡命貴族《ぼうめいきぞく》』からもらったという『秘《ひ》宝《ほう》』……。その話は、とても謎《なぞ》めいていて、ひどく興味をそそられたのだが、自分から閑さんに、それについてたずねるのはためらわれて、それきりになっていた。それが今、爽子を預かることにした第二の理由が、このガラス玉だというのだ……。爽子は、本物の秘宝《ひほう》のように、捧《ささ》げ持《も》って閑さんに示した。すると閑さんが、

「窓《まど》の方を向いて、のぞいてごらん」

と言ったのだった。

24

爽子《そうこ》は、閑《のどか》さんに言われたとおり後ろ向きになると、ガラス玉をそっと目に当ててのぞき込《こ》んだ。

「……あっ……」

光の中に、くっきりしたきれいな絵が浮《う》かび上《あ》がった。絵といっても、それはただ一枚《まい》のドアの絵だった。上部がアーチ形の、のぞき窓《まど》とノブが付いた緑色のドア。ノブを握《にぎ》って回せば、扉《とびら》の向こうへ、すぐにでも行けそうだった。その向こうは、きっと、もっともっと光に満ちたところにちがいない……。ドアには、字が書かれていた。小さな小さな字だ。H《エイチ》……O《オー》……？　でも、目をこらしてもそれ以上は見えない。見えないというよりも、読めない外国の字なのだ。

「字が見えるでしょう？」

閑さんの声が言った。「ナヤーブリって読むらしいの。ロシア語で十一月……」

「十一月……？」

爽子は、やっとガラス玉から目を離《はな》して向き直った。

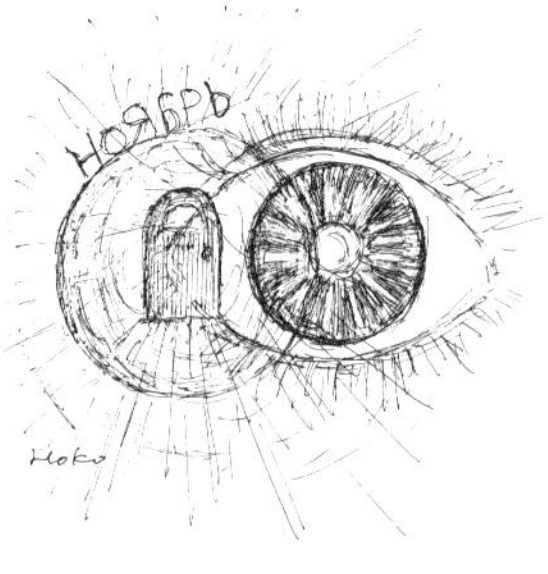

閑さんは、相変わらず手袋《てぶくろ》を編んでいた。そして何でもないことのように、ガラス玉の由来を話してくれた。苑子《そのこ》さんからすでに聞いていた話であっても、爽子は今、家路を急ぐ小さな閑さんの頬《ほお》に吹《ふ》いた風を感じ、行く手に不意に立ちはだかった異国《いこく》の大男におののいた。

「ドアに書いてある字の意味がわかったのは、ずっと大きくなってから、それこそ伯母《おば》の家にあった古い露英辞典《ろえいじてん》を何となくめくっているときに、初めて、それがノーヴェンバーのことだってわかったのよねえ。だけど、それがわかっても、じゃあ、十一月って書いてあるドアの絵に、いったいどんな意味があるのかってことになると、さっぱりわからないのよ。若《わか》いころは、物知りの人に会うと、ひょっとしたら何か知ってるかもしれないって気になって、一応それとなくたずねてみたけど、誰《だれ》もわからなくて、いつのまにか、たずねるのをやめちゃった。それにね、私《わたし》にとっての意味なら、とっくに決まっていたんだもの、本当の意味がほかにあるのがわかっても、仕方ないと思って」

閑さんは、テーブルの上の缶《かん》からクッキーを取り出して、小皿にのせながら、張りのある声で明るく言った。

「私にとっての意味というのはね、『十一月には扉《とびら》を開け』ってことよ。どっちがいいかって迷うような事があっても、それが十一月なら、前に進むの。十一月に起こることは、とにかく前向きに受け入れようって、いつのまにか、そう思うようになっちゃった。だって、そのドアの向こう側って、光が燦々《さんさん》で、すごくいい所みたいじゃない？　扉《とびら》をあけて、ぐんと進んでも、だいじょうぶなんだっていう気がするでしょう。……この十一月荘《じゅういちがつそう》って名前もね、だから、そんなわけでつけたのよ。きっと、楽しい家になるって信じてね。そして、爽子ちゃんをお預かりしていいものかどうか考えた時も、やっぱり同じだったの。爽子ちゃんにとっても、ご両親にとっても、私たちにとっても、きっと悪いことにはならないって思って」

「へえ……！」

希望と言ってもよいような、まっすぐな楽しさが、爽子の胸《むね》の奥《おく》から、ゆっくりと湧《わ》いた。ああ、何だか、すごくすてきだ。お守りにこだわったり、占《うらな》いに一喜《いっき》一憂《いちゆう》したりする女の子たちの軽《けい》薄《はく》さは嫌《きら》いなのに、今聞いた話には、わくわくと心が躍《おど》った。そして、ここを最初に訪《おとず》れた日に思ったこと、十一月荘という名は、十一月になったばかりの日にここに来た自分と、何だかつながりがあるように思えたあの気持ちが、正しい予感だったことに驚《おどろ》いた。

でも、閑さんが十一月に下したこれまでの決断のなかに、はたして失敗はなかったのだろうかと爽子は思わずにいられない。それをたずねると、閑さんは、うーんと考えて、

「なかったわね」

と、答えた。けれどその後で、笑いながら、「だって、初めから気が進まない事は、たとえ十一月だろうとやらないわけだし、かなりバカげた事をやった気がしても、どこかしら面白《おもしろ》い事やいい事って混じってるものだから、しないほうがずっとよかったとは、あまり思わないのね。ま、要するに、したいことをするときの口実かも。ほら、ちょっと値《ね》の張るようなものが欲《ほ》しくなったとき、なくてもすませられるのはわかってても、それが十一月だと、えいって気になるわけよ」と、照れたように付け足した。

「そういう月が一つあるのって、いいなあ……」

爽子は頬杖《ほおづえ》をつきながら、うっとり言った。

「うん。十一月っていうのが、またちょっといいの。だってお正月とか四月にはりきって新しいこと始めても、だんだんだれるでしょ？　そのころに十一月が来ると、さあ十一月だわって、もう一回新しい気持ちになるわけよ。ラジオ講座《こうざ》をまた聴《き》き始《はじ》めたり……ダイエットしようって思ったりね！」

クッキーをぱきっと食べながら、そんなことを言う関さんは、もうさっきまでの賢《かしこ》いおばあさんではなく、同い年の友人のようにしか見えず、爽子は、うれしいような不思議なような気持ちで、目をしばたたいた。

ガラス玉を棚《たな》にもどしたあとも、爽子は、編まれてゆく赤い手袋《てぶくろ》をじっと見ながら、今見たものと聞いたことについて、うっとりと考えずにいられなかった。あたたかく静かな関さんの部屋のなかでそうしていると、心がなごみ、もう部屋にもどらなくてはと思いながらも立《た》ち去《さ》り難《がた》かった。

「あら……せっかく雪掻《ゆきか》きしてもらったのに、また降《ふ》りだした……」

編み物から目をあげ、関さんが、溜《た》め息《いき》まじりにつぶやいたので、窓《まど》の方を振《ふ》り向《む》くと、大きな雪片《せっぺん》が、ゆらゆらと舞《ま》い降《お》りてくるのが見えた。

「耿介《こうすけ》くん、今日もまだ自転車で来る気かしら。この雪の中、よく平気で乗るものよねえ。休まないで来るしねえ。しかも土曜日は、相変わらず試験に関係ないもの読んでるのよ。まあ、あの子なら優秀《ゆうしゅう》だから、あわてることもないんだと思うけどね……」

爽子は、耿介の名前が出た時から、自分が動揺《どうよう》を見せずに座《すわ》っているかどうかが心配だった。そして、関さんが、早くその話題をやめてくれるのを祈《いの》る一方では、耿介のことを何か聞きたくて、その話題を引き伸《の》ばしたいような気持ちもした。だが関さんは、何を思ったか、

「そうそう、あれも十一月だったのよねえ……」

と独り言のように言って、くすっと笑ったのだった。

「大学の二年の時ね、私たち寄宿生が、別の大学のダンスパーティーに招待されたの。ところが寄宿舎には豪傑《ごうけつ》で有名な上級生がいて、そんなところに着飾《きかざ》ってちゃらちゃらと出かけて行くような女が、歪《ゆが》んだ男性社会を増長させるのだ、色めきだった者は自己批判《じこひはん》せよなんて息巻《いきま》いたもんだから、みんな、びっくりしてあきらめたの。ところがぎりぎりになってから、そのパーティーに、『今業平《いまなりひら》』って言われてる学生が来るらしいって情報が入ったの。聞いたことあるかな、在原業平《ありわらのなりひら》って、平安時代の美男の歌人。すてきな人がいると、現代版業平《げんだいばんなりひら》って意味で、そんなふうに呼《よ》んだもんなの。で、その学生ってのは、私のルームメイトがどこかで見かけて以来、まさに一目惚《ひとめぼ》れで熱をあげてる憧《あこが》れの人だったの。それで、その子は、何が何でも行くっていうわけよ。私は、彼女《かのじょ》の勇気が気に入って、よし、じゃあ私も行くわってことになったの。だって私には私なりの、『十一月には何かすてきなことが起こる』っていう、思いこみがあったんだもの、年に一度の十一月なのに、豪傑女史《ごうけつじょし》の言いなりになって我慢《がまん》してるなんて情けないじゃないの。そうと決まったとたん、二人で、そりゃあ、はりきったの」

閑さんは、眼鏡《めがね》の奥《おく》の目をきらきらと輝《かがや》かせて、いたずらっぽく爽子に笑いかけた。爽子も、今では、閑さんの話にすっかり引《ひ》き込《こ》まれていた。この閑さんが、『何かすてきなことが起こる』のを期待して、先輩《せんぱい》を尻目《しりめ》にダンスパーティーに出かけて行っただなんて……！

「問題は何を着て行くかよ。みんなにばれないように用意しなきゃならないし、第一、服を買うお金も時間もないの。それなのに、その友達は、何としても、袖《そで》が肩《かた》のところでふわっと盛《も》り上《あ》がった服が着たいってわがままを言うのよ。そこで私が考えて、ストッキングを丸めてブラウスの袖《そで》に詰《つ》め込《こ》むことにしたの。糸でストッキングを袖《そで》にとめてあげてさ、そして、十一月のある晩《ばん》に、寄宿舎の窓《まど》から、こっそり抜《ぬ》け出《だ》したのよ。

……楽しかったわよ！　寄宿舎のみんながかわいそうになっちゃうくらい。今業平氏《いまなりひら》は、たしかに目元の涼《すず》やかな好青年で、なるほどあの人なら、そう呼《よ》ばれるだけのことはあるって思ったわね。そして、ついに友達が、彼《かれ》と踊《おど》る番になったの。ところが、業平氏《なりひら》が変な顔をしてるわけ。ふと見ると、その子の二《に》の腕《うで》の袖口《そでぐち》から、足の形がぴょいって出てるじゃない。十一月だっていうのに、彼女《かのじょ》は半袖《はんそで》のブラウスでがんばってたのよ。びっくりしたわよ！　しかもそれがどんどん伸《の》びてきて、両手から、一本ずつ足がぶらぶらし始めたの。友達は全然気がつかずに、ただもうポーとなってるの。私はあわてにあわてて、やっとのことで、踊《おど》りの輪《わ》からその子を引っ張りだして、とにかく廊下《ろうか》を曲がるところまで走ったの。そうして気づいたら、片方《かたほう》のストッキングがなくなってたのよ」

「……まあ、シンデレラみたい……」

爽子は、何ておかしいんだろうと呆《あき》れながら思わずつぶやいた。

「そうなのよ。今業平《いまなりひら》さんが、片方《かたほう》を拾って、この靴下《くつした》にぴったりの方は……っておふれを出すんじゃないかって、今度はそれが心配になったわよ。だって寄宿舎に連絡《れんらく》がきて、行ったことがばれて、靴《くつ》ならまだしも、靴下《くつした》を落としてきたなんてことになったら、いったい何をやってるんだって感じでしょう？　私は彼女《かのじょ》に恨《うら》まれるし、私だってせっかく行ったパーティーに未練があるし、二人とも、しばらく落《お》ち込《こ》んだわねえ……」

「じゃあ、その年の十一月は、結局、すてきなことがなかったんですか？」

「うん、私はね。でも、その友達のほうにはあったの。ひょっとすると、私は扉《とびら》をあける係で、私のそばにいる人が、いい目にあうようになってるのかもしれないな。だって彼女は、それからまもなく、今業平《いまなりひら》氏と道で会って、靴下《くつした》のおかげで口をきいて、しまいには友達になったんだもの。袖《そで》から出てきた靴下《くつした》が、とっても印象的だったんですって。そりゃそうでしょうねえ！」

そして関さんは、

「この話、ずっと忘《わす》れてたのに、耿介くんのことを考えてたら思い出したわ。ちょっと感じが似てるせいかしら、今業平《いまなりひら》氏に……」

と急に付け足したので、爽子は、今度は動揺《どうよう》を隠《かく》すまもなく赤面した。

爽子は、部屋に戻《もど》ると、関さんから聞いた話に思いを馳《は》せた。伯母《おば》さんの家で暮《く》らしていた高校生の関さん……寄宿舎から抜《ぬ》け出《だ》してダンスパーティーに出かけて行った大学生の関さん……そしてガラス玉の中の十一月の扉《とびら》……。もう少しでここを去らなければいけないという時期になって、関さんがしてくれた話は、これから知らない街で暮《く》らさなければならない爽子を勇気づけた。わくわくするような楽しいことは、この先にも、必ず、たくさんたくさんあるのだ。高校生になり、大学生になり、大人になってゆく、それは、きっと楽しいことに違《ちが》いない。

爽子は、思うことさえ避《さ》けていた東京の暮《く》らしについて、やっと考えてみることができた。高岡《たかおか》さんの中学生の娘《むすめ》が気の合う子ならいいな……。好きなブラウスを着て学校に行けるなんて、いいな……。近くに図書館があるのは楽しみだな、しょっちゅう行って本を借りよう……。お母さんが始める新しいことって、本当は何なんだろう、忙《いそが》しくなるなら、私も協力しよう……。爽子は心が弾《はず》んだ。すぐ先の具体的な日常を、楽しく想像できたのは、これが初めてのことだった。

(だいじょうぶ。きっとちゃんとやっていける)

爽子は、宿題に出ていた「二学期のまとめ」と題された数学のプリントをカバンから出した。それをまずさっさとすませて、そうしたら、ドードー森をもう一話書こう。ちょっとどきどきするような、でも何か華々《はなばな》しい感じの話を……。爽子は、耿介が来る七時からの二時間を、脇目《わきめ》もふらずに、とにかく何かして過ごしたかった。

ドードー森の物語
第九話　十一月の扉《とびら》が見つかった話

きもちよく晴れた十一月のある日のこと、ルミーとロビンソンは、竹ぼうきを一本ずつかついで、ノドドーカ屋敷《やしき》のうらにまわりました。そこはうっそうとした灌木《かんぼく》のしげみになっていたので、通ろうとすると、ねむり姫《ひめ》の王子様のように、おいしげる植物と一戦をまじえなければなりませんでしたが、そんな必要にせまられたことは、これまでありませんでした。

それなのに、きょう、二人がそこへ向かったのは、ボール投げのときにロビンソンが投げた「変化球」が、それはそれは変化にとんだ飛び方をしたあげく、屋敷《やしき》のうらへ回りこんだからでした。もしも、うすら寒いような日だったら、泣く泣くボールをあきらめたのでしょうが、さいわいなことに青空が広がっていたので、二人は勇敢《ゆうかん》に、しげみに分けいることにしたのです。

バサッ、バサッ、ギューッ、バキッ！

二人は、もつれた糸のように細い枝えだの束のなかにほうきを突《つ》き立《た》ててはなぎたおし、ふんづけながら、少しずつしげみにはいりこんでいきました。でも、行けども行けども、目の前にはもじゃもじゃとしげみが立ちはだかるばかりで、さがしているボールはちらりとも見えません。

そのうち二人は、どっちが前で、どっちが右で、どっちが左か、わけがわからなくなりました。そのとき、ロビンソンが、

「れれ？　あれは何だろう？」

と、しげみの先を指さしました。枝えだをすかして、ぺたんとした緑色の板のようなものが見えるのです。二人は、いそいでそのあたりの木ぎをなぎたおし、じゃまな蔓《つる》草《くさ》などをはらいのけました。すると、板の上に、何かしるしのようなものがつけられているのが、はっきりと見えたし、ちょうつがいやノブがついていることもわかりました。そして、板のまわりのすきまから、かすかな光がもれていました。

「これはどう見てもドアだわ……。でも、この先はどこ……？　家のなかにつづいてるドアじゃないわ。そんなドア、家にはないし、第一、光がもれてくるなんて、へんだもの」

ルミーは、ぶつぶつとつぶやきながら、しきりと首をひねりました。

ロビンソンは、そのあいだに、もうドアノブを回していましたが、たぶんあかないだろうと思ったとおり、それは、びくともしませんでした。

「鍵《かぎ》がかかってるんだ。ほら、穴《あな》がある」

ロビンソンのいうとおり、ノブの下には、鍵穴《かぎあな》がついていて、そこからも、かすかに光がもれていました。ロビンソンは穴《あな》に目を近づけて、のぞきこんでみました。

「何も見えない……でも、まぶしい」
ルミーもつづいてのぞいてみました。ロビンソンのいうとおり、何も見えず、ただ明るいだけでした。二人は、ぼうっとした顔を見あわせました。
二人は、ボールのことなどわすれて、屋敷《やしき》にもどり、ノドドーカばあさまに今見たもののことをさっそく報告しました。それを聞いたばあさまは、ぽかんと口をあけ、間のぬけたような顔で宙《ちゅう》を見つめました。どのくらい、そうしていたでしょう。ばあさまは、それから、やっと口をひらきました。

「十一月の扉《とびら》……。ああ、十一月の扉《とびら》だわ……。さあ、あなた方、森のみんなをよんできてちょうだい」

ばあさまのようすが、ふだんとはちょっとちがうので、二人は、質問することもできずに、ぐっと口をつぐんで、ばあさまの部屋を出ました。そして、森じゅうの人びとを集めるため、二手に分かれてかけ出しました。


ノドドーカ屋敷《やしき》のばあさまの部屋に、森の住人全員がそろいました。みな、見るからに、取るものもとりあえず走ってきたというふうでした。カラスだんなは、からだのあちこちに白い粉をつけて、ぶちのカラスになっていたので、サマーのお昼寝《ひるね》の寝《ね》ぐせの毛をしきりとなでつけていたミセス・クリオーザに、「兄さん、見ぐるしいわよ!」と、しかられましたが、そのミセス・クリオーザだって、前髪《まえがみ》にカーラーを一つくっつけているのを、けろりとわすれていたのだし、ソーラとプクリコは、一枚《まい》のハンカチのはしとはしで、口のまわりのチョコレートをぬぐい、ライスケは、新調したばかりのマントを、うらがえしに着たまますましこんでいました。ミセス・クリオーザの家に、このときも滞在《たいざい》していたアナグマ・ハット氏もかけつけましたが、蝶《ちょう》ネクタイの蝶《ちょう》が、首の後ろでとまっていました。

全体がやっと落ちついたところで、ノドドーカばあさまは、それまでとじていた目を、ゆっくりとあけました。その瞳《ひとみ》は、まるで真珠《しんじゅ》のように静かに光っていました。

「ドードー森のみなさんに、ぜひ聞いていただきたいことがあるんです」

ばあさまは、いつもよりずっとすきとおった声で、ていねいに話しだしました。

「私《わたし》がドードーのひよこだったころのことです。おじいさんが、こんな話をしてくれました」

ばあさまは、そこで、おじいさんらしい、しわしわした声にとりかえました。

『このノドドーカ屋敷《やしき》には、緑色の不思議な扉《とびら》があるのじゃ。わしのおじいさんは、子供《こども》のときにそれをみつけて、扉《とびら》の向こうに行ったそうじゃ。そこは、明るく楽しく、きらびやかな別の世界だったそうじゃよ。ノドドーカ公爵《こうしゃく》の栄光時代の世界だった気がすると、じいさんはいっておった。そしてわしに、もし扉《とびら》を見つけることがあったら、そのときは、森のみんなを誘《さそ》いなさいといったのじゃ。だが、残念ながら、わしは扉《とびら》を見つけることができなかった。かわいい孫よ、もしも、おまえが見つけたら、わすれずに森のみんなを呼《よ》びなさい。よくお聞き。その扉《とびら》は、十一月にしか見つからないそうじゃ。なぜなら、その扉《とびら》には「十一月の扉《とびら》」という名がついているからじゃよ』

ばあさまは、またすきとおった声にもどりました。

「そんなわけで私は、小さいとき、十一月がくると、お屋敷《やしき》のなかや外をうろうろしましした。でも、見つかりませんでした。そのうち、だんだんさがさなくなり、しまいには、そのことをわすれてしまったのです。それを、何十年ぶりかで、きょう、思いだしました。ロビンソンとルミーが、ぐうぜんにその扉《とびら》を見つけたからです」

そこでみんなは、じっとつめていた息をぜんぶこめて、

「エーッ！」

とさけびました。それから、「すごいわ」とか「ぞくぞくする」とか「どこにあったの？」とか「もう一つの世界って何だ？」とか、「ロビンソンたちは扉《とびら》をあけようとしたの？」などと、思い思いのことを口にし、にわかに大さわぎになりました。

「静粛《せいしゅく》に！」

ノドドーカばあさまが、かっけを調べるときの小さなトンカチで、そばのテーブルをコンコンとたたきました。

「みなさん、あわてないでくださいな。扉《とびら》は家のうらがわにあったそうです。でも、鍵《かぎ》がかかっていたそうです。そこで私は、またわすれていたことを思いだしました」

ばあさまは、そういうと、トンカチとならべておいてあった、つぶれた小さなおなべをひざにのせました。じつは、みんなさっきから、あのへんなものは何だろうと、心のなかで思っていたのでした。

ばあさまは、なべについたとめ金を、パチンパチンとはずしてふたをあけました。なかにあったのは、きずのついたサツマイモでした。でも、よく見ると、それは、サツマイモの形の大きなキーホルダーで、その先に、それはそれは、だいじそうな鍵《かぎ》が一つ、ぶら下がっていたのです。

「ナベブリブリと書いてあります。古いドードーのことばで、十一月って意味なんです。この鍵《かぎ》を、むかしむかし、おじいさんにもらったことを思いだし、私は、みなさんが来る前に、納戸《なんど》にはいって、このおなべを見つけたんです。おじいさんは、何年もたったら、鍵《かぎ》をどこにしまったかわすれてしまうかもしれない、そんなときのために、ナベブリブリの鍵《かぎ》はおなべにしまうようにと、いったんです。まったく、そのとおりになりました」

ばあさまが、キーホルダーを示しながらいいました。サツマイモのきずのように見

えたのは、古代ドードー文字だったのです。みなは、そのおごそかな感じの鍵《かぎ》に、いっせいにひきつけられ、目をぱちくりさせました。

それからみんなは、ルミーとロビンソンの案内で、ついに扉《とびら》の前にそろいました。扉《とびら》につけられたしるしが、キーホルダーにほられた、古代ドードー文字と同じ形なのが、みんなにもわかりました。むねがいっぱいという感じで立ちつくしていたばあさまは、ついに鍵穴《かぎあな》に鍵《かぎ》をさしいれ、ガチャン、と回しました。そして、ノブをにぎり、扉《とびら》をひらいたのでした。

そこは明るい場所でした。たぶんどこかの家のなかなのですが、部屋とよぶには、壁《かべ》がどこにあるのかはっきりせず、ただ、椅子《いす》がいくつかならんでおいてあるのだけが、くっきりと見えました。みんなは、手をつないだり、前のものの服のはじをぎゅっとつかんだりしながら、椅子《いす》の方に向かって、ぞろぞろとはいりこんでいきました。

「すわってみるべきよね……」

と、ノドドーカばあさまが、みんなの顔をうかがいながらささやきました。

「ええ、すわってみましょうよ」

と、ソーラが代表で答えて、みんなはしから順に、椅子《いす》につきました。

　すると、きれいな音楽が、かすかにきこえてきました。ピアノの音です。ワルツです。やがて、霧《きり》が晴れていくように、椅子《いす》についたみんなの前の方が、ぐんぐんと広がっていき、そこに、グランドピアノが一台、すうっとあらわれたのでした。ポニーテールの女の人が、楽しそうにピアノを弾《ひ》いていました。ふと見ると、さっきまではいなかった中年の紳士《しんし》が、ピアノにひじをのせて、少しからだをゆらしながら、ピアニストの指を目でおっていました。と思うまに、こんどは、どこからあらわれたのか、くるくると踊《おど》る人びとのすがたがぼうっと浮《う》かびあがったのです。めがねをかけた、どっしりした年配のおばさんが、目もとのすずやかなやせた少年と踊《おど》っています。すらりと背《せ》の高いすてきな女の人は、やさしい顔のふっくらした女の人と踊《おど》っています。めがねをかけた小柄《こがら》でつんとしたようすのおばさんが、よく似たようすのおじさんと踊《おど》っています。そして、かわいらしい小さな女の子が、さらに小さいぬいぐるみのネズミと踊《おど》っていました。

　ポロン、タッタ、ポロン、タッタ、クルッ、クルッ……。どの人も、笑《え》みを浮《う》かべ、楽しげに、ワルツを踊《おど》っています。

「あ、あれ、ぼ、ぼくじゃないか！」

ロビンソンがさけびました。

「あの子は、私だわ！」

と、ルミーがつづけてさけびました。でも、踊《おど》っている人々には、その声が聞こえていないらしく、だれも、みんなの方を向きませんでした。

そのうち、

「あ……あの人って、あなたにふんいきが似てるわ……」

「でも、あっちの人は、まるであなたみたい……」

「そういわれてみれば……そうかも……」

そんなつぶやき声が、みんなのあいだに起こりました。踊《おど》っている人々のなかに、どこかしら、自分のようだと思える人が見あたったのです。すると、まるで、自分が踊《おど》っているかのように、からだがふわふわしはじめました。

「ねえ、ルミー、ぼくたちも踊《おど》ろうよ！」

「そうしましょう！」

ロビンソンとルミーが、ついに手をとりあって立ちあがり、踊《おど》っている輪のなかに入っていきました。

それを見たあとのみんなも、つられて立ちあがり、となりどうしで手を取りあって、輪のなかに入りました。ノドドーカばあさまとライスケ、ソーラとプクリコ、ミセス・クリオーザとカラスだんな、そして、サマーとアナグマ・ハット氏……。

部屋は、みなが踊《おど》りだしたのに合わせて、ぐうんと広がり、たちまち、みごとな大広間になりました。空の模様《もよう》の絵が描《えが》かれた天井《てんじょう》からは、豪華《ごうか》なシャンデリアが下がり、壁《かべ》は、大きな大きな鏡で埋《う》めつくされました。いつのまにかそこは、貴族《きぞく》の館《やかた》の大広間のように、きらびやかな場所に変わっていたのです。気がつくと、踊《おど》るものたちの衣裳《いしょう》さえ、ひだかざりや段々《だんだん》のついた、光沢《こうたく》のあるしゅすのドレスやスーツにかわっていました。それはまさしく、むかしむかし、ドードー森がノドドーカ公爵《こうしゃく》の領地だったころに、屋敷《やしき》でもよおされた舞踏会《ぶとうかい》の風景そのものだったのです。

人びとは、ドードー森のみんなに軽く会釈《えしゃく》をし、森のみんなも、同じように会釈《えしゃく》をかえしました。だれもかれもが、みごとに踊《おど》り、品よくふるまいました。

くるくる、くるくる、くるくる、くるくる……。ピアノの音の一つぶ一つぶが、長い長いビーズのようにつながって広間をめぐり、やがて、人びとと森のみんなが、少しずつ少しずつ、重なりあい、まじりあい、とけあい、渦《うず》になりました。この世界と、もう一つの世界が、過去の世界と一つになり、満開の花のように、扉《とびら》のなかで咲《さ》きにおったのです。ああ何と美しく、幸福な時間の流れなのでしょう……！

それからやがて、人びとのすがたが消え、ピアノが消え、音楽が消え、壁《かべ》も天井《てんじょう》も消え、しゅすの服も消え、緑色の扉《とびら》だけが、くっきりと浮《う》かび上《あ》がったのでした。

そこでみんなは、来たときのように、手をつないだり、前のものの服をつかんだりしながら、扉《とびら》の外に出たのです。

するとそこは、もじゃもじゃのしげみで、前も後ろも、右も左も、もうわからないのでした。緑色の扉《とびら》も、今ではもう、どこにも見あたりません。みんなは、ただだまって顔を見あわせました。それは、この上もなくすばらしいものをあじわったあとの、どこか悲しげな、そしてすてきに満ちたりた、そういう顔でした。

25

二学期が、ついに終わろうとしていた。残っているのは、明日の終業式だけだった。爽子《そうこ》は、遅《ち》刻《こく》も欠席も、課題をさぼることもせず、実に、たゆむことなく、この二か月を乗り切ったのだった。充実感《じゅうじつかん》があった。だから、街に出るつもりの今日は、おなかの底から思いきり歌い出したいような気分だった。クリスマス・イブ前日の祝日の街は、さぞ華《はな》やいでいるだろう。そんな街で、みんなのためのプレゼントを選ぶのだ。それもリツ子といっしょに。いつも学校で会っていながら、ゆっくり話せないことが、ずっと気になっていた。今日はやっとリツ子と二人だけで過ごせる。何もかもぜんぶリツ子に話そうと決めてから、爽子は今日が来るのを待っていたのだった。

地下街の本屋に立っていた私服《しふく》のリツ子は、眩《まばゆ》く見えた。帽子《ぼうし》に付いた青い三つ編と、本物の三つ編が、肩《かた》のあたりに四本垂《た》れているのが、奇異《きい》で可愛《かわい》かったし、丈《たけ》の短い白いオーバーと、白いロングブーツが、目を射《い》るように鮮《あざ》やかだった。

「リツ子ちゃん、いかしてるじゃない！」

爽子は、毛糸の三つ編をぎゅっと引っ張った。振《ふ》り向《む》いて笑ったリツ子は、本当に可愛《かわい》らしい少女だった。あの秋元《あきもと》くんが好きになるのも当然という気がする。

「じゃ、お買い物ツアーに出発しよっか！」

リツ子がはしゃいだ声で言い、爽子は、合点《がてん》というように、大きな空《から》のバッグをぽんと叩《たた》いた。

二人は、賑《にぎ》わう地下街を軽い足取りで通りぬけ、目当てのショッピングセンターに入ると、柊《ひいらぎ》やベルで飾《かざ》られた、あちらこちらの店先をわくわくとのぞいた。……うー、すてきだけど予算オーバー！　……ねえ見て見て、これって可愛《かわい》くない？　……この色、おカアにはちょっとハデだよねえ……からだを寄せ合った二人連れの女の子たちが、いかにも口にしそうなことを、この二人もまた競《きそ》って口にしながら、地下二階、地下一階、一階、二階……と、進んだ。二人は、プレゼントを買うという目的をしばしば忘《わす》れて、自分の好みの物を見るのに夢中になり、互《たが》いにたしなめあっては笑った。

爽子にとって、久しぶりの街は、もうそれだけで刺激的《しげきてき》だったのだが、クリスマス用に装《よそお》われた街は、とりわけきらびやかで、目をしばたたかずにいられなかった。ああ、街っていいなあ……ショッピングって楽しいな……。一人だったら、そそくさと通り過ぎたに違《ちが》いない、高級そうな店先も、可愛《かわい》らしいリツ子と一緒《いっしょ》だと、のぞき込《こ》む勇気が出た。そのために、気分はいっそう高揚《こうよう》する……。

三階まで来たとき、ガラス越《ご》しに、ぬいぐるみがずらりと並《なら》んでいるのが目にとびこんだ。爽子は、吸《す》い寄《よ》せられるように、すうっとそこに向かった。

「わっ、うそ！　アナグマじゃない！」

爽子は、小さな灰色《はいいろ》のぬいぐるみをぎゅっとつかんだ。きょとんとしているリツ子の横で、爽子は、はしゃいだ。

「アナグマよ、アナグマ！　すごいすごい！」

正札をみると、予算にぴったりだった。「ぜったいこれだわ、るみちゃんのプレゼント！」

ところがそこで、爽子は再び素頓狂《すっとんきょう》な声をあげた。近くの棚《たな》に、ドードー鳥が一羽、でんとすわっていたのだ。見るからに精巧《せいこう》に作られた、立派《りっぱ》なぬいぐるみ。爽子が思《おも》い描《えが》いている、ドードー鳥そのものだった。

「……こんなのもあったわけ？」

「なあに、それ……？」

リツ子が、取り残されたような調子でたずねた。

「ドードーなの。リツ子ちゃん、あとで話す。ちょっと待って。これ、いくらだろう……」

爽子は、ほとんど血走ったような目付きで、棚《たな》のドードー鳥を手に取った。五千円。「そうよね、これくらいはするわよね。とても無理よ。エーン、だけどあたし、これ、どうしてもほしい……でも、でも、ぬいぐるみに五千円は出せないわよ！」爽子は棚《たな》にもどし、でも、また手に取って、「うーん」と唸《うな》った。「うーん……うーん……」

リツ子が、遠慮《えんりょ》がちに、

「……あんまり可愛《かわい》く見えないけど……」

と横から声をかけた。

「そうなの。可愛《かわい》くないの。こんなものに五千円かけるって、ぜったいバカだよね」

「……そうねえ」

「そうなの。でもでもでも……うーんうーん……」

爽子は自分の額を拳《こぶし》で叩《たた》きながら、唸《うな》って唸《うな》って唸《うな》り続《つづ》けた。しまいにリツ子はケラケラと笑い出し、

「爽子ちゃんって、おっかしい！　さ、バカだなんて思わないから、買いなさいよ」

と言ったのだった。

ぺちゃんこだった爽子のバッグは、小さなアナグマと大きなドードーで、たちまち膨《ふく》らんだ。これ以上、何も入りそうになかったし、買い物するつもりもなかった。予想外の出費をしたとたんに、閑《のど》さんたちへのプレゼントも決まったのだ。ラピスにあった外国製のきれいな栞《しおり》だ。明日、学校から帰ったら、ラピスに行けばいい。リツ子は、母親のために花柄《はながら》の化粧《けしよう》ポーチを買った。二人は気持ち良くくたびれた。喉《のど》をうるおし、休みたかった。

「ねえ爽子ちゃん、どこかに入らない？　万が一、アルマジロとかに見つかったら、親と一緒《いつしよ》に来てるとか言えばいいし……。それともやめとく……？」

リツ子が爽子の顔をのぞきながら、そっと言った。爽子は、きゅうにうれしくなって、リツ子の腕《うで》をつかむと、つかんだまま、わざと一本調子の低い声で言った。

「あたし、一人で喫茶店《きつさてん》で紅茶《こうちや》を飲んでたの。そしたら、アルマジロが奥《おく》さんと入ってきたから、逃《に》げたの」

リツ子は、目を丸くし、ぽかっと口をあけ、それからどっと笑った。

「爽子ちゃんて、やるー！」

二人は、きゃっきゃっとはしゃぎながら、どこに行こうかと相談した。そして、公園が見下ろせる、デパートの最上階に行こうと決めて駆《か》け出《だ》した。


白いテーブルクロスの上に小さな花が飾《かざ》られた、静かな明るいティールームで、二人はプリンを食べた。一人で喫茶店《きつさてん》に入ったという爽子の打ち明け話は、今日話そうと決めていた、長い話の発端《ほったん》になった。そんな所に一人で行って何をしていたのか。それは、『ドードー鳥のノート』に記した『ドードー森の物語』について打ち明けることでもあった。それを経て初めて、ぬいぐるみに大金を投じたわけを明かすことができ、リツ子がくれた、ウサギとタヌキのぬいぐるみのうれしさの意味を伝えることができた。そして、喫茶店《きつさてん》からあわてて逃《に》げ帰《かえ》ったあとに起こった、地獄《じごく》から天国ともいうべき、心臓《しんぞう》に悪いような展開《てんかい》についても、爽子は続けて打ち明けた。耿介《こうすけ》と会ったこと、耿介がノートを読んでほめてくれたこと、そして、早坂《はやさか》コースケなんかではなかったということも。

リツ子は、小さな叫《さけ》び声《ごえ》をときどきあげながら爽子の話に耳を傾《かたむ》け、ひととおりの話が終わったところで、やっと、

「いろんなことがあったのねえ！　爽子ちゃん！」

と感嘆《かんたん》の声をあげた。そして、「爽子ちゃんが十一月荘《じゅういちがつそう》に越《こ》してから、私、取り残されたみたいで、

ちょっとさびしかったの。話してくれてよかった。お話を書いていたなんてねえ……。充実《じゅうじつ》した毎日だったんだ……。それを耿介くんが読んでほめてくれたなんて、すごいじゃない！」と言った。

爽子はうつむいて、こくんとうなずいた。そして、

「でも、リツ子ちゃんだって、いろんなことがあったじゃないの。すごくいいこととか」

と問いかけた。するとリツ子は、黙《だま》って手を伸《の》ばしてテーブル越《ご》しに爽子の手を握《にぎ》り、じっと目を見て、

「……内緒《ないしょ》よ。だれにも言わないでよ」

と切羽《せっぱ》詰まったように言ったのだった。爽子は驚《おどろ》いて、

「……明日一日だもの、黙《だま》ってられると思うけど……」

と、わざととぼけた。

「やだあ、爽子ちゃん」

リツ子はそう言ってにらんでから、「私、秋元くんとキスしたの」と、ささやいたのだった。

爽子は、バスに揺《ゆ》られながら、暗闇《くらやみ》の窓外《そうがい》にじっと目を凝《こ》らした。

十一月荘に越《こ》してから、学校生活への関心が薄《うす》れたのは明らかだった。でも、リツ子との関係が、それに合わせて稀薄《きはく》になったとは思っていなかった。ゆっくり話しこむ回数が減ったとしても、昼休みのおしゃべりの習慣が崩《くず》れたわけではなかったのだから。もっとも、だからこそ、爽子の何かしらの変化が、リツ子にも日々、少しずつ影響《えいきょう》を及《およ》ぼしたのかもしれなかった。それまでの

二人は、知らず知らずのうちにできあがった二人だけの規範《きはん》に、忠実《ちゅうじつ》に従《したが》ってきたのだった。自分たちがそうさせた、保守的で批判的《ひはんてき》な規範《きはん》に。それが、たがいを微妙《びみょう》に束縛《そくばく》しているとも気づかずに——。

十一月荘へ越《こ》したとき、おそらくは自分が、その規範《きはん》を悠々《ゆうゆう》と飛《と》び越《こ》えたのだ、と爽子は思う。そして、それによってリツ子もまた、解放されたのかもしれないと。たぶん、本人さえ気づかぬうちに……。それは、きっと、いいことだったのだ……。爽子は、リツ子の打ち明け話によってもたらされた少なからぬ動揺《どうよう》に、やっと耐《た》えた。

（リツ子ちゃんは、何も、手の届《とど》かないところに、行ってしまったわけじゃない……）

だが、そうつぶやいたとき、自分こそが、まさに手の届《とど》かない遠くへ行ってしまうということに気づいた。それももうすぐ、来週に！　……少しずつ、変わってゆく。少しずつ、大人に近づいてゆく。時間と環境《かんきょう》の中で。それはけっして嘆《なげ》くようなことではないのだ。

十一月荘の玄関《げんかん》に入るなり、はちきれそうな顔のるみちゃんが迎《むか》えに出た。

「爽子ちゃん！　早く来て、すごいんだよ！」

飛《と》び跳《は》ねるようなるみちゃんの後ろから居間に入った爽子は、あっと目を見はった。そこには、黒く光った大きなグランド・ピアノが、堂々とすえられていたのだ。

「……すごい……」

「ね？　すごいでしょ？　いいよ、爽子ちゃん、弾《ひ》いても」

るみちゃんが、勝手知ったような素振《そぶ》りで鍵盤《けんばん》に向かい、『ねこふんじゃった』の頭だけをゆっくりと弾《ひ》いてみせた。久しぶりに聞く、深い深いところから湧《わ》いてくる、豊かなまろやかな音色……。爽子も思わず、鍵盤《けんばん》に向かった。

――六年生になった春、ピアノの先生が引《ひ》っ越《こ》していった時、爽子は文字通り、肩《かた》の荷《に》が下りた気がした。母もまた、次の先生のことを口にせず、ピアノの蓋《ふた》の上に、ちょいちょい本を置き、弟はおもちゃを置いた。そうしてピアノは、本来の機能を、いともあっさり失ったのだった。中学生ともなれば、何人かの生徒は、ピアニストのように高度な曲を弾《ひ》く。ピアノは爽子にとって、もうすっかり、他人の領分の物だった。

けれど、この音色と響《ひび》きは、何と豊かで心地《ここち》よいのだろう……。五年生の三学期じゅうかかって、ついに仕上がらなかった、最後に習った曲が、まだ指に刷《す》り込《こ》まれている。

「爽子ちゃん、ピアノ弾《ひ》けたのねえ！」

弾《ひ》き止《や》めた爽子のそばに、るみちゃんと関さんが並《なら》んで立ち、感心したように目を丸くしていた。

「いやで、とっくにやめちゃったんです。でも、ピアノの音って、やっぱりいいな……。夏実《なつみ》さん、弾《ひ》きに来てくれないかなあ」

爽子は、黒く大きな箱の中から宝物《たからもの》を取り出すように、誰《だれ》かが、この楽器を存分《ぞんぶん》に奏《かな》でるところを聴《き》いてみたいと思った。すると関さんが、

「……そうだわねえ、頼《たの》んでみようかしら……」

とつぶやいた。

祝日のため、耿介の英語がないことも手伝って、夕食の前後は、次々と帰ってきた苑子《そのこ》さんと馥《ふく》子《こ》さんのはしゃぎ声と、ピアノの音とで賑《にぎ》わった。苑子さんは、今日ピアノが運ばれるのをちゃんと覚えていて、楽譜《がくふ》を買って帰ってくるほどはりきっていたし、優雅《ゆうが》な仕種《しぐさ》で上手に弾《ひ》いた。馥子さんは、これだけは知ってるのと言って、スケーターワルツを、ゆっくりぽたぽたと弾《ひ》いたが、どこかが何ともいえず変だった。すると「そのワルツ、四拍子《よんびょうし》になってるけど」と苑子さんが指摘《してき》したので、みな、あっと気づいて笑いころげたのだった。ピアノが来たせいで、これからの十一月荘は、ぐんと華《はな》やかになるだろう。その場にいられないことが、爽子には、やはり残念だった。

ピアノの蓋《ふた》がやっと閉《し》められた時、爽子はるみちゃんに、部屋に来てくれるように頼《たの》んだ。ドードー森の話を、どうしても聞いてもらいたかったのだ。最初に第四話までを一気に読んであげたあと、五話目を一度読んであげたきりだったから、六話目に登場するアナグマ・ハット氏は、るみちゃんにとって、まだ未知の人物だったのだ。あすのプレゼントにアナグマを用意したからには、今晩《こんばん》、聞いてもらわなければならなかった。

「続き、読んで読んで！」

るみちゃんは、はずみをつけて、ベッドにぽーんとのっかりながら、ポケットから小さなロビンソンを出し、いつもベッドの上にいるカラスだんなを引き寄せた。

「今度の話で、最初に出てくるのは、なんとカラスだんななのよ」

爽子は椅子《いす》をベッドの方に向けながら、お話おばさんのように、もったいぶって告げてから、さっそく、ノートを読み始めたのだった。読み終えたとき、何を言うよりも先に、

「お話、もっとないの？」

とるみちゃんがせかしたので、爽子は次の話も読んであげた。カメマジロ先生のこうらの話だ。るみちゃんは、ときどきクスッと笑いながら、それもじっと聞いていたが、読み終えた時に言ったことは、やはり、「お話、もっとないの？」だった。だが、もう部屋に帰す時間だった。

「えーっ！　せっかく明日、勉強ない日なのに！」

るみちゃんは口をとがらせたが、休日ではないのだから、同じことだ。爽子は、ノートをぱんと閉じると、

「明日、学校から帰ったら読んであげる。ねえ、その後で、いっしょにラピスに行かない？」

と誘《さそ》った。るみちゃんは、一度に笑顔《えがお》になった。

「何か買いに行くの？」

「うん。これ秘密《ひみつ》だけど、お母さんと、閑さんと苑子さんに、ちょこっと、クリスマスプレゼントを買うの」

るみちゃんは、目をきらきらさせながら、声をひそめて、

「うん、わかった！」

と答えた。そして、「……あたしのは、買わないの？」と遠慮《えんりょ》がちにたずねた。爽子は、その様子が可愛《かわい》らしくてたまらずに、さあねと首を傾《かし》げて、るみちゃんのぷっくりふくらんだほっぺたを、

ちょんちょんと突《つ》ついた。

部屋に一人になったとき、リツ子と別れた直後の、もやもやしたような衝撃的《しょうげきてき》な気分は、もう和《やわ》らいでいた。だが、今るみちゃんに読んであげた、カメマジロ先生の章までを、ちょうど耿介も読んだのだということを思い、胸《むね》が詰《つ》まった。今度の英語のときに、居間に下りていかない限りは、もう耿介に会うことはないだろう……。思わないようにしよう、そう言い聞かせて、ノートをしまった。

26

学校から帰るとピアノの音が聞こえた。そうだ、ピアノがあったんだったと思ったとたん、爽子《そうこ》は幸せな気持ちになった。それに、このうっとりするにおい……。きっとバターの焦《こ》げるにおいだ。冬の日のお昼どき、おなかをすかせて帰る者にとって、ピアノの音色とバターのにおいで迎《むか》えてくれるあたたかい家は、何とうれしいものだろう。コートを掛《か》ける手ももどかしかった。

様子の変わった居間で――でも、ピアノはもうすっかりここに溶け込《とこ》み、あるのが当たり前のように見えるのだった――るみちゃんと閑《のどか》さんがテーブルにつこうとしていた。フレンチトーストをたくさんのせた大皿が置かれていた。閑さんが笑顔《えがお》を向けて、

「お帰りなさい。たいへんな通学、ご苦労さまでした！　さ、超簡単《ちょうかんたん》なお昼で申《もう》し訳《わけ》ないけど、いっしょに食べましょ？　その代わり、夜、少しましなものを作るわね」

と言った。

「あ、クリスマスの御馳走《ごちそう》のこと？　私《わたし》も手伝う！」

と、るみちゃんが叫《さけ》んだ。だから爽子も負けずに、

「私も手伝う！」

と叫《さけ》んだ。

爽子は今日、クラスのみんなにお別れを言い、意外にも、あたたかい言葉を何人もから返してもらったのだった。転校のことを前もって知っていた人たちは、カードをくれたり、ちょっとした贈《おく》り物《もの》をくれたりもした。「英語、ベリベリサンキューデシタ！」で始まるミハルの手紙には、子《こ》供《ども》っぽい、だがやさしいことがたくさん書いてあった。お別れという事態に接して、みんなが感《かん》傷的《しょうてき》になっているとわかっても、そうされてうれしくないわけはなかった。爽子は、おとなしい女の子と見られがちなのをいいことに、みんなに対して、傲岸《ごうがん》といえなくもない心で接してきたかもしれない自分をさすがに恥《は》じ、素直《すなお》にそんな心持ちになれたことが、うれしかった。

「爽子ちゃん、その様子から察するに、成績、ドーンと下がりはしなかったみたいね。安心した

わ」

閑さんが、ぱくぱくと食べながら言った。爽子は、忘《わす》れていた通知箋《つうちせん》のことを思い出し、

「あ、はい。トンですみました。英語が下がっただけだから」

と答えたので、フレンチトーストで頰《ほほ》を膨《ふく》らませた閑さんが、「んむんむ……！」と妙《みょう》な唸《うな》り声《ごえ》を出した。それがおかしくて、爽子とるみちゃんはゲラゲラと笑った。きっと、私が付いていないながら、という気持ちだったに違《ちが》いない。

昼食後、爽子は、るみちゃんを伴《ともな》って部屋に入り、約束どおり、ドードー森の続きを読んであげた。そして、すっかり読み終えたあとで、ドードー森の住人と、十一月荘《じゅういちがつそう》をめぐる人々との重なりについて、やんわりと明かした。でなければ、ノドドーカ屋敷《やしき》の舞踏会《ぶとうかい》にいた人々が誰《だれ》なのか、わからないだろうから。ただ、プクリコについて話すときには、さすがにためらいがあった。母親がタヌキに模《も》されていると知るのは、いい気持ちのものではないだろう……。ところが、るみちゃんは、

「あのタヌキのぬいぐるみ、お母さんだったのかあ、いいなあ、可愛《かわい》くて！」

と、羨《うらや》ましがったので、爽子はほっとした。

それから二人は、ラピスに行く支度《したく》をした。るみちゃんは、リュックやぬいぐるみで腕《うで》をいっぱいにして再び爽子の部屋にもどってくると、それらをどさっとベッドに下ろしてから、

「ドードー鳥のノート、ちょっと持たせてほしいんだけど……いいかなあ……爽子ちゃん……」

と、上目づかいに爽子を見て頼《たの》んだ。

「……持たせてほしいって？　……」

きょとんとしながら爽子が答えると、るみちゃんは、リュックを示して、

「みんなと一緒《いっしょ》に、しょっていきたいの……。持ってってもいい？」

ともう一度聞いた。るみちゃんが持ってきたのは、ソーラとプクリコ、それに、ライオンのぬいぐるみだったのだ。さらにるみちゃんは、爽子の机《つくえ》の上にあったミセス・クリオーザを、カラスだんなの横に並《なら》べた。

「るみちゃん、これ全部もってくのは、いくら何でも無理！　リュックには入らないわよ！」

るみちゃんが、ドードー森の仲間たちと一緒《いっしょ》に出かけようとしているのだとわかると、爽子はふき出したいような、愛《いと》おしいような気持ちになった。

「ノートは持たせてあげる。だから、残念だけど誰《だれ》かを選んで」

爽子はノートをリュックに入れてあげながら、やさしく言った。

結局るみちゃんは、ノートとカラスだんなとライスケとを入れたリュックをしょい、ロビンソンをつなぎのポケットに詰《つ》め、プクリコを抱《だ》いて家を出た。


ラピスの玄関《げんかん》には、しゃれたリースが掛《か》かっていた。でも、この店はやっぱり気楽には入っていけない。お客さん来るのかしら……と、爽子はいつも思うことをまた思いながら、ドアをあけた。

だが、静かな店内には数人の客が入っていた。そうか、クリスマスなんだ……。その時、

「あ、耿介《こうすけ》くんだ！」

とるみちゃんが叫《さけ》んだので、爽子は一度に緊張《きんちょう》した。

るみちゃんの声で、中にいたお客までが二人の方を向いた。耿介はレジの横に立ち、開いた本を手にしたまま、おじさんとともにこちらを見ていた。るみちゃんが、まっすぐそこまで行き、人なつこい様子で、

「これプクリコっていうんだよ」

と言いながら、腕《うで》の中のタヌキを二人に見せた。爽子は、あわてて後を追い、ごく小声で、

「るみちゃん、お店では静かにして！」

と叱《しか》った。自分たちのような子供《こども》がどやどやと入《はい》り込《こ》み、店主となれなれしくするのは、お店の雰《ふん》囲気《いき》を壊《こわ》すし、ほかのお客さんに失礼に思えて厭《いや》だったのだ。それでも、近くの棚《たな》の前に立っていた若《わか》い女性客が、にっこり微笑《ほほえ》んでるみちゃんの方を見たので、少しほっとした。爽子は、おじさんと耿介に向かって、ちょっと挨拶《あいさつ》すると、

「今日は、お買い物に来ました」

と小声で告げ、るみちゃんをどうしようかと一瞬《いっしゅん》迷ってから、「シーッよ」という合図をして、一人で目当ての棚《たな》に向かった。

何ということになってしまったのだ！　……と、爽子は、早鐘《はやがね》のように打ち続ける胸《むね》の内に手を焼きながら、棚《たな》に置かれた栞《しおり》を手に取った。幸い、そこはレジの死角になっていたから、何とか余《よ》裕《ゆう》を取りもどすことが出来た。栞《しおり》は革製《かわせい》で、金色で描《えが》かれた唐草《からくさ》模様《もよう》に、鮮《あざ》やかな彩色《さいしょく》が施《ほどこ》されていた。基調色の異《こと》なる三種類があり、それと同色の豪華《ごうか》な房《ふさ》が付いている。爽子は、惚《ほ》れぼれとな

がめては、こんなすてきな栞《しおり》なら、もらって喜ばない人はいない、たとえしまっておくだけだとしても、それだけで、きっとうれしいはずだと確信した。

誰《だれ》かとやり取りするおじさんの声が聞こえ、レジスターがチリンと鳴った。爽子の耳が冴《さ》えた。耿介くんだろうか、帰るんだろうか。でも、出ていったのが、年配の男の人だったので、ほっとした。ああ……でもいったい、どうしたらいい？　栞《しおり》を買ってしまえば、ちょっと挨拶《あいさつ》して、あとは帰るしかない。やっぱり、もう少し、こうしていようか……。だけど、その間に耿介くんが帰ってしまったら？　それは絶対に嫌《いや》だった。だって、やっと会えたのに！　もう会えないのに！　ああどうしよう……。戸惑《とまど》いの渦《うず》のなかで、ふと、るみちゃんは何をしてるのだろうと思った。やけに静かではないか。爽子は、思いきって棚《たな》の前を移動し、レジの方をのぞいた。そこに、耿介とるみちゃんの姿《すがた》はなかった。

「……あの……るみちゃんは……」

吸《す》い寄《よ》せられるようにレジに向かい、かすれた声でおじさんにたずねた。

「ああ心配しないで。奥《おく》にいますから」

と、おじさんは笑いながら、ゆっくり答えた。そして、「月曜日に発《た》つんだって？　関さん、残念だ残念だって、ずいぶんさびしがってましたよ」

と眼鏡《めがね》の奥《おく》の柔和《にゆうわ》な目を、いっぱいに開いて爽子を見あげながら言った。爽子は、何と答えたらいいかわからず、曖昧《あいまい》にうなずいた。二人が消えたと思ったショックの方が、まだ大きかった。おじさんが、栞《しおり》を受け取りながら、「今朝、関さんから連絡《れんらく》もらいましてね、日曜日、ぼくもお邪魔《じやま》しようかと思ってますよ」と言った。何のことだろうと頭をめぐらせていると、おじさんは、夏実《なつみ》さんが、十一月荘の居間でピアノを弾《ひ》くことになったのだと教えてくれた。

「えーっ、夏実さん、来てくれるんですか！」

爽子は、つい大きい声を出し、はっと口を押《お》さえた。願ったことが、もうかなえられるのだ。何とやさしい閑さんだろう！

「近くに住んでても、あの子のピアノをちゃんと聴《き》く機会って、そうないのでねえ」

とおじさんが言った。思えば、夏実さんは、おじさんの姪《めい》に当たるのだった。

「ところで、これは、プレゼント用ですね？　包んでおきますから、ちょっとのぞいてらっしゃい、物置ですけどね……」

おじさんはそう言って、壁《かべ》の隅《すみ》にあるドアを指差した。


爽子はそっとドアをあけた。物置と聞いたとおり、積まれたダンボール箱が真っ先に目にはいったが、陽《ひ》の差さない、伸《の》びた細長い部屋の壁《かべ》には本もずいぶん積まれており、どちらかというと、整理の悪い古本屋の片隅《かたすみ》のように見えた。爽子は、その間の狭《せま》い通路を進んだ。るみちゃんの話し声がする。通路を塞《ふさ》ぐ古めかしい箪笥《たんす》の脇《わき》をすり抜《ぬ》けたとき、小部屋と呼《よ》べないこともない、明るい一角に、耿介とるみちゃんがいた。

耿介は脚立《きゃたつ》のてっぺんに腰《こし》をおろし、るみちゃんは、ぬいぐるみといっしょに、長椅子《ながいす》に座《すわ》っていた。

「あ、こんにちは。続き、読ませてもらいました」

と、耿介が微笑《ほほえ》みながら言い、膝《ひざ》の上にノートを立てた。爽子は、あっと息をのんだ。すっかり、すっかり、忘《わす》れていた！　るみちゃんが爽子を見上げ、言《い》い訳《わけ》するような強い語調で、

「だってね、耿介くんたらね、知ってたんだよ！　プクリコのことも、ライスケのことも、みーんな！」

と懸命《けんめい》に言った。勝手にノートを見せたことで、叱《しか》られると思ったらしかった。爽子は、叱《しか》る気などないことを示そうと、何度もうなずきながらも言葉が出なかった。するとるみちゃんが、

「……私はいいんだよ、三人の秘密《ひみつ》でも……」

と言ったので、爽子と耿介は、思わず同時にふき出した。耿介が、カラスだんなを指差しながら、

「ラピスのおじさんも仲間に入れてあげたい気も、ちょっとするけどね」

と言うと、るみちゃんは難《むずか》しい顔をして、

「ううん……でもねえ、そうすると、関さんとか、うちのお母さんとか、みんなも入れてあげないと、かわいそうじゃん？」

と言い、きっぱりと、「仲間は、いちおう、子供《こども》だけってことにしない？　子供《こども》三人の秘密《ひみつ》ってことに」と提案したのだった。その言葉に耿介はすっかり喜び、

「なるほど！　子供《こども》三人の秘密《ひみつ》ってのはいいね！」

と繰《く》り返《かえ》し、笑いながら爽子を見た。

爽子は、胸《むね》がいっぱいだった。るみちゃんの言葉は、何と魅力的《みりょくてき》に響《ひび》いただろう！　大人は入れ

ない、子供《こども》だけの世界……子供《こども》三人の秘密《ひみつ》の世界……。るみちゃんと自分と、そして耿介くんの三人。秘密《ひみつ》の中身は、自分が創《つく》ったドードー森の物語だ……。こんなことが、現実に起《お》こり得《う》るなんて……。

「ねえ爽子ちゃん、お買い物すんだの？」

と、るみちゃんが聞いた。爽子はあわててうなずき、

「……うん、すんだの。だから帰ろう？」

と促《うなが》した。そう言うしかなかった。るみちゃんは、ぬいぐるみを、さっさとリュックに詰《つ》め始《はじ》めた。耿介が脚立《きゃたつ》を下り、ノートを差し出した。

「ありがとう、読ませてもらって。楽しかった」

「……ありがとう……読んでくれて……」

爽子は、やっと答えた。

すっぽりと雪に覆《おお》われた白一色の住宅街《じゅうたくがい》を、るみちゃんと並《なら》んで歩きながら、爽子は、自分の頭の中も、真っ白になってしまった気がした。ぴいんと張《は》り詰《つ》めた弦《げん》が不意に切れたように、爽子は、ぼうっとしていた。

27

その夜、爽子《そうこ》は、ベッドの中で枕《まくら》を背《せ》に当てて起き上がったまま、十一月荘《じゅういちがつそう》のみんなからもらったプレゼントを、もう一度手にとってながめた。

閑《のどか》さんが編んでくれた、辛子色《からしいろ》の帽子《ぼうし》と手袋《てぶくろ》。透明《とうめい》の毛糸が陽炎《かげろう》のように立ち上るアンゴラ毛糸は、ふんわりと心地よく、夢のように手になじんだ。るみちゃんは、何色ものカラーペンを使って、『おひめさまのそうこちゃん』という題の肖像画《しょうぞうが》を描《か》いてくれた。洗面器《せんめんき》のような横幅《よこはば》の広い顔に、ぎざぎざの冠《かんむり》をのせ、ウインクしているおひめさまは、それはそれは、丈《たけ》の長いドレスを着ていて、かかとの向きが面白《おもしろ》い、小さな小さな赤いパンプスをはいていた。周りには、星と花がいっぱい……。るみちゃんは、あとの三人にもそれぞれの肖像画《しょうぞうが》を描《か》いてあげたが、本人が言うように、爽子のものが、とびきり丁寧《ていねい》にきれいに出来ていた。そして、苑子《そのこ》さんと馥子《ふくこ》さんが二人いっしょにくれた、チューリップのプチペンダント！　金色に縁取《ふちど》られた真っ赤なチューリップは色鮮《いろあざ》やかで、細工は精巧《せいこう》だった。このように美しく小さな工芸品を見るのは、何という喜びだろう。

どの贈《おく》り物《もの》もみな、爽子を豊かな幸せな気持ちにした。東京に行ったら、るみちゃんの絵を部屋の壁《かべ》に飾《かざ》ろう。外出には、新しい帽子《ぼうし》と手袋《てぶくろ》をしよう。そして、春になったら、首のあいた薄手《うすで》のセーターを着て、このペンダントをしよう……。でも、そうした未来を考えるのを、爽子は、まだちょっと先に延《の》ばしたかった。今日はまだ、クリスマスイブなのだ。そしてまだ、自分は十一月荘の住人なのだから。爽子は、先のことを打ち消すように、自分が贈《おく》ったプレゼントのことを思った。

——何といっても意外で、おかしかったのは、三人がそろって栞《しおり》の包みをあけたときの馥子さんだった。わっと喜んだすぐあとに、閑さんと苑子さんの物を見、「取《と》り替《か》えてもいいわよ」と二人に言われると、目を輝《かがや》かせて三枚《まい》を見比べ、選びに選び、やっとえんじ色の物をよけたあと、二枚《まい》のあいだで悩《なや》みに悩《なや》み、唸《うな》りに唸《うな》り、「私《わたし》のもあげるって言えなくてごめんなさい、馥子さん……」と見かねた閑さんが言ったのに対しては「とんでもない、それはだめです！」と激《はげ》しくさえぎり、それでもまだ決まらずに、「保留」になっていることだった——。やっぱり馥子さんておかしい、と爽子は笑い出さずにいられない。苑子さんが悩《なや》むのならわからなくもないのだが、ほとんど身なりにかまいつけないように見える馥子さんが、どれでもいいとは言わないのが面白《おもしろ》く、そしてうれしかった。

（だけど、あの悩《なや》み方《かた》は、ノドドーカばあさまを見つけたときの、昨日の私かも……）

そして、そのドードーといっしょに見つけたアナグマのぬいぐるみ——。それが願った以上に喜ばれたのは、るみちゃんが、苑子さんから、小さなカラスの女の子のぬいぐるみをもらったからだった。それを見たときには、爽子まで、はしゃがずにいられなかった。二人の子供《こども》は、すぐにサマーと名をつけて、アナグマと並《なら》んですわらせたのだった。「何か秘密《ひみつ》がありそうねえ……」と三人が言い、るみちゃんは、それがまたうれしくて、「秘密《ひみつ》だよ、秘密《ひみつ》だよ！」と爽子の耳にささやいたのだった。

電気を消してベッドにもぐりこんだときになって、爽子はやっと、耿介《こうすけ》とのやりとりを思い返した。まぶたの裏《うら》に笑った表情がよみがえると、胸《むね》が熱くなり、幸福な思いがこみあげた。

（子供《こども》だけの秘密《ひみつ》……。るみちゃんと私と耿介くんだけの、三人だけの秘密《ひみつ》の世界……。ああ、会えるなんて思ってもみなかった……。あっ！　そういえば、ライスケとライゾウの話も読まれたんだ……）

早坂《はやさか》コースケのことを帳消しにしたいという思いを結局ああした形で書いてしまったことの是非《ぜひ》が何となく気になった。でも耿介は少しも気分を害したようではなかった。

（だいじょうぶ。怒《おこ》ってなんかいなかった。でも……）

爽子はどうしてもあれが最後だとは思いたくなかった。

（あさっては土曜だわ……）

今度こそ居間に下りていこう。そう決めると心が落ち着き、新たな希望が湧《わ》いた。爽子はぎゅっと目を閉《と》じ、眠《ねむ》りについた。

土曜日、爽子とるみちゃんは、十一月荘の共有部分すべてに掃除機《そうじき》をかけた。「まあまあ、何てありがたいことでしょう！」とからだを反らせて目を丸くした閑さんを見て、いっそうはりきった二人は、大人たちを驚《おどろ》かせようという野望に燃えて、次には雑巾《ぞうきん》まで取り出した。「だって明日はピアノのコンサートだもん、どこもかしこもきれいにしなくちゃ」とるみちゃんは何度も口にした。どうも、「コンサート」という言葉の響《ひび》きに、大人っぽい、おしゃれな感じを抱《いだ》いているらしく、それを言うのがうれしいらしいのだった。だがそのるみちゃんは、台所の棚《たな》で発見したカゴを、ぬいぐるみのゆりかごにしようと思いついて駆《か》けて行《い》ってしまったので、爽子は一人で、床《ゆか》を拭《ふ》き続《つづ》けた。

爽子は、耿介に、思いきって手紙か何か——たぶんカードのような物を——わたそうかしらと思いついてから、ずっとそわそわしていた。もちろんその内容は、ドードー森を読んでもらえて、本当にうれしかったということに尽《つ》きる。それ以外のことなんか……! でもそれだけのものを、いったいわざわざわたす必要があるのだろうか。爽子は、書こうかやめようか、どうしようどうしようと迷い、判断を遅《おく》らせたくて、せっせと手を動かしてもいたのだった。

掃除《そうじ》を終えた爽子は、まだ迷いながら、二階への階段《かいだん》をゆっくりと昇《のぼ》った。そして、ここを通るたびにちらりと目をやる小さな額絵、青い屋根の水車小屋の絵を、足をとめてじっと見た。どこか遠くの、うっとりするほど、のどかな村の絵……。よく見ようと顔を近づけても、はじめから遠い村は、淡《あわ》くかすんでいるだけだ。でも、屋根に一羽カラスがとまっただけの人気《ひとけ》のない絵が、普通《ふつう》与《あた》えがちな、うらさびしい印象を、この絵から受けることはなかった。このカラスは、きっと気のいいカラスで、鼻歌でも歌っているところにちがいない。そう……ドードー森の物語は、ここから始まったのだった……。

「爽子ちゃん、その絵、好きでしょう？」

階段《かいだん》を昇《のぼ》ってきながら、閑さんが声をかけた。そして、爽子と並《なら》んで絵をながめながら、「よかったら、ここの思い出に持って行ってちょうだい。荷造りする前に言うつもりだったんだけど、まだ間に合う？」ときいた。爽子が驚《おどろ》いていると、「いい物みたいに飾《かざ》ってるけど、もちろん複製画よ。もう十年もたつかしら。ラピスで買った最初の買い物がこれなの。初め見たときには、どうとも思わなかったんだけど、ラピスのおじさんが、何となくいい絵でしょうって言ったら、不思議とそんな気がしちゃって。たしかに、何となくいいのよねえ……」と、閑さんは言った。

「ラピスのおじさんがねえ……！」

と、爽子は繰《く》り返《かえ》さずにいられなかった。何年も前にラピスにあった絵を、そうとは知らずに、ラピスで買ったノートの中に、お話として自分が書《か》き込《こ》んでいっていたとは……！　ラピスのおじさんも仲間に入れたいと言った耿介の言葉を思い出す。爽子は、そうしたことを閑さんに伝えきれないもどかしさを感じながらも、最大級のお礼を述べ、閑さんといっしょに絵をはずしたのだった。

ベッドに座《すわ》った爽子は、思いもよらなかった贈《おく》り物《もの》にあらためて見入った。

（ここから始まったドードー森の物語は、やっぱりここで終わるのがいいかもしれない……）

ふと、小さな小さなお話を、もう一話書きたいと思った。それを最終章にして、そして……そして……それを耿介くんにわたそうかな。別の紙に清書をして……。図々《ずうずう》しいような気がしたけれど、「ドードー森は、私たち三人のものなのだ」と胸《むね》を張ってささやいてみると、勇気が出た。爽子は机《つくえ》に絵を立てかけると、昨日詰《つ》めたばかりの荷物の中から、ドードー鳥のノートを取り出した。

ドードー森の物語
第十話　ロビンソンがなつかしい家の絵をかいた話

秋の終わりの午後でした。水車小屋のカラスだんなは、パンケーキが焼けるのを待ちながら、窓《まど》べの机《つくえ》に向かって、伝票の整理をしたり、日記をつけたりしていました。カラスだんなは、もともときちょうめんなたちだったので、経営のことはもとより、ドードー森でおこったできごとの記録も自分の仕事として、おこたらずにつづけていたのです。森のみんなも、それを知っていたので、何か思いだしたいときには、水車小屋をたずねることにしていました。

きのうのことを記録し終えて、ほっと一息ついたカラスだんなは、ふと、窓《まど》の外に目をやりました。すると、すっかり葉をおとした木ぎのあいだの道を、何かかかえたロビンソンが寒そうに肩《かた》をすくめながらこちらに向かって歩いてくるのが見えました。

「おーい、ロビンソーン！」

カラスだんなが少しばかり窓《まど》をあけて身をのりだしてさけぶと、ロビンソンも手をふりかえしながら、

「おじゃましても、いいですかあー！」

とさけびました。

カラスだんなは、心のなかで、

（ここに来たら、あの子はきっと、「ぼくってついてる」っていうだろうな）

と思いました。だって、パンケーキの焼けるいいにおいがただよっていましたからね。

けれどロビンソンは、意外なことに、においのことは何もいわず、はいってくるなり、

「ねえ、この絵、どう思います？」

と、スケッチブックをひらいてみせたのでした。

「……おおっ！　きみがかいたのかい？　いいねえ！」

カラスだんなは、ちょっと老眼なのか、受けとったスケッチブックを両手をのばして持ちながら、感心した声をあげました。ロビンソンは、うれしそうに頭をカリカリかきながら、

「ぼく、自分にどんな才能があるのかわからなくて、ずっとなやんでいたんです。でもこの絵のできを見たら、ひょっとして絵にむいてるんじゃないかって思ったんです。どうでしょう、そんな気がしませんか」

とたずねました。

「ふうむ……。そうかもしれない」

「やっぱりそうですか！　何も見ないでかいたのに、こんなにうまくかけちゃったから、ぼく、自分でもびっくりして……。ああ、ついに、ぼくの才能を発見したぞ」

ロビンソンは、満足そうにため息をつくと、ちょっと表情をかえてつづけました。

「ところで、この家なんですけど。ふしぎなことに、見てるうちに、何だか知ってるところのような気がしてきたんです。行ったことがあるというか、住んでいたことがあるというか……。こう、すごく胸《むね》のあたりがなつかしくて。そうしたら、もうたまらなくて、それで、カラスさんに聞きたくなったんです。カラスさん、ひょっとして森のみんなで、この家にあそびにいったことは、ないでしょうか？　そういう記録は残っていないでしょうか？」

カラスだんなは、じっと絵を見ながら首をひねりました。

「ふうむ。そういわれると、行ったことがあるような気がしてきたぞ。この家、この庭……。うん、たしかに、みょうになつかしい……。でも、みんなで行ったことは、やっぱりないと思う。すごくいい感じの絵だから、きっとそんな気がするんだよ。きみ、ありもしない記憶《きおく》にうったえかける絵をかくなんて、じっさい、たいしたものだよ！　さあ、こうして絵を立てかけて、しばらくながめるとしよう！　おっと、パンケーキが焼けるころだぞ」

「えっ、パンケーキ！　そういえば、いいにおい！」

こうして二人は、窓《まど》べの机《つくえ》で、こがらしの吹《ふ》く灰色《はいいろ》のけしきを見たり、机《つくえ》に立てかけた絵をながめたりしながら、紅茶《こうちゃ》を飲み、パンケーキを食べたのでした。

――ロビンソンがかいた絵、それは、白い柵《さく》をめぐらした庭のなかに、みどりのモミやトウヒの木、それにまっかなナナカマドや黄色いイチョウなどがならんだ、赤茶色の屋根の白い二階家の絵でした。そう、それは、十一月荘《じゅういちがつそう》の絵だったのです――

「ああ、ぼくってついてる！」

ロビンソンは、満足そうにいいました。

水車のギイコギイコという音だけが、ひびく、静かな午後のことでした。

28

爽子《そうこ》は、急いで書き上げた一話を、今度はできるだけ丁寧《ていねい》に便箋《びんせん》に清書した。そして、持っている中のなるべく趣味《しゅみ》のいいカードを選んで『ドードー森の物語を読んで下さってありがとう。不愉《ふゆ》快《かい》なお話もあったかもしれません。ごめんなさい。最後の話を書きました。小さな話ですが読んでもらえるとうれしいです。』と書いた。その間に、清書した三枚《まい》の便箋《びんせん》をたたんで挟《はさ》み、封筒《ふうとう》に入れた。

水車小屋から始まり、水車小屋で終わった『ドードー森の物語』。それもぴたりと十話。形を整えたという思いが、書き上げたという思いに結びつく。いったい何になるの？　という虚《むな》しさはもうどこにもなかった。『ドードー森の物語』を書いたのは、るみちゃんを喜ばせるためでも文章修《しゅ》業《ぎょう》のためでもなかった。自分のためというのでもなかった。結果的には、そのどれもになり得たとしても。それでは何のためだったのだろう？　言葉を選び、削《けず》ったり加えたりしながら、大海に小《こ》舟《ぶね》で漕《こ》ぎだすようにして、白紙のノートに綴《つづ》っていったあの夢中の行為《こうい》は。

「わからない」

と爽子はつぶやいた。それでも虚《むな》しくはならなかった。夢中で過ぎたあの時間も、それを終えた今も、喜びのうちに在ることがたしかだったから。

夕食の時間がせまったとき、爽子は、そわそわしながら、下におりた。閑《のどか》さんに思いきって言うつもりだったのだ。英語が終わったら、声をかけて下さいと。ところが先に、閑さんが言ったのだった。

「今日は英語がないの。耿介《こうすけ》くん、今日と明日、スキーなんですって。昼から行って、夜もすべるんだそうよ。スキーにも、ナイターってのがあるんだってね」

墜落《ついらく》したような気がした。空のてっぺんから、どこまでも、どこまでも……。でも、落ち行く先は、地面ではなく、どこか別の宇宙《うちゅう》の果てだ……。今日と明日、耿介はいない……。そしてあさって、自分はここにいない。もう会うことはないだろう……。

苑子《そのこ》さんも馥子《ふくこ》さんも、それぞれの忘年会《ぼうねんかい》があり、留守だった。馥子さんの遅《おそ》い日にはいつもそうするように、閑さんとるみちゃんはいっしょに入浴し、そのあいだに、爽子は、一人で夕食の後片付《かたづ》けを始めた。やがて、思ったよりも早く、馥子さんが帰ってきた。忘年会《ぼうねんかい》にはちょっとだけ顔を出したのだが、みんながビールを飲んでいるあいだに、せっせと食べたからおなかはいっぱいだと言って、ぽんぽんと丸いおなかをたたいた。その様子が、ほんとうにプクリコのように思えて、爽子は、やっと少し笑った。馥子さんがお風呂《ふろ》の方をちらっと見ながら、

「閑さんには悪いけど、ちょっと食べない？　やっぱり、甘《あま》い物《もの》が食べたくなって、バス待ってるあいだに、今川焼き買ったの。ここ、あとは私《わたし》がやるから」

と言って、あっというまにお湯をわかして、ほうじ茶をいれた。

今川焼きとお茶を前に、そそくさとテーブルの隅《すみ》についた馥子さんは、部屋をぐるっと見回しながら、

「わあ、家の中、なんだかきれいじゃない？　爽子ちゃん、今日もお掃除《そうじ》してくれたの？」

と聞いた。

「ええ、るみちゃんと二人で。だって明日は『コンサート』でしょ？」

馥子さんは、そうだったというように大きくうなずき、

「で、あさってが、爽子ちゃんの行っちゃう日か……」

と、くぐもった声でつぶやいた。そして、茶碗《ちゃわん》を両手でくるみながら、爽子がるみちゃんに注いでくれた愛情に対して、しみじみと礼を言った。

「何しろるみ子は、兄弟だけじゃなく、いとこもいないのよ。ほんとうはいるにはいるの。あの子の父親のお姉さんの子が。でも、会うことって……もうまずないの、大阪《おおさか》だし。だから、爽子ちゃんが来てくれて、こんなに仲よくしてもらえて、本当によかった……」

馥子さんは、うつむきながら続けた。「私ね、ここには、苑子さんの紹介《しょうかい》で転《ころ》がり込《こ》むようにして住まわせてもらったんだけど、こんなにいい目を見ていいんだろうかと思うくらい、ずっと楽しく生活させてもらってたの。まる五年も。そこへ爽子ちゃんが来たでしょう？」

馥子さんが、小さな丸い目でまっすぐ爽子を見あげた。爽子はどきっとした。

「あの子、とたんに陽気になったの。それまでも、明るい子供《こども》だったけど、弾《はず》み方《かた》がちがうのよ。……るみ子と爽子ちゃんを見てたら、私、子供《こども》のころに、年上の従姉《いとこ》と、遠くまで散歩に行ったこととか、宝物《たからもの》もらったりしたこととか、あれこれ思い出しちゃった。わくわくするのよねえ、そういうのって。……私自身は、兄弟もいれば、従姉《いとこ》もいる、いわゆる、平凡《へいぼん》な家庭環境《かんきょう》を知ってるわけよね。ところがるみ子は、そういうものをまったく知らずに育つことになったでしょう……。それも私のわがままで。たしかに、今の私たち親子にとって、これ以上恵《めぐ》まれた環境《かんきょう》は、考えられないんだけど、るみ子のうれしそうな様子を見てたら、むかしながらの、平凡《へいぼん》な形の家庭が、子供《こども》には、やっぱり幸せなんだろうなあって、思えてねえ……」

爽子は胸《むね》が詰《つ》まった。――こんなに楽しそうに、そして飄々《ひょうひょう》として暮《く》らしているかに見えても、果たしてこれで良かったのだろうかという思いは、事あるごとに、馥子さんの胸《むね》をよぎってきたにちがいない。普通《ふつう》の人々とちがう方法を選ぶということは、迷いとともに進むということでもあるのだろう。他人がそれをどう思うかは、閑さんが言ったように、たぶん、だいじなことではない。問題は、るみちゃんだ。るみちゃんははたして、「平凡《へいぼん》な形の家庭」に育つよりも不幸なのだろうか。もちろん、答えは永遠に謎《なぞ》だ。わかっていることは、不幸であろうとなかろうと、これが、るみちゃんにとっての子供時代《こども》ということだ――。爽子は、はっと思った。そこに入《はい》り込《こ》み、かつてない日々を共有した、従姉《いとこ》のお姉さんのような人が、去っていくとしたら？　去っていく自分こそがさびしいのだと、それればかり思っていたのは、何と迂闊《うかつ》だったろう。取り残されるほうだって、さびしいのだ。そんなことに、気がつかなかったなんて。

「私、もちろん、るみちゃんに手紙を書くつもりでした。でも、ほんとに、ほんとに、そうしようと思います。それに、またいつか、夏休みとか、冬休みとか、私、遊びにきていいですよね？」

「ありがとう、爽子ちゃん……。そうしてもらえたら、ほんとにうれしい」

その言葉は、爽子をも元気づけた。十一月荘《じゅういちがつそう》の人々にとって、自分は、もはや通りすがりの者ではない。これは信じていいことなのだ！　閑さんや苑子さんに比べて、親しく話すことの少なかった馥子さんに言われたことが、いっそううれしかった。その時、

「ああっ、ずるーい！」

「あら帰ってたの？　あ、いいことしてたわねえ」

上気した顔のるみちゃんと閑さんが、台所を通って居間にあらわれた。石鹼《せっけん》の香《かお》りがすっと爽子の鼻をかすめたとたん、目の前にあった今川焼きが、小さな手で、ぱっとつかみ取られた。

「これっ！　ちゃんとみんなの分あるわよ！」

馥子さんがたしなめた。

口元にあんこをつけつつ、夢中で今川焼きを食べるるみちゃんを見ながら、明日、最後のドードー森を読んであげよう、そして、るみちゃんにもちゃんとお礼を言おう、物語を共有してくれたお礼を……。そう、爽子は思った。

29

十一月荘《じゅういちがつそう》で過ごす最後の日だった。夕方から始まるコンサートのために、閑《のどか》さんとるみちゃんは、市場まで行き、たくさんの花を買ってきた。お客さんは、鹿島《かしま》さんとラピスのおじさんだけなのだろうと思っていたら、なんと、夏実《なつみ》さんの婚約者《こんやくしゃ》の平野《ひらの》氏も来るというので、みな、少々緊《きん》張《ちょう》したのだった。「お隣《となり》さんになるんですもの、あなたたちも、ちょっと見ておいてちょうだい」と鹿島さんが言ったそうで、苑子《そのこ》さんは、「私《わたし》たちは変装《へんそう》しなくていいのかしら」と言って笑った。

昨日、丁寧《ていねい》に掃除《そうじ》をしたから、今日は会場作りに専念《せんねん》できた。爽子とるみちゃんは、ここがラピスのおじさん、ここが帽子《ぼうし》のおじさん――るみちゃんはそう呼《よ》ぶのだった――というふうに、ピアノの方に向けて椅子《いす》を並《なら》べた。さらにるみちゃんは、閑さんの部屋の古いソファーを貸してくれるよう閑さんに頼《たの》み、爽子の手を借りて居間までひっぱってくると、それをぬいぐるみの座席《ざせき》にした。

「ノドドーカばあさま、ソーラ、プクリコ、ライスケ、カラスだんな、ミセス・クリオーザ、アナグマ・ハット氏、サマー、それにロビンソン、と……。カメマジロ先生は、持ってないし、もともと、森の外のものなんだからいらないっと……」

るみちゃんは、クリスマスの晩《ばん》以来、もうすっかり、新しいぬいぐるみを仲間に入れていたし、「もらうのではなく貸してもらう」という約束で、爽子のドードー鳥を可愛《かわい》がってもいたのだった。

「まあ、たくさん並《なら》べたこと！　お父さんにもらったクマちゃんは入れてあげないの？」

馥子《ふくこ》さんが、通りがかりに声をかけると、

「うん、可哀相《かわいそう》だけど、クマちゃんは、入れないの」

とるみちゃんは残念そうに答え、爽子にパチッと片目《かため》をつぶってみせた。自分の作った世界を、るみちゃんが、こんなにまで受け入れてくれたことに爽子は、感動した。だが、世界を共有してくれたもう一人の「仲間」は……。それを忘《わす》れようと、爽子は、せっせと立ち働いた。

白いクロスを掛《か》けたテーブルに、花を投げ入れた大きな花瓶《かびん》を飾《かざ》ると、飲み物とカナッペをおいただけで、なかなか華《はな》やいで見えた。みんなが集まったら少し談笑し、それからピアノを聴《き》き、その後で、こんどはオードブルやサンドイッチやフルーツをつまみながら、またおしゃべりしようという段取《だんど》りだった。徐々《じょじょ》に日が暮《く》れ、もうすっかり夜の帳《とばり》が降《お》りていたが、今日はカーテンを引かないことにしていた。苑子さんと馥子さんの二人がクリスマス前に飾《かざ》り付《つ》けた、庭のトウヒの木のイルミネーションが美しかったからだ。二十四日の夜も、闇《やみ》に輝《かがや》く小さな光を見ながら、食事をとり、プレゼントをわたしあったのだった。

鹿島さんが、手作りのフルーツケーキとともに、最初にあらわれて、居間は一気に賑《にぎ》やかになった。それから少し遅《おく》れて、夏実さんと平野氏がいっしょに来た。初めて見る夏実さんは、爽子が想像したとおりの、ポニーテールがよく似合う、華奢《きゃしゃ》で清楚《せいそ》な様子の若《わか》い娘《むすめ》さんで、ちっとも「村《むら》娘《むすめ》」などではなかった。そして、平野氏は、落ち着いた感じのいい紳士《しんし》、そう、アナグマ・ハット氏のような人だった。もっとも、例の帽子《ぼうし》をかぶった平野氏が、玄関《げんかん》で挨拶《あいさつ》した時には、迎《むか》えに出た苑子さんと、うっかり目を合わせて、ふき出しそうになったのだが。鹿島さんが言ったとおり、平野氏は、本当に、メヘヘヘ……というような声を出したのだった。それから、ラピスのおじさんが、ワインとパンケーキを持ってあらわれ、鹿島さんに、「おやまあ兄さん、またこれだ」とからかわれ、居間は笑い声で溢《あふ》れたのだった。

本当に、その夜の居間は、どこもかしこもきらびやかに見えた。何しろ鹿島さんは、スパンコールの刺繡《ししゅう》をしたすみれ色の服を着ていたし、夏実さんの緑のサテンのドレスは動くたびに光が揺《ゆ》れるのだった。さらに十一月荘のみんなも、この日はそれぞれにちょっとおしゃれをしていた。――閑さんは、大胆《だいたん》な切《き》り替《か》えのある縮緬《ちりめん》のワンピースに、銀の鎖《くさり》をじゃらんとさげ、苑子さんは、アラビアのおひめさまのような、ゆったりしたパンツスーツを着、馥子さんとるみちゃんは、白いブラウスに、おそろいのモスリンのフレアースカートをはいていた。そして爽子自身は、あの茶色のワンピースを着て、リツ子がくれたイヤリングと指輪をつけた――。そんなふうに装《よそお》うだけで、毎日の生活の場がくるりとひるがえり、ぱっと輝《かがや》く。

爽子も、今ではもうすっかり、楽しい気分になっていた。ゆうべ、馥子さんの話を聞いたあとでは、何かとそばに寄ってくるるみちゃんに、いっそう親しみを覚える。平野氏が、ソファーに並《なら》んだぬいぐるみの中から、たまたまアナグマを手にとって、

「これは何だ……イタチでもなさそうだな……」

とつぶやいたときには、くっつきあった二人が、あまりクスクスと笑ったので、平野氏は、あわててソファーにもどしたのだが、後ろ向きにすわらせたのが、まるで平野氏が恥《は》ずかしがって、頭をかくしているように見えて、二人はまた笑わずにいられなかった。そのあと平野氏は、横目でちらっと二人を見、大人たちが見ていないすきに、下くちびるをぎゅっと突《つ》き出《だ》したので、るみちゃんは、大喜びだった。夏実さんが、ふりむいて、

「おじさん、面白《おもしろ》い？　なかよくしてあげてね。それに、私ともね、るみちゃん」

と言って、微笑《ほほえ》んだ。まるで、カラスの子のサマーが、すてきな孔雀《くじゃく》に成長して、にっこり微笑《ほほえ》んだかのようだった。この夏実さんに、るみちゃんはピアノを習うのだ、そう思うと、爽子は自分のことのようにうれしかった。

おしゃべりがはずみ、だれもがすっかり打ちとけたころ、みな、席につき、夏実さんのピアノ演《えん》奏《そう》が始まった。

泉《いずみ》の底から湧《わ》き出《で》る清水のような美しい音色を、夏実さんの指先が紡《つむ》ぎ出《だ》した。魔《ま》術《じゅつ》師《し》のようになめらかに動く、夏実さんの肩《かた》と腕《うで》が、指先を自由に操《あやつ》り、音は、流れ流れて、人々を、深い渦《うず》の中へと誘《さそ》い込《こ》む。どこか不思議な旋律《せんりつ》……。激《はげ》しくも繊細《せんさい》な……。

（シューベルトって、こんなにきれいだったんだ……）

爽子は、以前、母といっしょに見た、古いシューベルトの青春の映画《えいが》を思い出した。だが頭の隅《すみ》

では、こうして、みなで並《なら》んでピアノの方を向いている場面を思い出してもいた。これとそっくりのことがあった……。そうよ、もうどこかで、体験したことだわ……。聞こえていた曲はちがうけれど、みんなで、こうやって聴《き》いていた……。ああ、そうよ、なんてこと、自分で書いたお話じゃないの……。ドードー森のみんなが、十一月の扉《とびら》をあけて入っていった、あの部屋の光景よ……。ほら、みんなそろっている。――ただ一人以外は……。いいのいいのそのことは忘《わす》れよう、ちゃんとライスケはすわっているんだもの……。

ピアノの音の流れにのみこまれ、まるで夢の中をさまよってでもいるように、爽子はとぎれとぎれに物を思った。時が過ぎた。

夏実さんが立ち上がり、こぼれるような笑《え》みを浮《う》かべて会釈《えしやく》をした。その時、拍手《はくしゆ》の音にまぎれながら、玄関《げんかん》のチャイムがたしかに鳴ったのが聞こえた。関さんが出た。

「あらまあ、来れたの？」

ぼそぼそと聞こえてくるのは、耿介《こうすけ》の声だった。

耿介は、陽《ひ》に焼けた顔で、みんなに頭を下げた。ゴーグルをしていたのだろう、目の周りだけが、ぼんやりと白い。「ええと椅子《いす》……どうしようかしら」とあわてている関さんに、「いえ、ここで聴《き》きますから続けて下さい」と耿介ははっきり答えて、キャビネットに寄りかかった。夏実さんが、それではというように口を開いた。

「じゃあ、次の曲を。これを最初に弾《ひ》いたのは、爽子ちゃんくらいの時だと思います。それ以来、気にいって、ときどき弾《ひ》きます。ええと、シューマンの幻想小曲集《げんそうしようきよくしゆう》の中の『飛翔《ひしよう》』……」

そこで、るみちゃんを見て、「飛んでいくことよ」と、やさしく付け足した。そして、夏実さんは弾《ひ》いた。

爽子は息を詰《つ》め、ただじっと夏実さんを見ながら、ピアノに耳を傾《かたむ》けた。激《はげ》しく、せつなく、うねるような旋律《せんりつ》が波のように心を襲《おそ》った。部屋の中をうっすらと映《うつ》しだす窓《まど》ガラスの向こうでは、ゆっくりと雪が降《ふ》っていた。トウヒの木の小さなたくさんの光もまた、降《ふ》る雪にいざなわれ、静かな舞《まい》を舞《ま》い始《はじ》めたかのように、闇《やみ》の中できらりくるりときらめいている。なんと美しい夜だろう……。

胸《むね》が溢《あふ》れそうになったとき、爽子は、そっと耿介を見た。涼《すず》しげな目でピアノのほうを見ている耿介の横顔は、気高く逞《たくま》しく見えた。ああ、どんなにどんなに見たかった姿《すがた》。いつかどこかでこの曲を聴《き》いたなら、私はきっと必ず、この姿《すがた》を、この横顔を、思い出すだろう、おばあさんになっても……。突然《とつぜん》、涙《なみだ》が出そうになった。すると耿介が、わずかに顔を動かし、爽子に向かって、かすかに微笑《ほほえ》んだ。

十一月荘を取《と》り巻《ま》くすべての人々が、この最後の夜に、集《つど》っていた。そして爽子の心には、ここで過ごした日々の思い出と、『ドードー森の物語』とが住んでいた。子供《こども》三人の秘密《ひみつ》の物語が……。

(お母さん、わがままを許してくれたことを、心から感謝します)

美しい『飛翔《ひしょう》』の音色に心を飛ばしながら、爽子は明日からの日々を思った。だいじょうぶ。きっときっと、未来もすてきだ。唇《くちびる》をかみしめ、そっと涙《なみだ》を拭《ぬぐ》いながら、爽子は満ち足りていた。

この作品は一九九九年にリブリオ出版より刊行され、二〇〇六年に新潮社、二〇一一年に講談社より文庫化されました。再版にあたり、新潮文庫版を底本としています。

高楼方子（たかどのほうこ）

函館市に生まれる。『へんてこもりにいこうよ』（偕成社）『いたずらおばあさん』（フレーベル館）で路傍の石幼少年文学賞、『キロコちゃんとみどりのくつ』（あかね書房）で児童福祉文化賞、『おともださにナリマ小』（フレーベル館）『十一月の扉』（受賞当時リブリオ出版）で産経児童出版文化賞、『わたしたちの帽子』（フレーベル館）で赤い鳥文学賞・小学館児童出版文化賞を受賞。絵本に『まあちゃんのながいかみ』（福音館書店）「つんつくせんせい」のシリーズ（フレーベル館）など、幼年童話に『みどりいろのたね』（福音館書店）、低・中学年向きの作品に、『ねこが見た話』『おーばあちゃんはきらきら』（福音館書店）『紳士とオバケ氏』（フレーベル館）『ニレの木広場のモモモ館』（ポプラ社）など、高学年向きの作品に、『ココの詩』『時計坂の家』『緑の模様画』（以上福音館書店）、『リリコは眠れない』（あかね書房）など、翻訳に『小公女』（福音館書店）、エッセイに幼いころの記憶を綴った『記憶の小瓶』（クレヨンハウス）、『老嬢物語』（偕成社）がある。札幌市在住。

十一月の扉

2016年10月10日　初版発行
2019年9月1日　第2刷

著者　高楼方子

発行　株式会社　福音館書店
〒113-8686　東京都文京区本駒込6-6-3
電話　営業　(03)3942-1226　編集　(03)3942-2780
https://www.fukuinkan.co.jp/

表紙装画　千葉史子
本文カット　高楼方子
装幀　名久井直子
印刷　精興社
製本　島田製本

乱丁・落丁本はお手数ですが小社出版部までお送りください。

送料小社負担にてお取り替えいたします。

NDC913　336ページ　21×16cm　ISBN978-4-8340-8294-4

高楼方子《たかどのほうこ》の長編読みもの

『ココの詩《うた》』

高楼方子 作／千葉史子 絵

小学校高学年から

金色の鍵を手に入れ、初めてフィレンツェの街にでた人形のココ。無垢なココを待ち受けていたのは、名画の贋作事件をめぐるネコ一味との攻防、そして焦がれるような恋だった……。

『時計坂の家』

高楼方子 作／千葉史子 絵

小学校高学年から

12歳の夏休み、フー子は憧れのいとこマリカに誘われ、祖父の住む「時計坂の家」を訪れる。しかしその場所でフー子を待っていたのは、けっして踏み入れてはならない秘密の園だった。

『十一月の扉』

高楼方子 作／千葉史子 装画

小学校高学年から

偶然見つけた素敵な洋館で、2か月間下宿生活を送ることになった爽子。個性的な大人たちとのふれあい、そして淡い恋からうまれたもうひとつの物語とで織りなされる、優しくあたたかい日々。

『緑の模様画』

高楼方子 作／平澤朋子 装画

小学校高学年から

海の見える坂の街で、多感な三人の女の子が過ごすきらきらとした濃密な時間。早春から初夏へ、緑の濃淡が心模様を映し出す。『小公女』への思いが開く心の窓、時間の扉……。